Pour vous, lectrices et lecteurs
de Corée, cette parabole
sur nos vieux mondes
aveugles et sourds.

Philippe Claudel

한국의 독자 여러분께,

우리의 눈멀고 귀 먼 옛 세계에 대한 우화를 바칩니다.

필리프 클로델

아직 죽지 않은 자들의 섬

Cet ouvrage, publié dans le cadre du Programme d'aide à
la Publication Sejong, a bénéficié du soutien de l'Institut
français de Corée du Sud - Service culturel de l'Ambassade de
France en Corée.

이 책은 주한프랑스대사관 문화과의
세종 출판 번역 지원 프로그램의 도움을 받아 출간되었습니다.

L'Archipel du chien

필리프 클로델 장편소설

길경선 옮김

아직 죽지 않은
자들의 섬

은행나무

차 례

내가 몇 시에 배에 올라타야 하는지 알려주오.

—아르튀르 랭보가 남긴 마지막 말

고통이 지나간 뒤 숨 쉴 수 있다면 행복해하라
그리고 죽음이 모든 고통으로부터 당신을 낫게 한다면
더욱 행복해하라

—자코모 레오파르디

1

당신은 금을 탐하고 재를 뿌린다.

당신은 고결함을 더럽히고, 순수함을 시들게 한다.

당신은 사방에 거대한 진창이 흐르도록 내버려둔다. 증오는 당신의 양식이고, 무관심은 당신의 나침반이다. 잠의 피조물인 당신은 스스로 깨어 있다고 생각하는 때조차도 항상 잠들어 있다. 당신은 잠들어버린 시대의 산물이다. 당신의 들끓는 감정은 순식간에 허물을 벗고 나왔다가 이내 햇빛에 까맣게 타버리고 마는 나비처럼 일시적이다. 당신의 손은 메마르고 까칠한 점토로 당신의 삶을 빚는다. 당신은 고독에 삼켜져버렸다. 당신의 이기주의는 당신을 살찌운다. 당신은 형제들에게 등을 돌리고 영혼을 잃는다. 당신의 본성은 망각으로 익어간다.

미래는 당신의 시대를 과연 어떻게 평가할 것인가?

이제 우리가 읽게 될 이야기는 당신의 존재만큼이나 실제적이다. 이 이야기는 저기에서 일어날 수도 있었듯, 여기에서 일어난다. 이 이야기가 다른 곳에서 일어났다고 여기는 건 너무 안일한 생각이리라. 이야기에 등장하는 존재들의 이름은 별로 중요하지 않다. 이름을 바꾸어버려도 된다. 그 자리에 당신의 이름을 넣어도 좋다. 당신들은 똑같은 거푸집에서 찍어낸 듯 모두가 서로 꼭 닮았다.

머지않아 당신에게 이런 합리적인 질문이 떠오를 것이다. 이 자는 우리에게 들려주는 이야기를 직접 목격한 걸까? 나는 당신에게 이렇게 대답한다. 그렇다, 나는 이 이야기의 목격자이다. 당신이 그러했던 것처럼 말이다. 하지만 당신은 보고 싶어 하지 않았다. 당신은 결코 보고 싶어 하지 않는다. 나는 당신에게 그 사실을 일깨우는 자이다. 나는 성가시게 하는 자이다. 아무것도 나를 피해 갈 수 없다. 나는 모든 것을 본다. 나는 모든 것을 안다. 하지만 나는 아무것도 아니며 계속 그렇게 머물기를 원한다. 남자도 여자도 아니다. 나는 그저 목소리이다. 나는 어둠으로부터 당신에게 이야기를 들려주게 되리라.

내가 들려주게 될 사건들은 어제 일어났다. 며칠 전에 일어났다. 1년 혹은 2년 전에 일어났다. 그보다 더 오래되지는 않았다. 나는 '어제'라고 썼지만 '오늘'이라고 말해야 할 것 같다. 사람들은 어제를 좋아하지 않는다. 사람들은 현재를 살고 미래를 꿈꾼다.

이야기는 한 섬에서 일어난다. 별다를 것 없는 평범한 섬이다. 크지도, 딱히 아름답지도 않다. 섬이 속한 나라에서 그다지 멀리 떨어져 있지는 않지만 그곳에선 이 섬을 잊었고, 속하지 않는 다른 대륙과는 가깝지만 이 섬은 그곳을 알지 못한다.

이곳은 **개의 군도**에 속한 섬이다.

지도에서 이 군도를 살펴보면 한눈에 개를 알아볼 수는 없다.

개는 숨어 있다. 아이들은 개의 모습을 찾으려 애를 쓰곤 했다. 사람들이 이미 노파라 부르곤 하던 선생님이 아이들의 이런 헛된 노력을 비웃다가, 막대기 끝으로 개 주둥이의 윤곽을 그려내면 아이들은 깜짝 놀랐다. 갑자기 개가 튀어나온 것이다. 아이들은 그 모습을 보고 겁에 질리곤 했다. 그것은 마치 알아가기 시작할 때는 진짜 본성을 짐작하지 못하다가 어느 날 갑자기 튀어올라 당신의 목을 물어뜯는 그런 존재들과 닮았다.

개는 여기, 얇은 종이 위에 그려져 있다. 벌어진 주둥이 사이로 송곳니가 드러난다. 깊이를 나타내는 숫자들과 해류의 방향을 알려주는 화살표들로 뒤덮인 지도 위의 기다랗고 거대한 코발트빛 바다를 갈기갈기 물어뜯을 준비가 되어 있다. 턱은 굽어 있는 두 개의 섬이고, 혀 또한 섬이다. 이빨도 마찬가지인데, 어떤 섬들은 날카롭고 어떤 섬들은 크고 네모지며, 또 어떤 섬들은 단검처럼 날카롭다. 그러니까 이빨도 섬이다. 그중에서 이야기의 배경이 되는 섬이자 유일하게 사람들이 살고 있는 섬은 아래턱의 맨 끝에 있다. 무언가 자신을 노리고 있다는 사실을 모르는 거대하고 푸르른 먹잇감의 가장 끝에 위치한 섬이다.

이 섬의 생명은 섬을 지배하고 있는 화산에서 비롯된다. 화산은 수천 년 동안 용암과 그 찌꺼기들을 내뿜었다. 이 화산의 이름은 브라우이다. 야성적인 힘이 느껴지는 이름이다. 먼 옛날, 아이들의 함성과 웃음소리에 황홀함을 느낄 때면 화산은 아이들에게 겁을 주곤 했다. 이제 브라우는 마지막 분출 후 화를 삭이는 중이다. 분화구는 대개 솜털 같은 안개 속에 묻혀 있다. 그는 아주 긴 낮잠에 빠졌다. 이따금 트림을 한다. 둔탁한 소리다. 자다가 신경질이 난 화산은 몸을 떨고는 다시 잠에 든다.

개의 나머지 골격은 수없이 많은 작은 섬들로 이루어져 있다. 대부분 너무 작아서, 식사가 끝나고 테이블보 위에 남아 있는 빵 부스러기처럼 보인다. 사람이 살지 않는 섬들이다. 반대로 우리가 곧 탐험하게 될 섬은 인간의 피가 고동치며 만들어졌다. 쪽빛 바다에 떨어진, 세상의 끝처럼 존재하는 섬이다. 아마 페니키아인들의 시대에 해적들이 근해를 항해하다가 혹은 약탈품을 헤아리기 위해 몸을 숨기다가 좌초된 뒤 그들의 후손이 어부가 되어 이곳에 터를 잡고 살게 된 것이 시작이었을 것이다.

이 섬에는 포도밭, 올리브밭, 풍접초밭이 있다. 화산섬에서 끈기 있게 땅을 일군 조상들의 악착같은 노력을 모든 경작지가 증명한다. 이곳에서는 농부 아니면 어부다. 다른 선택지는 없다. 젊은이들은 대부분 어느 쪽도 원하지 않는다. 그래서 그들은 떠난다. 그리고 한번 떠나면 다시는 돌아오지 않는다. 쭉 그래왔다.

개는 잔인한 계절들을 뱉어낸다. 여름은 사람들을 메마르게 하고 쓰러뜨린다. 겨울은 그들을 얼어붙게 만든다. 매서운 바람이 불고 차가운 비가 내린다. 으스스한 우울의 계절이다. 이곳의 집들은 사진으로 찍혀 잡지에 실린 채로 세계 일주를 했다. 건축가들, 민족학자들, 역사학자들은 그들에게 묻지도 않고 이 가옥들을 인류 문화유산으로 등재해버렸다. 이 결정은 처음엔 그들을 웃게 했지만 이내 성가시게 했다. 마음대로 집을 부술 수도 고칠 수도 없게 되었기 때문이다.

이 섬에 살지 않는 이들은 이 사실 때문에 그들을 부러워한다. 어리석은 자들이다. 틈이 제대로 메워지지 않은 화산암으로 만든 집들은 난쟁이들이 지어 올린 거대한 오두막 같다. 살아가기에는 가혹한 집이다. 안락함이라고는 찾아볼 수 없다. 어둡고 우둘투둘하다. 집 안에 있으면 숨 막히게 덥거나 추위로 벌벌 떨거나 둘 중 하나다. 집은 사람들을 포위하고 짓누른다. 결국 사람들은 집을 닮아갔다.

이 섬의 포도주는 이곳에서만 자라는 **뮈룰라**라는 품종으로 만든 묵직하고 단맛이 도는 적포도주다. 포도알은 까치의 눈처럼 작고 까맣고 반짝이며 표면에 흰 가루도 붙어 있지 않다. 포도는 9월 중순경 수확해서 포도밭과 풍접초밭을 둘러싼 낮은 담장에 널어둔 뒤 새들이 먹지 못하도록 얇은 그물을 덮는다. 그렇게 2주 동안 말린 포도를 압착해서 나온 즙은 **브라우**의 옆구리에 파인 좁고 긴 동굴의 어스름 속에서 숙성시킨다.

시간이 지나 병에 담긴 포도주는 황소의 핏빛을 띤다. 빛이 통과되지 않을 만큼 짙다. 이 포도주는 어둠과 대지의 배 속에서 나온 아들이다. 신들의 포도주다. 포도주에 입술을 적시면 입안으로 태양과 꿀이 들어와 목구멍으로, 그리고 세상의 반대편에 놓인 끝도 없이 깊은 구렁 속으로 흐른다. 노인들은 이 포도주를 마시며 아프로디테와 하데스의 젖을 빠는 거라고 말하곤 했다.

2

　모든 것은 9월의 어느 월요일 아침 해변에서 시작되었다. 뭐라 달리 지칭할 말이 없어 해변이라고 하긴 했으나, 암초와 해류 때문에 해수욕을 즐길 수도 없고, 까끌까끌하고 다치기 십상인 화산 자갈 때문에 누워 쉴 수도 없는 곳이다.

　노파는 매일 그곳을 산책하곤 했다. 예전에 그녀는 학교 선생님이었다. 섬의 모든 이들이 그녀의 학급을 거쳤다. 그녀도 섬의 모든 가족들을 알고 있다. 그녀는 이곳에서 태어났으며 이곳에서 죽으리라. 사람들은 그녀의 웃는 얼굴을 한 번도 본 적이 없다. 나이도 잘 알지 못한다. 아마 여든 언저리일 것이다. 그녀는 5년 전 마지못해 교직을 그만두어야 했다. 이맘때 그녀는 매일 아침 이른 시간에 개를 데리고 산책을 나섰다. 그의 개는 우울한 눈을 가진 잡종으로, 갈매기를 쫓아 달리는 것을 가장 좋아했다.

　그녀는 해변에 늘 혼자였다. 마치 영혼을 고통스럽게 하려고 북유럽이나 아이슬란드 같은 북쪽 나라에서 뚝 떼어다가 이곳에 던져놓은 듯한, 그런 황량한 바닷가에서의 산책을 그녀는 절대 거르는 법이 없었다.

　그날, 개는 평소처럼 그녀의 주변을 뛰어다니고 있었다. 큰 새들을 쫓아 껑충 뛰어올랐지만 새들은 개를 비웃기라도 하듯 멀리 날아가버렸다. 곧 거센 비가 쏟아질 것만 같았다. 아직은 가볍고 차가운 가랑비였다. 바다는 성난 파도들을 밀어내고 있었다. 짧지만 팽팽한 파도들은 해변으로 밀려와 지저분한 거품으로 부서졌다.

갑자기 개가 멈춰서 짖어대더니 미친 듯이 빠르게 달리기 시작했다. 개가 달려간 약 50미터쯤 떨어진 곳에는 세 개의 길쭉한 형체가 놓여 있었다. 파도는 해안으로 형체들을 던져놓았으나 완전히 놓아버리기에는 애를 먹는 듯 아직 조금씩 형체를 흔들어대고 있었다. 개는 쿵쿵거리며 냄새를 맡더니 노파 쪽을 바라보며 아주 길게 울었다.

바로 그때 두 명의 남자도 해변 위의 형체들을 발견했다. 아메리크*는 포도주를 만드는 농부이자 모든 일을 맡아 하는 미혼 남자로, 이따금 이곳으로 와서 해류가 뭍에 무엇을 올려두었는지 살피러 오곤 했다. 예를 들면, 배 밖으로 떨어진 물통이나 사람들이 잃어버린 서핑 보드, 어망, 밧줄, 물에 떠다니는 나무 같은 것들 말이다. 저 멀리 이상한 형체들이 그의 눈에 들어왔다. 그는 수레에서 내려와 당나귀의 옆구리를 쓰다듬으며 움직이지 말고 그 자리에 있으라고 말한 뒤 해변 쪽으로 걸음을 옮겼다. 그리고 스파동**이 있었다. 사람들이 그를 그렇게 부르는 이유는

---

* 프랑스어로 '아메리카' 혹은 '미국'이라는 뜻.
** 프랑스어로 '황새치'라는 뜻.

그가 모든 면에서 뛰어나진 않지만, 황새치를 잡는 실력만큼은 섬의 어부들 중 최고였기 때문이다. 황새치의 습성을 꿰고 있는 그는 황새치가 해저에서 머무는 장소, 기질, 주기를 알고 있을 뿐 아니라, 동선과 속임수까지 맞히곤 했다.

그날은 배가 뜨지 않은 날이었다. 기상 상황이 매우 나빴다. 스파동은 시장 밑에서 일을 하는 사람이었다. 시장은 섬에서 가장 힘 있는 선장으로, 동력선 세 척과 생선들을 보관하는 냉장 시설을 소유하고 있었는데, 그곳에 자기가 잡은 생선들은 물론이고 돈이 없어 그런 시설을 가질 수 없는 다른 선장 열 명의 생선까지 보관하고 있었다.

이틀 전 모두가 바다에 나갔을 때, 갑자기 불어온 돌풍에 부표 세 개가 날아가버렸다. 시장의 동의를 얻은 뒤 하루 꼬박 배를 빌려 먼바다에 나간 스파동이 자신의 몫으로 잡을 바닷가재를 위해 설치한 통발을 매달아두었던 부표였다.

월요일 아침, 그는 혹시 통발이 해류를 타고 해변으로 떠밀려 오지는 않았는지 확인하러 나왔던 것이다. 그때 그는 개가 길게 우는 소리를 들었다. 노파와 거리를 둔 채 걷고 있어서, 노파는 그가 오는 소리를 듣지 못했다. 노파가 갑자기 걸음을 재촉하더니 자갈길에서 비틀대고 넘어질 뻔하다가 다시 일어서는 모습이 보였다. 그는 무슨 일이 생겼음을 직감했다. 수레를 두고 해변으로 내려오는 아메리크의 모습도 보였다.

노파, 스파동, 아메리크. 세 사람은 파도가 흔들고 있는 물에 젖은 형체에 동시에 다다랐다. 개는 주인을 바라보며 아직도 작은 소리로 짖고 있었다. 그러더니 바다가 뱉어낸 것에 다가가 콩콩거리며 냄새를 맡았다. 그것은 흑인 남자 셋의 시체였다. 티셔츠와 청바지를 입은 단출한 차림에 맨발인 그들은 얼굴을 모래에 묻은 채 잠든 것처럼 보였다.

노파가 가장 먼저 입을 열었다.

"뭘 꾸물대고 있는 건가? 어서 물 밖으로 끌어내!"

두 남자는 서로를 멀뚱히 바라보다가 노파가 시킨 대로 했다. 그들은 시체를 어떻게 잡아야 할지 몰라 망설였다. 결국 시체의 양쪽 겨드랑이를 잡고 뒤로 걸으며 끌어낸 뒤 시커먼 자갈 위에 나란히 눕혔다.

"이렇게 두면 안 되지! 돌려두게."

이번에도 두 남자는 망설이다가 결국 시체의 옆구리를 밀어 뒤집었다. 그러자 죽은 이들의 얼굴이 드러났다.

그들은 스무 살도 안 되어 보였다. 눈꺼풀은 감겨 있었다. 곤히 잠든 것처럼 보이는 그들의 입술은 뒤틀려 있었고 피부는 얼룩덜룩한 보랏빛 반점들로 뒤덮여 있어서 마치 꾸지람을 들은 사람처럼 위축된 얼굴을 하고 있었다.

노파와 아메리크, 그리고 스파동은 동시에 성호를 그었다. 개는 세 번을 짖었다. 다시 노파의 목소리가 들렸다.

"아메리크, 혹시 수레에 덮개가 있나?"

아메리크는 고개를 끄덕이더니 멀어졌다.

"스파동, 자네는 가서 시장에게 이 일을 알리게. 다른 누구에게도 말해서는 안 되네. 시장과 함께 돌아오게. 꾸물대지 말고."

스파동은 군말 없이 뛰어갔다. 그는 늘 죽음이 두려웠다. 밤 사이 섬을 휩쓴 돌풍이 지나가고 난 뒤 바닷소리가 들려왔다. 돌풍은 집 안에서도 느낄 수 있을 정도였다. 바람이 문 아래로, 흩어진 자갈 틈으로, 굴뚝 안으로 소금기를 잔뜩 뱉어놨기 때문이다. 게다가 침대에서 계속 몸을 뒤척이고, 화장실에 가거나 물을 마시러 일어나느라 잠도 제대로 잘 수 없었다.

노파와 개는 시체 곁에 머물렀다. 마치 미술관에 걸린 그림 같았다. 교훈적이지만 어떤 교훈을 표현한 건지는 정확히 알 수 없는 그런 그림 말이다. 끝없이 펼쳐진 바다, 젊은 흑인 남성 시체 세 구, 그리고 그 옆에 서 있는 늙은 여인과 개 한 마리. 무언가를 말하려는 게 분명한 장면임을 느낄 수 있었지만, 그게 도대체 무엇인지는 알 수 없었다.

아메리크가 파란색 비닐 덮개를 갖고 돌아왔다.

"시체를 덮게." 노파가 그에게 말했다.

시체는 비닐 수의 아래 모습을 감췄다. 아메리크는 덮개가 바람에 날아가지 않도록 가장자리 위에 묵직한 돌들을 올려두었다. 하지만 바람은 기어코 밑으로 들어오려 했다. 그것은 서커스 천막처럼 바삭거리는 음을 만들어냈다.

"선생님, 이들이 어디서 왔다고 생각하세요?"

두꺼운 손가락에 오래된 비누로 얼굴이 다 튼, 나이 사십의 아메리크지만 걱정에 휩싸인 나머지 어린아이 같은 목소리로 물었다. 그러고는 담배에 불을 붙였다.

"자네 생각은?" 노파가 거칠게 물었다.

아메리크는 차마 자신이 말하기 어려운 진실을 누군가 대신 말해주길 기다리는 듯 어깨를 으쓱대고는 담배 한 모금을 빨아들였다. 하지만 노파는 말이 없었다. 그는 대답에 자신이 없는 학생처럼 망설이면서 남쪽의 창백한 저 먼 곳을 턱으로 가리키며 중얼거렸다.

"저쪽에서요⋯⋯?"

"당연히 저쪽에서 왔지! 그럼 하늘에서 뚝 떨어졌겠나? 지금 껏 자네는 대단히 머리가 좋았던 적이 한 번도 없었지. 그래도 남들처럼 텔레비전은 볼 거 아닌가?"

3

스파동은 꾸물대지 않았다. 30분도 채 되지 않아서, 해변을 가로막아 시내와 항구로부터 시야를 차단하는 우뚝 솟은 바위 모퉁이를 돌아오는 그의 모습이 보였다. 시장이 그의 뒤를 따르고 있었다. 그런데 또 다른 사람의 모습이 보였다. 뚱뚱하고 허리가 굽은 모습을 보니 의사였다.

노파는 그를 알아보더니 중얼거리며 욕을 해댔다. 개는 애교를 부리며 그들을 맞았지만 아무도 개를 쓰다듬어주지 않았다.

"도대체 무슨 일이랍니까? 이 머저리가 아무 말도 해주질 않으니 원!"

스파동은 고개를 푹 숙였다. 시장은 화가 나 있었다. 시장은 푸석하고 노랗게 뜬 얼굴에 멸치처럼 마른 몸매였고 머리카락은 회색이었다. 그의 나이는 육십이었다. 그가 어릴 적부터 알고 지내는 의사도 같은 나이였다. 다만 의사는 술통 같은 키와 몸매를 하고 있었다. 그는 대머리에 안색이 붉었다. 검은색으로 염색한 두툼한 콧수염이 그의 윗입술을 가렸다. 그는 애써 숨을 가다듬었다. 입고 있던 리넨 정장은 예전에는 참으로 우아했으나 이제는 여기저기 얼룩이 묻고 구멍이 난 상태였다. 시장은 어부들이 입는 작업용 멜빵바지를 입고 있었다.

"내가 분명 스파동에게 자네에게만 알리라고 했는데."

"의사와 제가 아직도 온천 사업에 관한 그 빌어먹을 서류 작업 중이었거든요! 그래서 도대체 무슨 일인지 저희에게 말씀을 좀 해주시겠습니까?"

"보여드리게."

아메리크는 말뜻을 이해하고는 몸을 숙여 덮개에 눌러둔 돌 세 개를 치웠다. 바람은 덮개 안에서 뒹굴면서 마치 아이를 가진 여자의 배처럼 덮개를 부풀어 오르게 했다. 바로 그때 커다랗고 으스스한 갈매기 두 마리가 하늘에서 뚝 떨어지더니 사람들의 머리를 거의 스치듯 날아갔다. 그들은 반사적으로 고개를 움츠렸고, 갈매기들은 다시 날아올라 이내 구름 속으로 사라져버렸다.

시체를 본 의사의 얼굴에서 잠시 의례적인 미소가 사라졌다. 시장의 입에서는 옛 사투리로 욕이 튀어나왔다. 아랍어와 스페인어, 그리스어 단어들이 섞여 만들어진 천 년도 더 된 사투리였다. 그의 이마는 시체들을 보며 피어난 근심들을 증명하는 수없이 많은 주름으로 일그러져 있었다. 그는 돌연 이 사태의 심각성을 깨달은 것이다.

그러나 가장 이상한 일은, 그러니까 가장 비현실적인 일은 느닷없이 새로운 목소리가 들려온 것이었다. 거기 모인 사람들 중 그 누구의 목소리도 아니었기에, 마치 악마가 갑자기 그들 사이에 끼어든 것처럼 모두를 소스라치게 만들었다.

눈앞에 펼쳐진 장면이 악몽이나 영화, 뉴스의 한 장면 혹은 추리소설의 한 페이지에 등장하는 것이 아니라, 습기 가득한 9월 어느 아침의 현실이라는 것을 자각하면서 머릿속이 복잡해진 그들은 가까이 다가오던 이의 발걸음 소리를 미처 듣지 못했던 것이다. 그는 작고 겁에 질린 목소리로 '신이시여'라는 말을 세 번 반복하며 홀연히 침묵을 깨트린 참이었다. 그 목소리에 소름이 돋은 모두는 불쑥 나타난 그에게 화가 났다. 왜냐하면 누구도 자신의 나약함과 공포를 들키고 싶어 하지 않기 때문이다.

나직이 속삭이며 나타난 이는 교사였다. 노파의 뒤를 이어 학교 수업을 맡은 그는 섬사람이 아니었다. 그러니까 외지인이었다. 노파는 그를 좋아하지 않았다. 하지만 어차피 그녀는 거의 아무도 좋아하지 않았다. 그저 자신의 일을 넘길 때가 되었던 것일 뿐이었는데도, 그녀는 그를 마치 도둑처럼 느꼈다. 자신의 일을 훔쳐 가고, 학생들을 훔쳐 가고, 학교를 훔쳐 간 도둑이었다. 그녀는 그를 싫어했다.

교사에게는 간호사인 아내가 있었다. 처음에 그녀는 일자리를 구하려고 했다. 하지만 아무도 그녀를 고용하지 않았다. 그래서 학교 별관에 양호실을 열고자 했으나 섬사람들은 아픈 곳이 있으면 알아서 치료를 했고 심해지면 의사를 찾아갔다. 그리하여 그녀는 결국 그냥 집에서 지내게 되었다. 아무 할 일 없이 지독하게 지루한 시간을 보냈다. 그렇게 섬은 그녀의 일상이자 권태가 되었다.

사람들은 그녀가 창가 구석에 버려져 물도 거의 주지 않는 화분처럼 시들어버렸다고 쑥덕거렸다. 부부에게는 쌍둥이 딸이 있었다. 근심 걱정 없이 마냥 즐거운 작은 새들 같았다. 열 살 난 두 아이는 서로에게서 결코 떨어지는 법이 없었으며 둘이서만 놀았다.

그날 아침, 교사는 녹색 반바지와 한 통신사의 광고 문구가 눈에 띄게 적힌, 몸에 딱 달라붙는 하얀색 셔츠에 운동화 차림이었다. 장딴지와 허벅지는 마치 운동선수처럼 면도가 되어 있었다. 그의 피부는 여자 피부 같았다. 매일 아침 그는 오랫동안 달리기를 한 뒤에 샤워를 하고 일터로 향했다. 그가 세 구의 시체에 시선이 쏠린 동안 다른 이들은 모두 그만을 바라보고 있었다.

"대체 여기서 뭘 하시는 겁니까?" 시장이 그에게 쏘아붙였다.

"달리기를 하던 중이었습니다. 그러다 아메리크 씨의 수레와 당나귀를 보았죠. 그리고 멀리 여러분 모두의 모습이 보였습니다. 이 덮개도요. 그러다 생각했죠……."

"뭐라고 생각하셨는데요?"

노파는 시장만큼이나 심술궂은 말투로 물었다.

"모든 게 이상하다 생각했죠! 뭔가 심각한 일이 벌어지고 있는 게 분명하다고요. 의사 선생님이 보였고, 그다음 시장님이 보였고…… 신이시여!"

그는 다른 이들과는 달리 자신이 혼란에 빠졌다는 사실을 감추지 않았다. 다른 이들 역시 혼란스러운 것은 마찬가지였으나 그것을 들이키느니 차라리 죽음을 택하고 말 사람들이었다. 단단한 거구에 삼십이 갓 넘은 젊음에서 뿜어져 나오는 힘에도 불구하고 그는 갑자기 너무나 연약한 존재가 되고 말았다. 그의 입에서는 맑은 물줄기처럼 신의 이름이 끊임없이 흘러나왔다.

노파가 그의 입을 다물게 만들었다. "이 모든 일에서 신은 빼드리도록 하죠."

교사는 조용해졌다. 그중 누구도 더 이상 입을 열지 않았다.

이른 시간이었다. 겨우 아침 8시였다. 아직 구름은 낮게 떠 있었고 떠오르는 해는 이미 빛을 잃은 상태였다. 먼바다에서 불어오는 바람은 해변에 모인 이들의 발까지 파도를 밀어붙였고, 그들은 젖지 않으려고 뒤로 몇 걸음 물러났다. 모두는 갑자기 추위를 느꼈다. 교사는 덜덜 몸을 떨었다. 그의 팔다리 피부가 털이 뽑힌 닭처럼 되었다. 오직 시체 세 구만이 덤덤했다.

시장이 다시 입을 열었다.

"여기 우리는 여섯 명입니다. 우리 여섯이 이 사실을 알고 있죠. 우리 모두 오늘 저녁까지 이 일에 대해 입을 다물고 있다가 저녁 9시에 시청에서 다시 모이는 겁니다. 저는 앞으로 어떻게 해야 할지 고심해보겠습니다."

"앞으로 어떻게 하다니요……?" 벌벌 떨던 교사가 놀라 물었다.

"그 입 좀 다무세요!" 시장이 말을 잘랐다. "오늘 저녁에 이야기합시다. 여러분 중 누구라도 그때까지 이 사실을 다른 이에게 발설하거나 저녁에 나오지 않는다면, 총을 꺼내다가 그자를 가만두지 않을 겁니다.”

“이 시체들은 어떻게 할 건가?” 노파가 물었다.

“스파동과 제가 처리하겠습니다. 아메리크, 자네의 수레와 당나귀를 우리에게 두고 가게. 그리고 나머지 분들은 모두 가져도 좋습니다. 아메리크 자네도 마찬가지야. 우리 둘로 충분하다네. 오늘 저녁에 봅시다. 그리고 내가 빈말을 하는 사람이 아니란 걸 모두 명심하길 바랍니다.”

그들은 뿔뿔이 흩어졌다. 노파는 아무 일도 없었다는 듯 산책을 계속했다. 개가 그녀의 주변을 빙빙 돌았다. 개는 행복했다. 오직 짐승만이 현재를 살면서 모든 과거를 잊고 미래의 문제와 고통도 알 수 없는 것처럼 말이다.

노파는 멀리 사라졌다. 교사는 다시 달리기를 하려고 했지만 이내 비틀거리더니 마치 꼭두각시처럼 정처 없이 걸었다. 그러면서 자꾸 뒤로 돌아 익사한 시체들을 바라보았다. 의사는 아메리크와 함께 시내로 향했고, 스파동은 당나귀와 수레를 끌고 돌아왔다. 시장은 주머니를 뒤졌다.

“뭐 필요한 거 있으십니까?”

“담배.”

“끊으신 줄 알았는데요.”

“내가 다시 피우든 말든 자네가 무슨 상관이야?”

“안 그래도 그 생각 중이었습니다.”

“담배 한 대 주게.”

스파동은 담뱃갑을 내밀었다. 시장은 담배 한 대를 쥐었고, 스파동이 불을 붙여주었다. 시장은 눈을 감으며 담배 연기를 연달아 두 번 길게 내뿜었다. 스파동은 시체 세 구를 가만히 바라보며 당나귀를 쓰다듬었다.

"이제 어쩔까요, 시장님?"

"뭘 어쩌긴 어째?"

"이제 어떻게 되는 건가요?"

시장은 어깨를 들썩이더니 땅에 침을 뱉었다.

"아무 일도, 아무 일도 없을 거야. 이건 실수니까."

"실수요?"

"몇 주 뒤면, 자네는 이 모든 게 꿈이었다고 생각하게 될 거야. 그리고 자네가 나한테 이 일에 대해 말하거나 묻는다면, 나는 도대체 무슨 소리를 하는지 모르겠다고 대답하겠지. 이해가 돼?"

"잘 모르겠습니다."

"기억이라는 건 말이야, 간직하고 있을 수도 있지만 치즈를 수프에 넣을 때처럼 갈아버릴 수도 있는 거야. 그러고 나면 아무것도 남아 있지 않게 되지. 이건 이해가 되나?"

"그건 이해가 되네요. 치즈는 사라지죠. 수프에 녹아 없어지니까요. 입안에 치즈 맛이 남겠지만 그건 포도주 한 잔이면 없앨 수 있고요. 그럼 아무것도 남아 있지 않게 되죠."

"바로 그거야. 포도주 한 잔이면 없앨 수 있지. 자, 움직이자고. 노파가 우릴 쳐다보고 있어."

노파는 100여 미터 떨어진 곳에 멈춰 서 있었다. 단검 같은 실루엣의 노파는 자기 주변을 빙글빙글 도는 개와 함께 그들에게 되돌아올 것처럼 보였다. 스파동은 첫 번째 시체의 겨드랑이를 잡았고, 시장은 발을 잡았다. 그들은 시체를 수레로 옮겼고, 나머지 두 구도 같은 방식으로 수레에 실었다. 스파동은 시체 위에 덮개를 올려두고 단단히 묶었다. 이내 파란색 비닐만 보이게 되었다. 시장은 이미 판자로 된 자리에 올라타 있었다. 스파동도 올라타 고삐를 쥐더니 당나귀를 돌려 길이 난 방향으로 걷게 했다.

해변은 태연스러운 고독을 되찾았다.

4

그날 현장에 있던 모두는 한 세기처럼 길게 느껴진 하루가 저물고 땅거미가 지고 나서야 안도를 할 수 있었다. 그날 저녁 9시, 밤이 바다와 하늘을 뒤섞어 하나의 시커먼 덩어리로 만들어버렸을 때, 시장은 회의실의 문을 닫고는 한 번도 사용한 적 없던 벨벳 커튼을 쳤다. 그러자 붉은 먼지 뭉치들이 떨어져 나와 회의실의 유일한 장식품인 술 장식이 달린 두 개의 샹들리에 근처로 날아가더니 타원형의 테이블에 둘러앉은 이들의 머리와 어깨 위로 떨어졌다.

시장이 와서 자리에 앉았다. 늙은 아이 같은 자그마한 체구의 시장은 보란 듯 엄숙한 태도로 자리에 앉았다. 그러고는 여전히 아무 말도 하지 않은 채 참석자를 한 명 한 명 바라보았다. 그날 아침 해변에 있었던 사람들 중 빠진 사람은 없었다.

"스파동과 제가 시체들을 안전한 곳에 옮겨두었습니다. 아무도 찾을 수 없는 장소이고 오직 저만 열쇠를 갖고 있는 곳이지요."

그러더니 시장은 주머니에서 알루미늄 조각 하나를 꺼내 그의 앞에 내려놓았다. 전통적인 열쇠와는 다르게 생긴, 납작하고 광택이 나지 않으며 구멍이 여러 개 뚫려 있는 물건이었다. 그는 나머지 모두가 그것을 바라보게 두었다.

"이 일을 어떻게 처리해야 할지 하루 종일 고심했습니다. 여러분도 그랬으리라 생각합니다."

운동복 차림에서 멀끔한 옷으로 갈아입은 교사는 아직도 감정이 동요하는 얼굴로 즉시 시장의 말을 자르며 말했다.

"어떻게 하다니요! 신고부터 해야죠! 그것 말고 다른 할 일이 있나요? 오늘 아침에는 제가 너무 놀라는 바람에 이성을 잃었던 것 같아요. 저는 시장님이 시키는 대로 했습니다. 그 누구에게도 입도 뻥긋하지 않았죠. 하지만 우리가 지금 여기 모여 뭘 하는 건지 이해가 안 갑니다. 시장님이 경찰이나 판사에게 연락하지 않고 뭘 기다리시는 건지도요. 그런 걸 보고도 하루를 그냥 흘려보내다니, 이건 정말 말도 안 되는 일입니다!"

교사가 이야기를 멈추더니, 자신을 지지해달라는 듯 다른 이들을 바라보았다. 하지만 의사와 노파를 제외한 모두가 고개를 푹 숙이고 있을 뿐이었다. 의사는 그를 보며 미소 짓고 있었고, 노파의 초롱초롱한 눈은 시선을 돌리게 만들었다. 그는 가쁜 숨을 쉬며 간신히 침을 삼켰다. 시장이 그를 잠시 주시하다가 대답했다.

"제가 맡고 있는 시장직은 제게 이 섬에 대한 경찰 권한을 부여하고 있다는 사실을 상기해드려야 할 것 같군요. 지금처럼 경찰서가 없는 경우에는 저만이 이 권한을 지니게 된다는 것도요.

저는 지금껏 이 권한을 한 번도 사용해본 적이 없습니다. 아실 테지만, 우리 섬은 평온하니까요. 또한 제게 사법 권한은 없다 하더라도, 어찌 되었든 이 일로 육지의 수사관이나 판사를 귀찮게 할지 말지를 가장 먼저 결정하는 책임은 저한테 있습니다."

"그럼 시체 세 구는 그럴 만한 일이 아니라는 건가요?" 교사가 끼어들었다. "시체가 몇 구나 되어야 수화기를 드시겠어요? 다섯 구? 열 구? 스무 구? 아니면 백 구?"

용기를 낸 교사의 뺨이 붉어졌다. 그는 다시 시장을 노려보았다. 시장의 눈은 밖으로 튀어나올 것만 같았다. 그가 이를 가는 소리가 들렸다. 시장은 다시 말을 시작했는데, 목소리가 너무 낮아서 사람들은 귀를 쫑긋 세워야만 했다.

"시체는 의사가 검안을 했습니다. 폭행의 흔적은 없었어요. 내가 틀리면 얘기를 해주게. 상처 하나 없었다고 나한테 말한 게 맞지?"

배를 문지르고 있던 의사는 미소를 지으며 시장의 말에 동의했다.

"그 불행한 자들이 폭행이나 살해를 당했다는 흔적은 전혀 찾아볼 수 없었습니다. 그들은 익사했고, 바다에서 오래 떠돈 것은 아니었어요. 바위, 게, 물고기 아니면 선박의 스크루 때문에 생길 수 있는 긁히거나 찢어진 상처가 없었거든요."

"시체를 **부검**하신 건가요, 의사 선생님?" 교사가 말을 잘랐다. 그러고는 추리물에서 천 번도 넘게 들었던 이 단어가 자신에게는 너무 버겁다는 듯 방금 내뱉은 말을 겨우 삼켰다.

"쓸데없는 일입니다." 의사가 점잖음을 잃지 않고 답했다. "안타깝게도 익사라는 건 명백했습니다. 그렇다면 선생님께서는 도대체 그들이 어떤 이유로 죽었다고 생각하시는 겁니까? 혹시 일사병으로?"

스파동이 웃음을 터트렸다. 아메리크도 마찬가지였다. 심지어 노파도 소리 없이 웃으며 창백한 입술을 잿빛 치아 위로 거만하게 삐죽거렸다. 시장도 웃었다. 하지만 그건 뱀이 쉭쉭대는 소리에 가까웠다. 의자에 앉아 몸을 배배 꼬고 있던 교사가 벌떡 일어나 그의 강인한 거구에 어울리지 않는 소심한 소년 같은 목소리로 말했다.

"익사라는 것을 증명하려면 피상적인 조사로는 충분하지 않다는 걸 저보다 더 잘 아실 텐데요. 혈중 스트론튬과 철분 농도를 수중에서의 농도와 비교 분석하는 과정이 필수적이라는 것도요. 이런 전문적인 얘길 꺼내서 죄송합니다. 다만 저는 아는 체를 하려는 것이 아니고 그저 진실을 밝히고 싶을 뿐입니다."

"그건 당신이 칭찬받아 마땅할 일이지요." 의사는 조끼 안쪽 주머니에서 막 꺼낸 시가 한 대를 부드럽게 어루만지며 말했다. "그리고 당신의 말이 맞습니다. 그런데 잠시 생각을 한번 해보죠. 여기 모인 우리 모두는 그 가련한 이들이 어디서 왔는지, 무얼 하려고 했던 건지 알고 있습니다. 우리가 등을 지고 있을지라도 아프리카는 바로 저기, 불과 수십 킬로 떨어진 아주 가까운

곳에 있지요. 모든 매체에서 수천 명의 가련한 이들이 유럽 땅으로 가기 위해 벌이는 노력에 대해 매일같이 떠들어대는데 거기서 무슨 일이 일어나고 있는지 우리가 어떻게 모를 수가 있겠습니까? 우리는 그 세 남자가 어디로 가려고 했던 건지 알고 있습니다. 하지만 그들이 탔던 배가 전복된 거죠. 그 전에 다른 배들이 그랬고 또 앞으로도 그럴 겁니다. 그들은 물에 빠져 죽은 겁니다. 바다는 보통 자신의 등줄기에 인간들이 올라타는 것을 참아주지만 어쩌다 한 번씩 화가 나면 그중 몇몇을 집어삼켜버리고 말지요. 자, 이것이 진실입니다. 아주 슬픈 진실이지요. 그것만큼은 인정합니다."

말을 하고 나니 더워진 의사는 손수건을 꺼내 이마에 맺힌 땀방울을 닦았다. 그의 일장 연설이 마취제처럼 작용한 듯 교사는 할 말을 잃었다. 시장은 그가 침묵 속에 빠지도록 내버려두었다. 노파는 여전히 그를 뚫어져라 쳐다보고 있었다. 스파동은 천장을 바라보는 중이었고, 아메리크는 심각한 얼굴로 자기 손톱을 들여다보고 있었다. 그들의 무자비함이 교사를 갑자기 심각한 근심 속에 빠트렸고 깊이 경악하게 만든 것 같았다.

바로 그때 문이 긁히는 소리가 들렸다. 그건 누군가 소심하게 문을 두드리는 소리가 아니라, 죽은 나뭇가지가 바람에 덧창을 긁어대거나 계속 집 안에 들어오려는 까마귀가 부리와 발로 내는 것 같은 불쾌한 소리였다. 도대체 무슨 소리인지 그들이 확인하기도 전에 문이 천천히 열렸다. 사람들이 소리의 근원지가 바람이라고 생각하려는 찰나, 신부가 모습을 드러냈다. 그는 근시 안경을 쓰고, 신부복의 탈부착 깃 때문에 목이 졸려 혈색을 잃은 수탉 같은 맨송맨송한 목을 하고 있었다. 원래 흰색이었던 깃은 시간이 흐르며 때가 끼어 교수형에 쓰는 줄처럼 회색으로 변해 있었다. 벌 몇 마리가 그의 주변을 윙윙대며 날아다녔다.

시장은 그가 안으로 더 들어오지 못하게 했다.

"신부님, 죄송합니다만 저희가 지금 정말 중요한 회의 중이어서요. 그리고 제가⋯⋯."

"쓸데없이 힘 빼지 마십시오." 신부가 그의 말을 가로막았다. "저는 왜 여러분이 여기 모여 있는지 압니다. 오늘 아침 해변에서 발견된 자들의 시체 때문이지요. 다 듣고 왔습니다."

"도대체 어떤 빌어먹을 자식이야?" 시장이 고래고래 소리를 질렀다. 그는 두 손으로 테이블을 내리치며 의자에서 벌떡 일어서더니, 당장이라도 목을 베어버릴 듯한 기세로 한 명 한 명을 노려보았다.

"한 사람이 고해성사를 통해 제게 고백했습니다." 신부가 말을 이었다. "그분은 여기에 있습니다. 하지만 두려워하지 마십시오. 저는 절대 그분을 배신하지 않을 겁니다. 그분에게 제가 이 자리에 올 거라 미리 이야기했습니다. 그러니까 제가 찾아온 것이 그분에게 놀랄 일은 아닙니다. 저는 그저 여러분 모두 저 또한 알고 있다는 사실을 알기를 바라는 겁니다. 그러니 저도 여러분과 함께 여기 있어야 하는 것이지요."

신부는 어디서든, 심지어 처음 가보는 곳에서도 언제나 자기 집에 있는 것처럼 구는 사람이었다. 그는 벽에 녹색 이끼가 낀 어항 속에서 길을 잃은 노랑촉수의 눈처럼 보이게 만드는 두껍고 뿌연 안경을 벗더니, 장뇌와 오랜 독신 생활의 냄새를 풍기는 신부복의 자락을 당겨 안경을 천천히 닦기 시작했다.

"자, 그러니 하던 얘기를 계속하시죠. 어디까지 얘기하고 계셨나요?" 신부가 다시 안경을 쓰고는 그의 귓가를 떠나지 않던 벌 한 마리를 앞에 내려두며 물었다.

시장이 턱을 꽉 오그렸다. 그는 손에 쥐고 있던 샤프를 만지작거렸다. 그의 피부가 얼굴뼈 위에서 훨씬 더 팽팽히 당겨진 것처럼 보였다. 그는 곰곰이 생각하고 있는 게 분명했다. 신부란 엄밀히 말해 인간이라고 볼 수 없으며, 깊은 고독과 비참함 속에서 오랫동안 허공에 대고 대화를 나눈 탓에 그가 현실과 세상에 대한 감각을 잃게 되었다고 생각하고 있을 것이다. 어쩌면 신부는 단지 익사한 자들의 영혼이 염려되어 온 것일지도 모른다. 그렇다면 시장이자 전적으로 무신론자인 그는 신부가 자기 임무를 수행하도록 두면 될 일이다. 그는 영혼의 구원이니, 연옥이니, 지옥이니 하는 허튼소리 따위는 신경 쓰지 않는 사람이었다. 그가 오래전 원격으로 받았던 회계 교육은 인생이란 지상에서의 행복한 순간들과 씁쓸한 순간들의 합계에 지나지 않으며, 이러니저러니 해도 결국 그 합계는 0이 되고 만다는 사실을 그에게 가르쳐주었다.

그렇기는 해도 신부의 이야기는 효과가 없지 않았다. 테이블에 둘러앉은 이들은 서로를 의심에 가득 찬 눈초리로 바라보았다. 그들 각자는 도대체 누가 부리나케 교회로 달려간 건지, 누가 아직까지 그토록 고해와 용서라는 걸 믿길래 사제관의 문을 두드리고 먼지투성이의 낡은 고해소 안에 들어가 영혼의 안식을 찾으려 한 건지 찾아내려 애썼다.

확실한 사실은 신부에게 모든 것을 털어놓은 자가 감쪽같이 연기를 하고 있다는 것이었다. 왜냐하면 신부가 모든 것을 알고 있다고 밝혔을 때 모두가 아연한 표정을 짓고 있었기 때문이다. 하지만 그들이 느끼는 두려움은 사실 기이하고 과장된 것이었다. 왜냐하면 그때까지 아무도 범죄를 지은 것이 아니기 때문이었다. 누구도 그 세 남자를 익사시키지 않았고, 누구도 그들을 바닷속에 던져버리지 않았으며, 그들을 알고 있는 것도 전에 만나본 적이 있는 것도 아니었다.

회의를 계속 진행해야만 했다. 신부의 등장으로 교사는 안정을 되찾은 듯 보였다. 아마도 그는 신부가 자신의 편에 서서 당국에 최대한 빨리 신고해야 한다고 함께 요구하리라 생각했을 것이다. 그리하여 그는 이번엔 시장의 말을 자르지 않고 계속 이야기하도록 두었다.

"의사가 지적한 것처럼, 우리 모두는 그들이 어디서 왔는지 잘 알고 있습니다. 그들은 비참한 삶을 피해 도망친 것이지요. 그들은 혼돈을, 전쟁을 피해 온 것입니다. 목숨을 걸고 언제든 침몰할 수 있는 뗏목에, 카누에, 표류물에 올라탄 것이지요. 의사는 이렇게 말했습니다. 그렇게 목숨을 잃은 건 그들이 처음이 아니라고요. 안타깝지만 마지막도 아닐 겁니다. 새로운 사실은 해류가 그들을 우리 섬의 연안으로 데려왔다는 겁니다. 그 점이 이해가 가지 않습니다."

시장은 잠시 말을 멈추고 교사를 힐끗 바라보았다. 그는 교사가 이 침묵 속으로 휩쓸려 갈 거라 생각했으나 그는 아무것도 하지 않고 그다음 말을 기다리고 있었다.

"우리 섬은 그들의 목적지가 아니었습니다." 시장이 다시 말을 시작했다. "그들은 아마 이 섬의 존재조차 몰랐을 겁니다. 이곳은 그들의 묘지가 되었지요. 만약 제가 경찰과 판사에게 이 사실을 알린다면 어떤 일이 벌어지겠습니까? 늘 우리를 개똥 보듯 업신여기는 높으신 분들은 물론이고 그 뒤로 마이크와 카메라를 든 기자들이 구름 떼처럼 이 섬으로 몰려들 겁니다. 우리 섬은 하루아침에 익사자들의 섬이 되고 마는 거죠. 그런 승냥이 같은 인간들은 말을 만들어내는 데 선수라는 걸 여러분도 잘 알 겁니다."

시장이 말을 이었다.

"언론에서 갑자기 대대적인 보도를 하면서 우리 섬을 가지고 비참한 이미지를 만들어낸다면, 이런 상황에서 온천 사업 컨소시엄은 어떻게 되겠습니까? 그분들이 그 큰돈을 투자해서 복합 단지를 계속 지으려고 하겠습니까? 온천 수원지와 풍경, 포도주, 오일, 풍접초로 이름난 우리 땅이 아프리카에서 온 시체들이 떠밀려 오는 곳이 되는데도요? 우리 섬의 맑은 물이 시체가 담겨 절여지고 썩어가는 물이 되는데도요? 어느 누가 이 물에 몸을 담그고 이 물로 건강해지길 바라겠습니까? 누가 이 물에서 잡은 생선을 먹고 싶어 하겠습니까?"

시장은 잠시 말을 멈추고, 방금 그가 한 말들이 모두의 머릿속으로 들어가 음산한 이미지로 펼쳐질 시간을 주었다.

"저는 시장입니다." 그가 다시 말을 시작했다. "우리 섬의 현재를 책임질 뿐만 아니라 미래도 책임을 져야 하지요. 일자리가 없어 섬을 떠날 수밖에 없는 우리 아이들의 미래 말입니다. 온천 사업은 일자리를 창출할 겁니다. 운영을 시작하면 백여 명의 인력이 필요해집니다. 건설에 필요한 인력은 말할 것도 없지요. 저는 이 사업을 놓치고 싶지 않습니다. 이것은 우리에게 기회입니다. 섬의 가족들이 이곳에서 계속 머물며 아이를 낳고 그 아이들이 자라서 또 아이를 낳게 할 마지막 기회란 말입니다. 애석하게도 그 가엾은 세 사람을 다시 살릴 길은 어디에도 없습니다. 이일을 공론화하면 곤란한 상황만 생길 뿐, 그런다고 그들이 살아돌아오는 것도 아닙니다. 신부님, 제 말을 오해하지 말고 들어주십시오. 물론 제게 여러분의 행동을 강요할 권한은 없습니다. 하지만 저는 여러분께 분별력, 책임감, 그리고 연대 의식을 가져주시길 호소하는 바입니다."

그러자 넋이 나간 채 불편한 기색이 역력한 사람들 사이에 오랜 침묵이 흘렀다. 아마도 몇몇은 의자에 앉아 몸을 배배 꼬고 있던 교사가 방금 시장이 한 말에 대해 항의를 할 것이라 생각했으리라. 하지만 그는 아무런 말도 없이 그의 양털 같은 금빛 머리를 안절부절못하며 긁어댈 뿐이었다.

신부는 더 이상 말이 없었다. 그는 나이가 들며 티티새의 알처럼 한쪽이 뾰족하고 가운데가 불룩 나온 배 위에 손을 포개 올려두고는 의자에 앉아 앞뒤로 몸을 흔들고 있었다.

"시체들을 어디에 두었는가?"

타일 위에서 유리잔이 깨지는 소리처럼 노파의 목소리가 침묵을 뒤흔들었다.

"안전한 곳에 두었다고 이미 말씀드렸지 않습니까."

"나는 장소가 안전한지를 묻는 게 아니라, 거기가 어딘지를 묻는 것이네."

"그걸 알아서 뭐 하시려고요?"

"우리의 침묵을 원한다고? 나는 진실을 원하네. 그게 다일세."

시장은 노파의 시선을 피하지 않으려고 애썼으나 그의 뿌연 동공은 흔들리고 있었다. 자신의 나약함에 화가 난 그는 시선을 돌려버렸다. 그리고 모두가 예외 없이 자신을 바라보고 있다는 것을, 자신의 대답을 기다리고 있다는 것을 깨달았다.

"제 냉동 창고요." 결국 그는 낮은 목소리로 말했다.

"냉동 창고에 두었다고요? 생선이랑 같이 말인가요?" 분노와 공포에 휩싸인 교사가 물었다.

"그럼 내가 그걸 어디에 뒀길 바라는 거요? 내 침대에 두란 말이오?" 격노한 시장이 손에 쥔 샤프를 자기도 모르게 부숴버렸다.

5

그날 밤 10시가 조금 넘은 시각, 기이한 행렬이 거대한 침묵 속에서 시청 밖으로 빠져나왔다. 맨 앞에는 시장이 그리고 맨 뒤에는 신부가 자리 잡은 일렬종대의 행렬은 슬그머니 어두운 골목길로 들어가 항구로 향했다. 경매장, 선박 수리소, 건선거 그리고 냉동 창고가 위치한 곳이었다.

빨간색과 노란색으로 칠해진 냉동 창고는 다른 건물들과 조금 떨어져 있고 두 개의 입구가 있었다. 하나는 바다 쪽으로 난 문으로, 시장 소유의 배 세 척에서 타일이 깔린 공간으로 어획물을 바로 실어 날라 선별 과정을 거쳐 포장 작업을 할 수 있었다. 다른 하나는 부두로 난 문으로, 시장의 사무실과 어부들이 어구를 보관하거나 옷을 갈아입고 어망을 수선하는 창고, 그리고 냉동실로 연결되었다.

시장은 스파동에게 문을 굳게 잠근 사슬을 풀도록 했다. 스파동이 철문 기둥에 감긴 사슬을 대여섯 번쯤 돌려 걷어내자 고철이 쉭쉭대며 삐걱거리는 소리가 났다. 마치 도형수의 발목에 달린 족쇄를 풀어준 것 같았다. 스파동이 철문을 밀자 시장이 안으로 들어갔다.

사람들이 안으로 슬며시 들어왔다. 시장은 주머니에서 열쇠 꾸러미를 꺼내더니 그중 하나를 주저 없이 골라 합판으로 덧댄 키 큰 문의 자물쇠를 열었다. 습기 때문에 부풀어 오른 문을 어깨로 밀치자 문이 열렸다. 그는 스위치를 켠 뒤 뒤로 돌아 사람들을 바라보며 신경질적인 손짓으로 꾸물거리지 말고 빨리 들어오라는 신호를 보냈다. 신부까지 들어오고 나자 그는 다시 어깨로 밀쳐 문을 닫았다.

높은 천장에 달린 전등 세 개가 밧줄, 어망, 나무와 플라스틱 통발, 튜브, 페인트와 타르가 담긴 통, 방수복과 장화, 코르크 부표 등 어부들의 창고에서 흔히 볼 수 있는 잡동사니들 위로 강렬한 빛을 뿌리고 있었다.

소금, 마른 해초, 기름, 개털, 담배 그리고 생선 냄새가 이 모든 것에 스며들어 있었다. 한쪽 구석에는 더럽고 짝이 하나도 맞지 않는 잔들이 쌓인 나무 상자를 가운데 두고 의자 네 개가 놓여 있었다. 의자들은 카드놀이를 하는 사람들이나 수다를 떠는 사람들을 기다리는 것 같았다. 모터 회사의 광고 달력이 한쪽 모퉁이에 압정으로 박혀 있었다. 지나가버린 해의 달과 날들이 보였고, 함께 실린 젊은 여성들의 누드 사진은 시간이 흐르며 색이 바랜 나머지 커다란 가슴에 누런 얼룩이 져 있었다.

넓은 방의 끝에 알루미늄 문이 보였다. 높고 가운데가 볼록한, 놀라우리만치 새것인 문은 SF 영화에서나 보았던 우주선의 감압실로 들어가는 것 같은 느낌을 주었다. 바로 냉동실로 들어가는 문이었다. 시장은 그 문 바로 옆에 서 있었다.

"여기서 밤을 샐 작정들이오!"

사람들은 박물관에 들어온 것처럼 마치 새로운 세계를 발견한 듯 저마다 주변을 살피는 중이었다. 의사는 산책 중인 철학자처럼 뒷짐을 지고 걸었다. 신부는 누드 사진들을 보지 않는 척하면서 그 사이에 비스듬히 걸려 있던 십자가를 고쳐 달았다. 완전히 새것인 그물의 나일론 망을 넋을 잃고 바라보던 아메리크는 다정하게 그물을 어루만지다, 타르가 담긴 통을 보러 이동했다. 일부 통에서 흘러나온 타르는 길고 가늘게 흘러 바닥에 마녀의 머리카락을 그려놓고 있었다. 스파동은 본인의 것으로 추정되는 방수복을 뒤적이며 무언가를 찾았다. 창고 한가운데 우두커니 선 노파는 같은 자리에서 360도로 천천히 빙빙 돌면서 사방을 샅샅이 살펴보았다. 마치 경매에 넘어갈 물품의 가치를 평가하러 온 집행관 같았다. 교사는 액자 속 해상 지도를 유심히 바라보았다. **개의 군도**의 본섬과 다른 섬들을 알아볼 수 있었고, 희미한 화살표로 주요 해류들이 표시되어 있었다. 여울은 회색으로, 암초는 보라색으로 칠해져 있었다.

시장의 목소리에 몽상에서 깨어난 그들은 모두 그가 있는 알루미늄 문 쪽으로 걸음을 옮겼다. 그는 조금 전 사람들에게 내보였던 희한한 열쇠를 자물쇠에 꽂았다. 자물쇠가 풀리자 그는 문을 열기 위해 두 번 더 열쇠를 돌렸고, 마침내 고무가 찢어지는 것 같은 소리와 함께 문이 열렸다. 마치 흡착 판으로 개수대를 뚫을 때 나는 소리와 비슷했다.

얼음장처럼 차가운 공기에 사람들의 얼굴은 순간 굳어졌고 뿌연 냉기가 그들을 감쌌다. 그들의 세계로부터, 그들의 한가롭고 무더운 환경으로부터 그리고 삶으로부터 멀리 떨어진 완전히 다른 계절로 들어온 것 같은 느낌이었다. 그들 모두는 동시에 소름이 돋았다. 창고의 첫 번째 구역의 온도가 2도로 유지되기 때문이었다. 하지만 그 때문만이 아니었다. 전날의 어획물이 보관된 구멍 뚫린 선반들 위에 빳빳이 포개져 있던, 입은 허공을 향해 벌어지고 눈 주변은 회색과 녹색 빛이 도는 물결 무늬의 은빛 사체들이 갑자기 눈에 들어왔기 때문이었다.

선반의 대부분은 농어, 작은 가다랑어, 근어(根魚), 노랑촉수, 놀래기, 문어, 갈치 등 어망으로 잡아 끌어 올린 뒤 어부의 손을 거쳐 얼음판 위에 놓인 온갖 심해어들로 채워져 있었다.

천장에는 황새치 두 마리와 참치 한 마리가 갈고리에 꼬리지느러미가 걸린 채 매달려 있었는데, 마치 고문을 받는 것처럼 보였다. 두 황새치의 부리는 쓸모없는 장검처럼 바닥에 끌린 채, 커다란 눈으로 제발 풀어달라고 애원하고 있었다. 어마어마한 크기의 참치는 갑옷을 입은 뚱뚱한 독일 보병 같았다. 전투에 나가게 되었으나 전혀 외상을 입지 않은 모습이었다. 체념한 상태로 마치 자신의 패배의 이유를 찾으려는 듯 바닥을 응시하고 있었다.

시장의 뒤를 따라 창고의 두 번째 구역으로 가려면 천장에 매

달린 이 거대한 생선들 옆을 지나가야만 했다. 또 나른 알루미늄 문 뒤에 냉동실이 기다리고 있었다. 문이 열리자 아까보다 훨씬 더 차가운 냉기가 빠져나왔고 사람들은 모두 추위에 얼어붙었다. 미소를 유지하던 의사도 이제는 얼굴을 찌푸렸고, 그의 콧수염과 교사의 곱슬곱슬한 눈썹은 인조라고 해도 믿을 법한 눈가루로 순식간에 뒤덮였다. 모두가 덜덜 소리를 내며 떨었다. 그런데 놀랍게도 달랑 얇은 털 조끼 하나만 걸친 노파만은 예외였다.

냉동실은 깜깜했다. 안에서 새어 나오는 냉기가 그 어둠을 흐릿하게 움직이는 회색으로 감싸고 있었는데, 어둠의 정도를 도저히 가늠할 수가 없었다. 시장은 극적인 효과를 내기 위해 사람들을 잠시 그대로 두었다. 조금 뒤 그가 손잡이를 내리자 둔탁한 소리가 나더니 수술실에서 쓸 법한 조명이 공간 구석구석 내리쬤다. 그러자 사람들은 방송 스튜디오 무대에 선 듯 눈부신 조명 아래 잠시 눈을 감을 수밖에 없었다.

냉동실은 8제곱미터 정도의 공간이었다. 세 개의 벽에는 생선을 보관할 수 있도록 칸막이가 설치되어 있었다. 안쪽 벽에 고정된 칸막이는 비어 있었다. 표면이 고르지 않고 우둘투둘한 두꺼운 얼음 껍질만이 작은 빙산 모양을 이루며 바닥을 뒤덮고 있었고, 거기서 삐져나와 두 군데에서 비죽 솟은 얼음 기둥은 고양잇과 짐승의 송곳니를 연상시켰다.

얇게 저민 참치는 은빛 음반 모양으로 오른쪽 칸막이에 놓여 있었다. 온전한 상태의 참치 머리는 오만한 얼굴을 하고서는

20센티미터쯤 되는 꽉 들어찬 붉은 살덩어리를 아직 제게 단단히 붙이고 있었다. 추위로 표면에 하얀 결정이 맺힌 살덩어리는 아직 톱으로 잘리기 전이었다.

맞은편 칸막이 위에 놓인 아메리크의 파란색 덮개가 사람들 눈에 들어왔다. 혹독한 추위가 덮개의 주름과 기괴하게 튀어나온 부분을 두드러지게 했다. 덮개로 싸인 더미에서 김이 새어 나오고 있었다.

비닐 수의에 돌돌 말린 시체들이 한 칸 전체를 차지했다. 추위 때문에 시체의 다리와 발에 달라붙은 덮개는 고대 이집트의 석관을 떠올리게 하는 모양새였다. 하지만 위쪽으로 올라가자, 냉동을 버티지 못한 덮개가 쪼그라들어 한 남자의 얼굴이 드러나 있었다. 그는 방문자들을 바라보고 있었다. 그의 눈꺼풀이 열려 있었던 것이다. 이 또한 추위 때문이리라. 이제는 홍채도 동공도 사라진 그의 돌출된 눈알은 두 개의 불투명한 흰색 유리구슬이 되어 있었다.

냉기로 얼어붙은 안경을 벗은 신부는 공허하고 너무나 비인간적인 이 눈빛을 사라지게 하고 싶었다. 그리하여 시장이 그를 말릴 새도 없이 죽은 자의 눈꺼풀을 내려주려고 했다. 하지만 이 가련한 자의 육체는 이미 대리석처럼 딱딱하게 굳어버렸기에 그의 행동이 아무 소용 없다는 사실을 그는 미처 생각하지 못했다.

그리고 신부가 미처 생각하지 못한 점이 또 하나 있었다. 추위는 가장 강력한 접착제가 될 수 있기에, 눈 깜짝할 사이에 그의 손가락이 허옇고 커다란 눈에 달라붙고 말았던 것이다. 그렇게 그는 오른손의 엄지손가락과 가운뎃손가락 살을 창백한 눈알에 붙인 채 서 있게 되었다.

그는 놀라고 두려워 작은 신음 소리를 냈다. 손을 떼어내려 했지만 두 손가락이 시체의 눈에 붙어서 꼼짝도 하지 않았다. 공포에 질린 신부에게 아무것도 하지 말고 그대로 가만히 있으라고 고래고래 소리를 지르면서, 스파동에게 어서 가서 따뜻한 물을 가져오라고 명령하는 시장의 말은 그의 귀에 들어오지 않았다. 거친 팔 동작과 함께 신부는 고통으로 비명을 지르며 시체에서 손가락을 떼어냈다.

바로 그때 사람들 모두 비현실적이고 환상적인 장면을 목격했다. 곱슬거리는 머리에 하얀 성에가 앉아 있고, 이제는 회색에 가까워진 죽은 흑인의 얼굴의 눈에서 갑자기 피눈물이 나기 시작한 것이다. 그리고 추위는 그것을 곧바로 아주 작은 진홍색 진주알로 바꾸어버렸다.

6

이 섬에서는 시체를 세워서 묻는다. 땅이 부족한 탓이다. 땅은 가장 소중한 자산이다. 인간들은 땅이란 살아 있는 자들에게 귀속되어야 하며, 그들을 먹여 살리기 위해 존재하는 것이고 그리하여 죽은 자들에게는 최소한의 땅만을 내어주어야 한다는 사실을 일찍이 깨달았다. 땅은 죽은 자들에게는 아무 소용이 없다는 것도 말이다.

그래서 이곳의 묘지는 검은 돌들을 세워 만들었다. 모양은 제각각이고, 1미터 남짓 되는 높이에, 전멸한 군대에서 돌이 된 병사들처럼 서로 딱 붙어 있으며, 위에는 죽은 이의 이름과 생몰일자가 새겨져 있다.

이승에서 우리는 함께 살지만 죽으면 홀로 여행한다. 그리하여 이곳의 묘지에는 공동 묘도 가족묘도 없이, 단독 묘만 존재한다. 그리고 그 안에는 살아서 직립을 했듯 죽어서도 반듯이 선 망자가 있다.

세 흑인 청년은 이 섬에서 죽음을 맞이한 것이 아니었다. 바다가 떠다니는 나뭇가지를 밀어내듯 해변에 그들을 남겨둔 것이다. 그들을 아는 사람은 아무도 없으며, 그들은 살아생전 섬사람들과는 스친 적조차 없었을 것이다. 오직 그들의 죽음이 서로를 마주하게 한 것이다. 하지만 그것이 산 자들의 일상이 영향을 받을 충분한 이유가 되는 것은 아니었다.

모두가 냉동실에서 빠져나오고 아기 새처럼 비명을 지르는 신부의 피투성이 손가락에 스파동이 반창고를 붙여주고 나자 시장이 말을 이었다.

"조금 과장해서 말하자면, 세 남자는 존재한 적이 없었고, 해류가 그들의 시체를 우리의 섬까지 운반한 적도 없으며, 또 이것이 가장 그럴 법한 경우인데, 바다가 그들을 아주 깊은 곳으로 끌고 가 마치 산성 용액에 담그듯 녹여버린 것이나 마찬가지인 겁니다. 그러니 아무도 그들이 어떻게 되었는지 알 수가 없는 것이지요. 그들이 신분증이라도 지니고 있었더라면 문제는 달라졌을 것이고 결정을 내리기도 더 어려웠을 겁니다. 신분증은 한 사람을 세계와 한 나라로 이어주고, 행정, 역사 그리고 가족에게 연결해주니까요. 하지만 그들에겐 아무것도 없습니다. 그들의 이름도 나이도 알 수 없고, 어느 나라를 떠나왔는지도 알 길이 없습니다. 그들이 누구의 아들인지, 형제인지, 남편인지, 아버지인지 전혀 알 수가 없는 겁니다."

"이런 빌어먹을! 너무 아프잖소!" 신부가 갑자기 소리를 지르는 바람에 시장의 말이 잘려버렸고, 냉동실을 빠져나온 뒤 신부복의 어깨 장식 위에서 다시 살아난 벌 세 마리는 천장으로 쫓겨났다.

"제가 할 수 있는 일을 하는 겁니다, 신부님." 스파동이 사과했다. "제가 간호사는 아니지 않습니까."

"어차피 아픈 건 당신이 아니다 이겁니까!"

의사는 미소를 지으며 신부의 손가락을 치료해주길 거부했었다. 자신의 손가락은 그렇게 작은 반창고를 붙이기에는 너무 서툴고 퉁퉁하다는 이유에서였다. 그는 스파동에게 생살을 꼭 소독해야 한다고 일러줄 따름이었다. 스파동은 병에 담긴 브랜디를 상처 위에 들이부었고, 신부는 고통으로 울부짖었다.

"다들 제 생각을 이해하셨을 겁니다." 시장이 다시 말을 이었다. "제가 비열한 인간도, 피도 눈물도 없는 인간도 아니라는 것을 여러분은 아실 겁니다. 하지만 제가 세계의 비극을 만든 것도 아니고, 저 혼자 그 비극을 해결해야 하는 것도 아닙니다. 이 세구의 시체를 우리 섬의 묘지에 묻는 것은 아무 의미가 없습니다. 일단 그들은 우리 섬사람도 아닌 데다, 종교가 무엇인지도 알 수 없기 때문입니다."

"필시 우리가 믿는 종교와는 다른 것으로 보이며, 그런 그들을 자신들의 종교와 아무 상관도 없는 장소에 두는 것이야말로 그들을 욕보이는 일이 될 것입니다. 또한 제가 방금 여러분께 말씀드렸듯, 저는 이 일을 우리끼리만 알았으면 합니다. 그 누구에게도 발설하지 않고 무덤까지 가져갔으면 합니다. 그러려면 당연히 이 불행한 자들의 시체는 사라져야 하고, 어느 곳에서도 그들의 존재의 흔적이 남으면 안 되겠지요."

시장은 잠시 말을 멈추고 사람들의 얼굴 하나하나를 유심히 바라보았다. 대부분은 고개를 숙이고 있었다. 노파와 교사는 예외였다. 분노에 차 시장을 노려보고 있는 교사는 천식 발작이 온 사람처럼 숨이 가빠 보였다.

"시체를 바다로 보내는 게 더 간단하겠다는 생각도 잠시 했었습니다. 하지만 며칠 뒤 바다가 시체를 우리 해안가로 다시 데려오지 않으리란 보장이 어디 있겠습니까? 그래서 저는 그들을 이곳에 묻는 게 맞겠다는 생각을 했습니다. 그들이 알지도 못한 채 마지막으로 닿은 땅인 우리 섬에 말이죠. 일상의 몫이었던 고통으로부터 세 사람을 해방한 죽음이 그들을 데려다 놓은 이곳 말입니다."

스파동은 신부의 상처 처치를 마쳤다. 하지만 신부는 시장의 이야기에는 귀 기울이지 않은 채, 마치 뚫어져라 쳐다보면 상처가 빨리 아물기라도 하는 듯 손가락을 두꺼운 안경에 가까이 가져가서는 계속 얼굴을 찌푸리고 있었다.

"우리 섬에 수많은 구렁이 있다는 건 여러분도 다 잘 아실 겁니다. 우리 조상들은 그 웅덩이들을 신의 입이라 여겼었지요. 그 구렁 중 하나에 이 세 남자의 시체를 밀어 넣는다 한들 그것이 신성을 모독하는 행위거나 비인간적인 행위는 전혀 아닐 거라 생각했습니다. 어떻게 보면 그들은 여행을 계속하게 되는 셈이지요. 세상의 중심에 다다라 영원한 안식을 찾게 될 테니까요."

모두는 시장이 내뱉은 말에 대해 한참 동안 생각했다. 그리고 다들 두려워했듯 교사가 나서 침묵을 깼다.

"아니, 이건 꿈이야. 꿈일 거라고요! 누가 절 재우려 이야기를 들려주는 것 같군요! 말씀 한번 잘하시네요, 시장님! 이 불쌍한 자들의 시체를 카펫 아래 먼지를 쑤셔 넣듯 처리하겠다는 말씀이시군요! 이곳의 일부 비위생적인 사람들이 시장님이 방금 말한 화산 구덩이에 쓰레기통을 비우고 있다는 걸 제가 굳이 상기해드려야 할까요? 그러니까 시장님은 이 불쌍한 사람들의 시체를 쓰레기 취급하시는 건가요? 이에 대한 신부님의 의견을 정말 듣고 싶군요!"

사람들이 자기 얘기를 하는 것을 듣자, 신부는 고개를 들고서 엄청난 사고라도 당한 듯 망연자실하게 들여다보던 반창고 감은 손가락을 내려놓았다. 그는 사람들이 모두 자신을 바라보면서 뭔가 얘기해주길 기다리고 있다는 사실을 깨달았다. 시장의 말과 이후 이어진 교사와의 짧은 대화를 듣기는 했으나 마치 멀리 떨어진 방에서 음악을 듣는 것처럼 흘려듣고 있었다. 그는 고생스러운 일이라도 앞둔 사람처럼 길게 한숨을 쉬었다.

"도대체 제가 무슨 얘길 해주길 바라는 겁니까? 제가 신부라서 여러분보다 더 많이 알 거라고 생각하시는 건가요? 저도 여러분과 마찬가지로 저만의 근심거리들이 있고 남들보다 디 현명한 것노 아닙니다. 만약 제게 벌들에 대해 물으신다면, 그 문제라면 제가 답을 드릴 수 있습니다." 그의 소매로 다가오는 벌 두 마리를 쫓으며 말했다. "저는 벌에 대해 많은 것을 배웠습니다. 그리고 꿀이라는 기적은 늘 저를 감탄시킵니다. 신이 존재한다면, 신은 꿀 안에 계실 겁니다! 제가 69년 동안 인생을 살면서, 그리고 50년간 성직에 몸담으면서 발견한 것을 말씀드리지요. 우리가 두 손가락으로 으깨버릴 수도 있는 곤충 수천 마리의 반복된 작업을 통해 꽃가루는 우리 삶을 달콤하게 만드는 감미로운 금빛 액체로 변합니다. 여기에는 대지의 모든 냄새와 식물의 향 그리고 바람의 향까지 농축되어 있지요. 자, 이것이 제가 신은 존재한다고 굳게 믿는 이유입니다. 물론 오늘날 많은 사람들이 무력을 행사하면서 참수, 폭탄, 피를 통해 그 반대를 믿게 하거나 다른 신을 강요하려고 하지만 말입니다. 이 밖의 일들에 대해, 그리고 특히 이 불쌍한 검둥이들에 대해 도대체 제가 무슨 얘길 해주길 바라는 겁니까?"

"왜 그들을 '검둥이'라고 부르시는 거죠?" 분개한 교사가 물었다.

신부는 고개를 살짝 들더니 두껍고 더러운 안경알 너머로 그를 찾았다. 마침내 교사를 찾아낸 신부가 어깨를 들썩이며 말했다.

"그럼 제가 그들을 뭐라고 부르길 바라십니까?"

"흑인, 아프리카인, 인간이죠!"

"그렇게 부르면 저들이 다시 살아나기라도 하나요?"

"어쨌든 그게 더 적절한 거죠. '검둥이'라는 건 모욕적인 말입니다. 잘 아시잖습니까!"

"제가 쓰는 말은 그렇지 않습니다, 선생님. 제가 하는 말은 그렇지 않다고요. 저는 선생님보다 훨씬 더 나이가 많죠. 요컨대 저는 다른 시대 사람이고, 그건 제가 어린 시절에 배운 말입니다. 학교에서 홍인종, 황인종, 백인종 그리고 검둥이에 대해 가르치던 시대였죠. 우리는 세계를 그렇게 배웠습니다. 인종에 대한 존중이 결여된 표현이 아닙니다. 피부색이 무엇이든 간에 모든 인간은 하나님의 자녀입니다. 증오나 경멸은 말 속에 있는 것이 아니라, 그것을 사용하는 방식에 있는 것이지요. 하지만 선생님께서 제가 그들을 '흑인'이라 부르길 바란다면, '흑인'이라 부르겠습니다. 그렇게 해야 선생님께서 진정이 되고 만족하신다면 그리하겠습니다. 그런다고 그들이 죽었다는 사실엔 달라지는 것이 없겠지만 말입니다."

교사가 화난 손짓을 하자, 벌 한 마리가 날아와 그의 엄지손가락이 구부러지는 곳에 앉더니 몸을 움츠리고는 침을 꺼내 쏠 준비를 했다. 교사는 다른 손으로 벌을 쫓았다. 벌은 신부복의 깃까지 어설프게 날아왔다. 교사는 속이 상한 아이처럼 약간은 지치고 토라진 투로 다시 말을 이었다.

"신부님께서는 아직 제 질문에 답을 하지 않으셨습니다."

"이제 하려고 합니다, 좀 진정하세요. 시장님의 말씀은 일리가 있습니다. 하지만 신께 맹세컨대 제가 시장님의 의견에 항상 동의하는 것은 아닙니다. 특히 모두가 알고 있듯 사치스러운 온천 사업이 우리 섬에 이미 존재하고 있는 음란함, 부패, 잘못된 가치, 방탕함을 더 몰고 오게 될 테니까요. 하지만 그보다 더 최악의 상황은 세상의 악의적인 관심이 이 섬에 쏠려 우리가 갑자기 호기심의 대상이 되는 겁니다. 그리고 그건 우리에게 해가 될 뿐입니다, 선생님.

여기 모인 우리 모두는 신께서 선택한 사람들이라는 것이 저의 입장입니다. 우리가 이 불운한 자들에 대한 기억, 그들의 죽음에 대한 기억, 마지막밖에 알 수 없었던 그들의 삶에 대한 기억을 간직하라고 말이지요. 우리는 신께서 그것을 알고 그것을 비밀로 지키라고 선택하신 사람들입니다. 이 비밀은 그들을 위해서만이 아니라 우리 섬의 다른 사람들을 위해서라도 우리가 짊어져야 하는 십자가입니다.

우리는 이 비밀의 무게와 고통을 짊어져야 합니다. 비록 우리 삶을 짓누르겠지만 그래도 다른 이들의 삶이 이로 인해 타격을 받는 일은 막을 수 있을 겁니다. 그러니 시장님의 제안은 상식적인 해결책입니다. 저로서는 우리 섬의 묘지에 사람을 매장하는 일과 구렁에 묻는 일에 차이가 없다고 봅니다. 그건 전혀 능욕적인 일이 아닙니다."

교사는 가만히 있지 못하고 모두를 바라보며 도움과 지지를 구했으나, 그는 혼자였다.

신부가 말을 이었다. "만약 제가 이 불행한 자들을 축복해야 한다 결정하신다면, 물론 그들의 종교가 무엇이었는지, 종교가 있긴 했는지 알 수 없는 것은 사실이나, 저는 그렇게 할 의향이 있습니다. 저는 모든 인간을 위해 하듯 그들을 위해 똑같이 할 것입니다. 그것이 성직자로서 저의 사명이니까요. 그리고 선생님, 양심의 가책과 공포를 덜기 위해 이렇게 생각해보시죠. 우리 섬의 어부 중 하나가 바다에 빠져 실종된다면 섬의 묘지에 결코 묻힐 수 없겠지만 그렇다고 해서 그를 위해 기도하고 영혼의 안식을 바라는 일을 못 할 건 없지 않습니까. 그리고 그가 영원히 머물게 될 광활한 바다에서 우리는 몸을 담그고, 먹을 것을 구하고, 또 높은 파도 때문에 고생을 하기도 하지요. 그런데 그 바다는 선생님이 그토록 두려워하는 **브라우**의 구렁 못지않게 수많은 쓰레기와 오물을 품고 있답니다. 자, 이것이 저의 소견입니다. 주님의 뜻이 함께하길."

신부는 말을 마쳤다. 하지만 마지막 말을 내뱉자마자 그의 입에서 느닷없이 비명이 새어 나왔다. 어설프게 처치된, 살이 찢겨 나간 갓 생긴 상처를 깜박 잊고 설교 마지막에 항상 하던 것처럼 손가락을 맞대고 두드렸던 것이다.

7

그날 밤 교사는 제대로 잠을 이루지 못했을 것이다. 냉동 창고에서 시장이 자신의 제안을 투표에 부쳤을 때, 그의 표만 빼고 만장일치로 채택되었기 때문이다.

그런 다음 시장은 스파동, 신부, 의사에게 그가 **매장**이라는 말 말고는 달리 부를 수 없었던 일을 함께 처리하자고 했다. 물론 그 말을 뱉을 때 그가 아주 거북해하는 것을 사람들은 느낄 수 있었다. 시장은 교사도 합류시켰다. 그가 다른 누구보다 먼저 자원하리라는 걸 알았기 때문이다. 그때까지 아무 말이 없던 노파는 계속 말이 없었고, 아메리크는 사람들이 자신을 데려가지 않아 매우 만족해했을 것이다. 이 모든 일들 탓에 이미 너무 많은 시간을 잡아먹었기 때문이다. 그는 미개인들의 장례를 치르는 일 말고도 할 일이 많았다.

시장이 말을 마치자, 한밤중이 되어 모두 흩어졌다.

그렇지만 그날 밤 아무도 깊은 잠을 자지 못했다. 바람이 집 문턱과 단열 처리가 제대로 안 된 창틈 사이로 심술궂은 숨결을 계속 불어대며 이미 더할 나위 없이 독사처럼 배배 꼬여 있는 신경을 더욱 거슬리게 했기 때문이다. 물론 그들의 영혼을 괴롭힌

건 바람만이 아니었다. 익사한 시체 세 구의 모습이 그들의 눈꺼풀 안쪽에 꿰매어져 있었다. 아무도 그 잔상을 떨쳐내지 못했다.

의사는 한밤중 갑자기 잠에서 깼다. 커다랗고 차가운 손이 자신의 등줄기를 쓸어내리는 것을 느꼈고 큼직한 얼굴이 눈앞에 나타나 암흑에 가까운 시퍼런 입술로 자신의 이마에 입 맞추려 하는 것을 보았기 때문이었다. 자명종 라디오의 불 켜진 숫자를 보니 새벽 2시 13분이었다.

그는 텔레비전을 켰다. 그가 좀처럼 하지 않던 행동이었다. 정치인이 나와 이야기하고 있었다. 그는 까무잡잡한 피부의 육십대 남성이었고, 눈부시게 하얀 치아를 갖고 있었다. 의사는 텔레비전의 음을 소거했다. 텔레비전 속 남자는 허풍 떨기 좋아하는 전형적인 정치인이었다. 관리받은 피부에는 짙은 화장을 했고, 머리카락은 염색을 했거나 새로 심은 듯했으며, 살찐 칠면조처럼 유연한 목은 한결같은 담청색의 와이셔츠 깃에서 쑥 빠져나와 있었다.

의사는 잠시 그의 얼굴을 멍하니 바라보았다. 그건 사실 그 누구의 얼굴도 아니었으나, 신부가 심술이나 악의 없이 사용한 말을 빌리자면, '검둥이들'의 얼굴을 잊게 해주었다. 그는 정치인들이 이렇게 한밤중에도 말을 하고 있다는 사실이 놀라웠다. 누구를 위해서? 도대체 무엇 때문에? 그는 그 남자의 말을 듣기 위해 다시 소리를 켤 용기가 도저히 생기지 않았다. 텔레비전 속 남자건 다른 이건 간에 그들은 할 이야기가 없다는 것을 알기 때문이었다. 그러니까 예를 들어 우리가 책 속에서 구할 수 있는 것 같은, 세상이 돌아가는 방식에 대한 심오한 이야기나 진정으로 필요한 이야기를 그들은 할 수 없기 때문이었다. 하지만 그들의 일은 언제나 말을 하는 것이다. 계속해서 말을 하면서 남이 그들에게 하는 이야기는 절대 듣지 않는 것, 말하기를 절대 멈추지 않고 말 속에서 사는 것이 그들의 업이다. 아무 의미 없이 공허한 그들의 말은 어리석고 기만적인 소음이 된 현대판 세이렌의 노래라 할 만하다.

의사는 가스레인지 위에 놓인 냄비에 남아 있던 커피를 다시 데워서, 설탕을 넣지 않은 아주 진한 커피를 바람 소리를 들으며 마셨다. 그러고는 시가에 불을 붙인 뒤 단테의 〈지옥 편〉의 오래된 판본을 집어 들었다. 그가 항상 곁에 두고 오래전부터 즐겨 읽는 책이었다. 그는 아무 곳이나 책을 펼친 뒤, 입안에서 거친 단어들을 굴리며 낮은 목소리로 수십 행을 읽어나갔다. 거의 천 년 전에 배열된 그 단어들은 기념물, 제국, 궁전, 인간, 국가, 왕조, 종교 등 수많은 것들이 사라지는 동안 늘 같은 자리에 있었다.

그는 시가를 피우며 오직 자신만을 위하여, 그리고 따뜻한 숄처럼 자신을 감싸주는 밤을 위하여 큰 목소리로 책을 읽었다. 커피와 브랜디도 조금 마셨다. 작은 잔에 따라 마신 술은 크나큰 감미로움을 안겨주었다. 단어들과 시가 연기가 주방에 둥둥 떠다니고 있었다. 거기에 그의 생각까지 모여 세 가지가 합쳐지자, 놀랍게도 그는 아주 짧고 감미로운 순간 동안 그것들을 따라 형태를 벗고 자신의 무거운 몸뚱이와 나이, 현재 자신이 있는 곳과 심지어 자신이 누구인지조차 잊게 되었다.

그는 어린 시절 섬의 골목길들을 뛰어다녔던 기억을 떠올렸다. 그때 그는 뛸 수 있었고 자신의 몸을 잊는 것이 가능했기 때문이다. 그는 놀이의 흥분에 이끌려 혼자 달리는 느낌이 들었다. 그의 정신은 웃음과 전율을 먹고 사는 작은 악마가 되어갔다. 그는 지나가버린 시간에 대한 향수 따위는 느끼지 않는 사람이었다. 그에겐 아무런 향수가 없었다. 그는 뒤를 돌아보는 것을 증오하는 사람이었다. 과거의 자신을 알아보지 못하기 때문이었다.

애석하게도 모든 것의 기쁨은 사그라들고 만다. 차갑게 식은 잔의 바닥에 남은 커피는 갑자기 역겨운 맛이 났고, 침에 젖은 짧아진 시가는 거름과 오줌 향이 나기 시작했다. 브랜디를 마시니 식도가 쓰라려왔다. 오직 단테만이, 여전히 항상 같은 자리에 서서 아주 오래전 그가 살던 시대부터 자신의 언어로 그를 비웃고 있을 따름이었다. 그 비인간적인 말들은 인간적인 것에 대해 말하고 있다. 유년 시절 의사의 영혼처럼, 단테의 말들은 포석이 잘못 깔린 존재의 골목길에서 숨이 차고 목숨을 잃도록 뛰어다니는 육신들의 위를 끈질기게 그리고 무의식적으로 둥둥 떠다닌다.

의사는 이유를 알지 못한 채, 조금 서글프지만 그래도 안심하면서 다시 잠에 들었다.

8

이틀 뒤, 세 익사자는 뜨거운 대지로 돌아갔다. 시장, 의사, 신부, 교사 그리고 스파동은 여전히 파란색 덮개에 둘둘 말려 있던 꽁꽁 언 시체들을 냉동실에서 꺼내 시장 소유의 무한궤도 소형차로 옮겼다. 높고 먼 곳에 위치한 포도밭 관리를 위해 시장이 사용하는 차량이었다.

아직 캄캄한 밤이었다. 해가 뜨려면 두 시간이나 더 있어야 했다. 그렇게 모두는 느린 걸음으로, 도로도 없고 차도 다니지 않는 이곳에서 짐승이 끌지 않는 유일한 운송 수단인 시장의 소형차를 따라나섰다. 그들은 거인이 한가로운 손으로 커다란 씨앗을 뿌려놓은 듯한 자갈 더미들을 굽어보는 거대한 붉은 바위, **노스 디 보스**로 향했다.

100여 미터 아래에는 마지막 포도밭이 사그라들고 있었다. 발육 상태가 엉망인 휘어진 포도나무들이 살아남기 위해 필요한 물을 찾으려면 뿌리를 아주 깊이 내려야 한다고 불평하는 소리가 들리는 것 같았다. 하지만 이 포도밭은 섬에서 최상품의 포도를 생산하는 곳 중 하나로, 생산량이 극히 적다. 포도밭의 주인은 부외*라는 사람으로 시장의 사촌이다. 게으른 도로 관리인인 그는 숨을 헐떡이고, 비만에 붉은 머리이며, 앙고라 고양이 두 마리와 결혼한 남자다. 거칠게 살던 젊은 시절, 항구에서 벌어진 싸움에서 눈 하나를 잃는 바람에 눈이 한쪽밖에 없다.

스파동이 운전을 맡은 차는 먼지가 이는 길의 가장 높은 곳까지 힘겹게 올라갔다. 시장은 스파동 옆에 앉고, 신부는 양수가 터진 것처럼 물이 흘러나오는 시체와 맞닿은 자리에 앉아서 왔다. 염색한 콧수염에 미소를 머금은 의사는 걸어서 가까스로 그들을 따라왔다. 젊음과 건강함, 천진함으로 무장한 교사는 조금도 힘든 기색이 없었다.

어슴푸레 동이 트기 시작하는 새벽, 화산의 비탈을 따라 구불구불 이어지는 길의 끝, 더 이상 차가 다닐 수 없는 곳에 이르자 차량이 멈춰 섰다. 저 멀리, 한참 낮은 곳에 무심한 파란 바다가 보였다.

교회의 종탑에서 아침 7시를 알리는 종소리가 울렸다. 뾰족한 절벽 너머 작은 마을의 모습은 아직 보이지 않았다. 붉은 핏빛의 거대한 태양은 동녘에서 물결 위로 떠오르길 망설이고 있었다. 그들은 아무 말 없이 숨을 헐떡이며 50미터마다 교대로 들것에 실은 시체를 옮겼다. 달리기 운동 덕분이었는지, 오직 교사만 엄청난 힘을 발휘하고 있었다. 다른 이들은 너무 늙거나, 너무 담배를 많이 피우거나, 너무 연약하거나, 너무 뚱뚱하거나

---

* 프랑스어로 '도로 청소부'라는 뜻.

딱히 그만한 노력을 기울일 의욕이 거의 없는 사람들이 있다.

쌀쌀한 날씨에도 불구하고, 그들은 땀에 흠뻑 젖은 상태로 세 구덩이 중 첫 번째 구덩이에 도착했다. 의사의 미소는 어느덧 일그러져 있었고, 콧수염의 염색약이 녹아 입술 위로 거무스름하게 흘러내리고 있었다. 다른 이들은 옷에 붙은 먼지를 털어내고 숨을 고르면서 겁먹은 눈빛으로 이따금 구덩이를 흘깃 바라보았다. 파란 덮개 안쪽에서 새어 나온 물이 비닐의 구겨진 틈으로 흐르더니 커다란 눈물방울들이 되어 땅으로 떨어졌고 이내 땅속으로 스며들었다. 그들은 한데 뭉친 더미가 되어버린 시체들을 차마 바라볼 용기가 나지 않았다. 녹아서 하나가 된 세 구의 시체는 비인간적이고 흉측했다. 하지만 그 흉측함은 역설적이게도 마치 거대한 조각상에서 풍겨 나오는 듯한, 뭔가 안심이 되는 흉측함이었다.

시장과 교사는 둘이서 첫 번째 구덩이에서 100여 미터 떨어진, 나머지 시커먼 입 두 개를 살펴보러 갔다. 다른 이들은 땅바닥에 털썩 주저앉았다. 아무도 말을 하지 않았다. 몇몇은 담배를 피웠다. 신부는 주머니에서 미사 경본과 영대를 꺼냈다. 그때 주머니에서 벌 몇 마리도 함께 빠져나와 주인의 머리 주위로 원을 그리며 날기 시작하더니 윙윙 소리를 내며 그에게 애정 어린 후광을 그려주었다.

두 정찰병이 임무를 마치고 돌아왔다. 시장은 가장 높은 곳에 위치한 구렁의 입구가 한눈에 보아도 가장 가파르다고 알려주었다. 안으로 돌멩이를 던져보았더니 자신도 교사도 돌이 측면으로 튕겨 나가는 소리를 듣지 못했다는 것이다. 기다리던 사람들 사이에 실망의 기운이 감돌았다. 모두가 이 무거운 짐을 들고 더 높은 곳까지 오르지 않기를 바라고 있었기 때문이었다. 하지만 일을 마무리해야 했고 그리하여 행렬은 다시 시작되었다. 마치 신성의 영역에 행진을 지휘하는 역할이 맡겨진 듯, 이번에는 신부와 벌들이 앞장섰다.

드디어 가장 높은 곳의 구렁에 다다랐다. 입구의 너비는 2미터 정도밖에 되지 않았다. 모두 안쪽을 들여다보고 싶어 했다. 그들은 아무것도 보이지 않고, 아무 소리노 들리지 않으며, 파이프의 통 안에 담긴 곰팡이 핀 담배와 비슷한 축축한 냄새만 올라오는 것을 확인할 수 있었다. 아직 날이 밝아오기를 거부하는 듯 빛은 사라져 있었고, 태양은 짙은 회색의 두꺼운 시트를 덮은 바다 속에 녹아 있었다. 게다가 날씨는 더 쌀쌀해졌다. 이마와 겨드랑이에 난 땀 때문에 사람들은 벌벌 떨기 시작했다. 서둘러 일을 끝내지 않고 계속 그렇게 있다가는 감기로 앓아누울 게 뻔했다.

스파동과 교사가 구렁의 가장자리로 짐을 옮기자, 모두가 반원 모양으로 모였다. 신부가 덮개를 향해 신의 가호를 비는 동안 스파동은 슬픔에 젖어 그 덮개를 바라보고 있었다. 잘빠진 덮개는 완전히 새것이어서 앞으로 몇 년은 더 쓸 수 있을 것이었다. 아메리크도 그렇게 말하며 환불을 요구했었고, 시장은 입 닥치라면서 꼭 그래야 한다면 그 빌어먹을 덮개의 값을 자신이 치르겠다고 대답했었다. 그러자 아메리크는 얼간이처럼, 하지만 씁쓸하게 입을 다물었었다. 게다가 낭비하는 걸 싫어하는 스파동은 시체 세 구의 마지막 여행길에 이 멋진 덮개는 아마 필요가 없을 것이고, 또한 죽은 자들에게는 아무 쓸모가 없으나 산 자들에게는 유용한 이런 물건을 버리는 일은 첫 번째 죄에 또 다른 죄를 더하는 일이 아닐까 생각했다.

신부가 내용의 삼분의 일을 건너뛰며 기도를 했다. 사람들은 성호를 그었다. 벌들도 조용히 날면서 묵념하는 것처럼 보였다. 그런 뒤 신부가 다시 한번 파란 비닐 덮개에 대고 신의 가호를 빌었다. 이제 비닐에서는 분수대의 수도꼭지처럼 물이 흘러내리고 있었다. 이제 이 모든 걸 구덩이 속으로 밀어 넣는 일만 남았다. 스파동이 시장의 격려를 받으며 작업에 착수했다. 숨을 고른 의사는 하루의 첫 시가를 입에 물고는 형식적으로 일을 거들었다. 교사도 그들을 도왔다. 시체 더미가 우둘투둘한 바닥에 달라붙어 있어서 더 세게 밀어야 했다. 게다가 세 망자는 세상을 떠나기 싫어하는 것 같았다. 시장의 "하나, 둘, 셋!" 구령에 맞춰 모두가 달라붙어 덮개를 밀기 시작했다.

그러자 결국 파란 덮개가 부드럽게 빨려 들어가는 소리와 함께 구덩이 속으로 굴러떨어졌다. 벌들은 신부와 다른 이들을 고독 속에 남겨둔 채 그 뒤를 따라 돌진했다. 모두 허겁지겁 구덩이 가장자리에 나란히 바짝 엎드려 숨죽이고 암흑 속을 유심히 살펴보았다. 귀를 기울여보았으나 아무 소리도 들리지 않았다.

마치 시체 세 구가 평평한 경사면이나 돌출부는 물론이고 심지어는 구렁의 바닥에서도 절대 으스러지지 않는 채 한없이 떨어지고 있는 것 같았다. 그들이 존재한 적은 없었다고 믿을 수도 있었을 것이다. 와인을 너무 많이 마시거나 소스에 재운 고기를 너무 많이 먹은 뒤 잠을 설치는 밤, 불편한 구덩이 속에서 환상적이고 음산한 꿈을 꾼 것이었으리라. 앞으로 더 나은 삶을 살 수 있게 만들어줄 수많은 일들이 아직 그들에게 남아 있을 것만 같았다.

9

그 후 이어진 며칠 동안 한 편의 흔들림 없는 연극이 펼쳐졌다. 모두가 한 치의 오차도 없이 자신의 역할을 해냈다는 점을 인정해야만 한다. 다시 말해, 각자 늘 해왔던 것처럼 평범한 일상을 연기했다는 것이다. 매일 아침 노파는 몇 년 전부터 그래왔던 것처럼 검은 자갈 해변을 지나 같은 시간에 같은 장소로 개를 산책시켰다. 시체들이 밀려왔던 장소 근처를 지날 때에도 손톱만큼의 감정도 드러내지 않았다. 개는 개답게 굴면서, 앞으로 뛰어나가고 뒤로 다시 돌아오고 갈매기나 파도를 쫓고 이유 없이 낑낑대고 주인이 꾸짖으면 얌전히 말을 들었다. 아메리크는 자신의 포도밭을 관리하면서 이 사람 저 사람 집에서 조금씩 석공 일을 하며 지냈다.

먼바다에 나가 대대적인 참치 조업이 이루어지는 **스튜넬라** 기간이 머지않은 때이기도 했다. 그리하여 스파동을 비롯한 모든 어부들은 한 해 소득의 대부분을 벌어들일 수 있는 이 기간을 위해 대형 어망의 손질을 마치고 배의 선체와 갑판을 문질러 청소했으며 연료를 넉넉히 채워두었다.

신부는 겨울을 대비해 벌통을 정비했으며 교회에서 열렬한 여신도 세 명과 열두 마리 정도의 벌들을 위한 기도를 계속했다. 벌들은 피어오르는 향에 취한 듯 더 크게 윙윙 소리를 냈다. 그런 뒤 신부는 항구의 카페로 가서 가장 안쪽에 있는 자신의 지정석에 앉아 오후를 보냈다. 그는 그곳에서 성무 일과서와 양봉 지침서 그리고 스포츠 신문을 읽곤 했다. 특히 그는 여자 높이뛰기 경기의 결과에 관심이 많았는데, 이것은 그가 끝도 없이 이야기를 할 수 있는 종목이었다. 그는 사람들에게 젊은 선수들의 우아한 상승에서 현대판 성모 승천의 모습을 보아야 하며, 신이 높이뛰기를 만든 것은 죄인들이 자신에게 더 가까워지도록 하기 위한 것이라고 주장하곤 했다.

시장과 의사는 매일 저녁 둘 중 한 명의 집에서 만나 두꺼운 온천 사업 서류를 함께 검토했다. 마지막 현장 방문 뒤 1월 초에 컨소시엄에서 최종 결정이 내려질 예정이었다. 시장은 투자자들이 어떤 지점에서 유보적인 입장을 보이는지를 미리 파악하고 그것들을 일소할 만한 모든 논거들을 마련하여 최적의 조건에서 그들을 맞이하길 원했다.

오직 교사만이 자신의 직무에 만족하지 못했다. 물론 그는 6세부터 12세까지의 아이들 서른여 명으로 구성된 자신의 학급을 성실하게 담당했다. 하지만 그 일만 하는 것이 아니었다. 시장의 명령을 받고 교사를 조금씩 감시하던 스파동의 보고에 따르면, 그는 매일 아침 우스꽝스러운 옷차림으로 계속 달리기를 하긴 했지만, 바닷가에 이르면 달리기를 멈추고 주변을 살핀다는 것이었다. 그는 그곳으로 다가가 300미터 정도 되는 해변을 천천히 걷곤 했다. 그러다 가끔 멈춰서 수평선을 뚫어져라 바라보거나, 몸을 굽혀 수상한 물체를 집어 들었다 물에 던져버리거나, 뭔가를 찾아내려는 듯 파도를 샅샅이 살펴보곤 했다.

"뭔가를 찾아내려 한다는 게, 도대체 무슨 소리야?"

"저야 모르죠." 창고 사무실에서 시장 앞에 선 스파동이 자신의 모자를 다 풀어헤치기라도 할 것처럼 만지작거리며 대답했다. "뭔가를 찾는 것 같더라니까요. 파도가 자기한테 무슨 얘기라도 해줄 것처럼요."

시장은 잠시 동안 테이블 위에 엎드렸다. 마치 그의 근심 걱정이 어깨를 짓누르고 있는 것 같았다. 사무실 창문 너머는 휴식시간이었다. 어부들이 담배를 말거나 커피를 준비하는 모습이 보였다. 사무실 쪽을 바라보는 이는 아무도 없었다. 스파동은 차렷 자세로 시장 앞에 서 있었다. 그는 계속 그 자리에 있어야 하는 건지 나가도 되는 건지 알 수가 없었다.

"도대체 파도가 물의 노래 말고 무슨 얘기를 해주길 바라는 건가?" 마침내 시장이 생각에 잠긴 말투로 말을 이었다. "바다는 말이 없다고."

스파동은 시장의 말에 동의했다. 그러고는 자신의 상사에게는 언제나 동의해야 한다는 원칙을 다시 한번 되새겼다. 그래야만 귀찮은 일들을 피할 수 있기 때문이었다. 그는 자신의 부인에게도 똑같은 원칙을 적용하고 있었다. 그녀의 다정함과 아름다움에 반해 결혼했지만, 20년간 함께 살며 아이 셋을 낳아 기르고 나니 이제는 따발총처럼 잔소리를 하는 농어를 닮은 여인이되어 있었다.

"나가봐도 좋네."

스파동은 그 말이 떨어지기가 무섭게 사무실을 빠져나왔다. 시장의 평정심은 흔들리고 있었다. 뭔가 삐걱대는 느낌이 들었다. 교사에 대해 정확히 알지는 못하지만, 시체들을 처리한 후 이어진 그의 침묵이 어떤 구체적인 의도를 감추고 있다는 의심이 들었다. 하지만 그 의도가 대체 무엇이란 말인가?

공부깨나 했다는 인간들은 늘 똑같았다. 시장은 세상이 엉망으로 돌아가는 건 교사처럼 이상과 선의에 얽매인 자들 탓이라 생각했다. 그들은 집착에 가까울 정도로 시시콜콜 따지려 들고, 자신들이 정의와 불의, 선과 악을 구분할 수 있다고 생각하며, 이러한 두 측면의 경계는 칼날과 같은 것이라 믿는다. 하지만 경험과 분별력이 생기면 사실 그러한 경계라는 건 존재하지 않으며, 그건 그저 인간들이 만든 일종의 협약이자 창조물로서, 복잡한 문제를 단순하게 만들어 편히 발 뻗고 자기 위한 방법에 불과하다는 사실을 알게 된다.

의사도 공부를 한 사람이었다. 그것도 꽤나 오랫동인 공부를 했다. 학업을 마친 뒤 섬으로 돌아와 예전처럼 다시 침울한 사람이 된 그는 의사라기보다는 접골사에 가까웠다. 우울을 거추장스러운 커다란 짐 가방처럼 질질 끌고 다녔고 환자들에게 자신의 불행에 대해 늘어놓으며 훌쩍이곤 했다. 하지만 그는 이 모든 걸로 그 누구의 심기도 건드리지 않았다. 심지어 그의 집은 그가 읽는 책들로 가득 차 있었다. 그리고 시장이 가장 신기했던 것이 바로 이 점이었다. 둘이서 오랫동안 온천 사업의 서류 작업을 끝내고 난 뒤 작은 잔에 브랜디를 마시며 함께 시가를 뻐끔 피울 때면, 의외로 시장은 의사의 기분이라든지, 아니면 사회, 국가, 정의처럼 거창한 모든 것들에 대한 의사의 생각 때문에 딱히 심기가 불편해지지 않았던 것이다. 그들은 고기잡이, 하늘, 포도밭, 과수원에 대해 이야기를 나누고, 함께 보낸 어린 시절을 떠올리면서 같은 공기를 마시고 같은 음식을 먹고 같은 향기를 맡고 자란 동무처럼 지난 시간들을 떠올리곤 했다.

이런 순간들이 시장의 마음을 편하게 만들어주었다. 그는 모든 일에 대한 걱정을 짊어지고 있었고, 그의 직무가 그에게는 형벌처럼 느껴졌다. 하지만 그건 스스로 선택한 벌이었고, 자신의 사적인 문제에 섬의 모든 문제를 더하는 격이었다.

어느 날 저녁, 사업에 필요한 토지수용을 확인하고 보상액과 양도액을 다시 한번 점검한 뒤, 의사는 잔에 브랜디를 따르며 시장에게 경고했다.

"아무래도 자네에게 이 얘기는 해야겠어. 교사가 배 한 척을 빌리고 싶어 했다는군."

"배를?"

"그래, 배를."

시장은 잔을 입술에 가져가지도 않고 다시 내려놨다.

"누가 그러던가?"

"환자가. 누군지는 말하지 않겠네, 우리 의사들은 신부들과 다름없다는 걸 자네도 알잖나. 조심스럽고 입이 무거워야 하지."

"작은 쪽배를 말하는 거겠지?"

"아니. 모터가 달린 제대로 된 배를 원했다는군. 먼바다까지 확실하고 안전히 나갈 수 있는 배 말이야. 항해 장비, 라디오, 음파 탐지기, GPS 그리고 잠을 잘 수 있는 작은 선실이 딸린 배를 찾았다는군. 본인이 직접 이렇게 설명한 것 같았네."

"도대체 뭘 하려고? 고기를 잡는대?"

"실험을 하려고 한다는군."

"실험?"

"난 들은 대로 얘기하는 것뿐이라네."

그날 저녁, 시장은 기분을 완전히 망쳐버렸다. 그는 술잔을 내려놓고 피우던 시가를 짓이겨 꺼버렸다. 시가 때문에 갑자기 목이 아파왔기 때문이다. 실험이라는 말이 그를 상당히 언짢게 만들었다. 그 말에서는 불쾌한 냄새가 났다. 아주 지독한 악취였다. 치아에 낀 질긴 고기가 부패하며 생긴 입속 충치에서 풍기는 듯한 썩은 내가 진동했다.

피곤하다는 핑계로 집에 돌아간 그는 그물에 걸렸음을 직감한 갈치처럼 펄떡이며 밤새 잠을 이루지 못했다. 그의 부인이 버베나 차를 권했지만 거절했다. 어깨를 으쓱이며 다시 잠자리에

든 그녀는 겨울잠을 자는 동물처럼 깊이 잠들었다.

건방진 젊은 놈이 대체 무슨 수작을 부리는 건가? 도대체 무슨 실험을 하겠다는 건가? 물론 시체 세 구와 관련이 있겠지만, 시장은 그 사건과 배를 빌리는 일 사이의 연결 고리를 도무지 알아낼 수가 없었다.

새벽의 빛이 덧창의 틈새를 비집고 들어오는 순간에도 시장은 아직 머릿속에서 이 모든 생각들을 굴리고 있었다. 뭔가를 더 알아낸 것은 아니었지만 한 가지 결심을 했다. 교사는 그토록 운동을 좋아하니 배를 구하기 위해 계속 달릴 수 있지 않겠는가. 그 누구도 교사에게 배를 빌려주지 않을 것이다. 그가 지켜볼 테니까.

시장으로서 그런 지시를 내리는 것이 어려운 일은 아니었다. 섬의 총 보유 선박이 많지도 않은 데다가, 곧 시작될 **스튜넬라** 기간 동안 모든 배가 동원될 예정이었기에 더욱 그랬다. 그래도 작은 배 몇 척이 남아 있기는 했다. 더 이상 바다에 나가지 않는 늙은 어부들은 자신들이 마음만 먹으면 다시 나갈 수 있다고 생각하면서, 그런 척을 하기 위해, 그렇게 스스로를 속이기 위해 계속 배를 소유하고 있었다. 또 남편을 잃은 여자들은 부두에 묶인 배를 바라보며 영원히 부재하는 죽은 남편의 살결을 계속 느끼기 위해 무슨 일이 있어도 배를 팔려고 하지 않았다. 그들은 그렇게 죽는 날까지 비참하게 살다 가려고 했다.

배를 팔지는 않더라도, 빌려줄 수는 있지 않을까?

시장은 이곳저곳을 방문했다. 그렇게 오래 걸리지는 않았다.

정오에 그는 항구의 카페 문을 열고 들어가 안에 있던 사람들을 보며 미소를 지었다. 사람들의 커피값을 계산한 그는 원하는 바를 얻어냈다. 어려운 일은 아니었다. 사소한 약속들을 해주거나, 지폐 두세 장을 쥐여주거나, 이따금 그걸로 충분하지 않을 때는 교사가 섬사람이 아니라는 사실을 상기시켰다. 그는 이 섬에서 태어나지 않았고, 그들과는 다른 사람이라는 점을 강조했다. 그가 말하는 것을 듣거나 그의 모습을 보기만 해도 쉽게 알 수 있는 일이었다. 어쨌거나 출생이니 공동체니 출신이니 하는 것은 최고의 논거였다. 바로 이렇게 문명이 생겨나고 강해진 것 아니겠는가.

교사는 지시가 내려졌다는 사실을 빠르게 눈치챘다. 그가 얘기를 꺼내면 사람들은 문을 닫거나 입을 닫았다. 심지어는 아예 문도 열어주지 않고 상대조차 해주지 않자 그는 더 이상 고집을 부리지 않았다. 하지만 그렇다고 해서 그가 계획을 포기한 건 아니었다. 그렇게 교사는 어느 토요일, 일주일에 두 번 섬과 육지를 오가는 페리선에 올라탔다. 그의 부인과 쌍둥이 딸이 그를 선착장까지 배웅했다. 그의 손에는 짧은 여행을 짐작케 하는 작은 여행 가방이 들려 있었다. 돌아오는 월요일이 까마득한 휴전을 기념하는 공휴일이었기에 어쨌든 그는 화요일부터 학교에 나가야 하는 상황이었다.

햇살이 가득하고 기온이 온화한 날이었다. 여름이 자신의 운을 다시 시험해보는 것만 같았다. 교사는 부인과 두 딸에게 입

맞춤을 한 뒤 배에 올라탔다. 아무도 없는 중앙 선실에 바로 자리를 잡고 곁에 가방을 놓은 뒤, 많은 이들이 시를 쓰는 거라 추측하곤 했던 수첩을 펼치는 모습이 보였다.

선장이 기적을 울리며 출항 명령을 내리자, 검정색과 주황색이 칠해진 커다랗고 무거운 덩어리가 항구의 물을 부글거리게 만들었다. 그러더니 사람들이 북동쪽에 있다고 알고 있으나 결코 그 해안이 보이지 않는 대륙을 향해 멀어졌다.

10

사람들은 교사가 같은 페리선을 타고 화요일 아침 일찍 도착할 거라 예상했다. 하지만 그런 일은 일어나지 않았다. 그는 전날인 월요일, 저녁이 다 되어 땅거미가 지고 항구의 바닷물 속에 잠겨 있던 햇빛의 반사광이 이미 희미해졌을 때쯤 도착했다.

사람들은 처음에 그를 알아보지 못했다. 그저 처음 보는 배 한 척이 미숙한 항해 끝에 두 부교 중 하나에 접근하는 것을 보았을 뿐이다. 조타수가 모터의 시동을 껐다. 좁은 선실에서 잠시 허둥대는 실루엣이 보였다. 그가 선실에서 나와 갑판에 올라 밧줄을 던져 묶자, 사람들은 그제야 그가 교사임을 알아보았다.

배는 **아르고스**라는 이름을 갖고 있었는데, 신화를 잘 알고 있는 것이 분명한 교사의 선택을 부추긴 것 아닌가 싶은 이름이었다.

그는 배를 살 돈도 1년간 배를 빌릴 돈도 없었고, 배를 부교에 정확히 위치시키려 몇 번이고 다시 시도하는 모습을 보니 그가 노련한 선원이 아니라는 점은 분명했다. 게다가 보통 배에서 어망과 통발을 보관하는 자리에 완전히 다른 물건이 놓여 있는 것이 눈에 띄었다. 압도적인 하얀 형태가 차곡차곡 정리되어 있었다. 하지만 그 물건이 무엇인지 확인할 틈도 없이 교사는 뚜껑 문을 닫더니 자물쇠로 잠가버렸다.

바로 이날부터 9월 말까지, 교사는 달리기를 멈추고 자신의 자유 시간을 몽땅 바다에서 보냈다. 특히 주말에는 아내와 두 딸을 섬에 남겨둔 채 이틀 동안 내내 바다에 나가 있곤 했다. 물론 몇몇 어선이 그가 배를 어느 지점에 멈춰두고 쌍안경으로 수평선을 관찰하는 모습을 발견하기도 했고 바다에서 마주치기도 했으나 매번 너무나 다른 장소였기 때문에 그 장소들 사이의 어떤 논리나 의도도 읽어낼 수가 없었다.

사람들로부터 이러한 사실을 보고받은 시장은 더 이상 잠을 이루지 못했다. 그는 결국 교사를 소환하기에 이르렀다. 행정적으로 학교는 지자체 소속이었기에 그에게는 그렇게 할 수 있는 권리가 있었다. 비록 직속상관은 아니었지만 어쨌든 그의 고용주이자 살 곳을 내어준 사람인 셈이었다. 면담이 너무 딱딱하지 않도록, 그리고 감수성이 예민한 교사가 덫에 걸렸다는 느낌을 받지 않도록 시장은 그를 자신의 집으로 초대했다. 시장은 벨 피에스라 불리는 공간에서 그를 맞이했다. 그렇게 불리는 이유는 그 이름에 담긴 뜻처럼 실제로 아름다워서가 아니라 순전히 방의 크기 때문이었다. 그러니까 그의 집에서 가장 큰 방이었다.

시장은 그 방에 절대 발을 들이지 않았다. 의사와 함께 일을 할 때면 주방을 택했다. 주방은 그가 그토록 사랑했으며 아직도 행복에 젖어 떠올리는 그의 어머니와 할머니를 생각나게 하는 공간이었다. 반면 벨 피에스는 죽음을 떠올리게 하는 공간이었다. 왜냐하면 죽은 이를 씻기고 옷을 입히고 머리를 정돈한 뒤, 새하얀 테이블보가 덮인 올리브나무 테이블 위에 올려두던 장소가 바로 그곳이었기 때문이었다.

그의 부인이 매주 왁스로 테이블을 열심히 문질렀지만 폐쇄된 공간 안에 무르고 뜨뜻한 밀랍 냄새만 퍼지게 할 뿐이었고, 쟁반 위에 결혼식용 수프 그릇이나 마른 꽃다발, 천사, 돌고래 혹은 제비처럼 보이는 분홍과 금색 장식품, 습도에 따라 색이 변하는 젊은 목동 한 쌍을 올려두었지만 아무 소용이 없었다. 시장은 테이블 위에 아버지의 시신이 자꾸 보이는 것을 떨칠 수가 없었다. 그의 나이 겨우 열넷에 세상을 떠난 아버지는 당시 **싸움꾼**이라 불리던 사람이었다.

아마도 동맥이 갑자기 터지면서 쏟아져 나온 피가 온몸을 뒤덮고 피부 아래로 흘러 얼굴까지 도달했었다. 그의 몸은 순식간에 벌겋게 변했고, 죽어서도 그 상태였다. 그리하여 올리브나무 테이블 위에 놓여서도 시뻘건 얼굴을 하고 있던 그의 죽은 아버지는 금방이라도 아이에게 달려들 것처럼 화를 참고 있는 것 같아 보였다.

시장은 교사에게 머리 부분에 수놓은 천을 씌워놓은 두 의자 중 하나에 앉으라고 권했다. 그는 커피나 술을 마시겠냐고 물었지만 손님은 둘 다 거절했다. 교사가 긴장하고 있는 걸 알아차린 시장은 내심 즐거웠다. 그리하여 시장은 내내 교사의 부인과 두 딸의 안부를 묻거나, 이상 기후와 다시 찾아온 더위에 대한 대화를 나누었고, 심지어는 자신의 전립선이 변덕스럽다는 핑계로 자꾸 화장실을 들락거리며—물론 완전히 거짓말이었다—그를 혼자 남겨두기도 했다.

시장이 돌아왔을 때, 교사의 불안은 더욱 커져 있었다.

"선생님의 멋진 배 이야기를 조금 해볼까요?" 시장이 미소 지으며 물었다.

"아, 역시 그 얘기군요! 그것 때문에 저를 오라고 하신 건가요?"

"선생님의 '실험'은 성공적인가요?"

"그렇게 된다면 시장님께 가장 먼저 알려드리겠습니다."

"그 실험의 성격을 알 수 있을까요?"

교사는 상대방의 집요함에 놀란 것 같았다. 그는 무언가를 두서없이 말하려고 하다가 망설이면서 시장의 눈빛을 살펴보았다. 시장은 쪼그라든 것처럼 보였다. 그의 몸은 한층 더 여윈 상태였다. 하지만 그의 두 눈만은 상대를 응시하며 강렬하게 번뜩였고, 그 눈으로 마치 갈고리처럼 교사의 얼굴을 샅샅이 훑어보고 있었다. 마치 그의 마음속으로 들어가려는 것처럼, 피부를 도려내고 뼈에 구멍을 내려는 것처럼, 그의 머릿속으로 난폭하게 비집고 들어가려는 것처럼, 그리고 그의 뇌 안으로 깊숙이 들어가 그의 생각들을 감시하려는 것처럼 말이다.

"시장님이 심어둔 스파이들이 아직도 정보를 알아내지 못했다니 놀랍군요."

시장은 반격하지 않았다. 교사는 숨을 돌렸다. 방금 뱉은 문장이 그에게 상당한 부담이었는지, 말을 하고 나서 아직도 얼굴이 빨개져 있었다.

"그건 대답이 아닙니다." 무슨 일이 있어도 그의 꿍꿍이를 알아내야겠다고 결심한 시장이 말을 이었다.

"어쨌든 제가 숨기는 것은 아무것도 없습니다. 저는 대낮에 작업을 하니까요. 저는 해류를 조사하고 있습니다."

"해류라고요?" 시장이 미소 지으며 되물었다.

"네, 해류요. 저는 그들의 시체가 어떻게 섬의 해변까지 떠밀려 왔는지 알고 싶은 겁니다. 전혀 논리에 맞지 않거든요."

"선생님 의견에 따르면, 논리가 바다를 지배한다는 겁니까?"

"저는 물리적인 논리를 말하는 겁니다. 어떤 물체가 바다의 어떤 지점에 던져졌다면, 해류는 그 물체를 또 다른 어떤 지점으로 옮기게 됩니다. 그리고 해류의 방향은 알려져 있지요. 계절에 따라 미세한 변동이 있을 뿐입니다. 시장님께 이걸 가르치려는 게 아닙니다. 저는 그들에게 터무니없이 큰 돈을 받는 대가로 대륙까지 데려다주겠다고 약속한 브로커들이 이용하는 경로를 그대로 따라가보았습니다. 그리고 그 경로의 여러 지점에 마네킹들을 던졌죠. 총 열 개를 던졌습니다. 그리고 지금까지 단 한 개도 이 섬의 해변으로 도달하지 못했습니다. 단 한 개도요."

"때때로 바다는 여유를 부리지요. 바다의 리듬은 인간의 리

듬과 같지 않습니다." 웃음기가 사라지기 시작한 시상이 반박했다. "그렇다고 해도 선생님이 도대체 무얼 증명하려고 하는지 저로서는 이해가 되지 않는군요."

교사는 처음으로 미소를 지었다. 그는 막 장시간 달리기를 끝낸 사람처럼 숨을 쉬면서 두 손을 쥐어짜고 있었다. 시장은 기다렸다. 이 남자는 그와는 다른 구조로 만들어진 사람이다. 이 남자는 감수성에 지배된, 감수성의 노예인 미친 자였다. 그는 끝까지 갈 것이다. 시장은 그런 확신이 들었고, 이 명백한 사실을 받아들인 참이었다. 그 무엇도 그를 막을 순 없으리라. 아마도 교사는 그 일을 일종의 사명처럼 받아들였는지도 모른다. 고귀한 목표를 이룸으로써 자신의 비참하고 덧없는 처지를, 고되고 보람 없는 직업을, 무미건조한 삶을 잊으려는 걸까?

전쟁 중 사방으로 날아들어 몸을 관통하는 총알 따위는 신경도 쓰지 않고 참호에서 선 채로 뛰어나와 다른 이들을 이끌며 고함을 지르던 자들이 바로 이런 유의 인간들이다. 또한 일상에서는 파리 한 마리 죽이지 못하면서 혁명 중에는 눈 하나 깜짝하지 않고 동족들을 단두대로 보내버리던 자들이 바로 이런 유의 인간들이다. 아직도 유년 시절과 공상에 빠져 살면서 그들과 같은 종교를 믿지 않는 이들을 신앙의 이름으로 일말의 가책도 없이 말살할 수 있었던 자들이 바로 이런 유의 인간들이다. 그들은 개조와 타협 그리고 양보의 결과물인 이 세상에는 어울리지 않는다. 이런 유의 인간들은 얼간이와 순교자, 사형집행인을 만들어낼 뿐이다. 그리고 시장은 그 희생양이 되고 싶은 마음이 추호도 없었다.

"조만간 알게 되실 겁니다. 이제 저는 이만 가보겠습니다. 내일 수업 준비를 해야 해서요."

교사는 시장의 대답을 기다리지 않았다. 이미 자리에서 일어난 그는 입술과 손이 떨려오는 것을 감추려 애쓰면서 어색하게 인사를 했다. 마치 이유 모를 슬픔으로 울음을 참고 있는 매우 어린 다 큰 아이 같았다. 그는 밖으로 나갔다.

심기가 불편해진 시장은 생각에 잠긴 채 의자에 앉아 한참을 더 머물렀다. 가까이에 있는 시계가 나무하는 소리를 내며 초를 세고 있었다. 그 소리를 들으며 시장은 메트로놈처럼 지치지 않고 눈에 띄지 않게 자신의 일을 계속하는 아주 작은 나무꾼을 상상했다. 잠시 뒤 그의 부인이 주방에서 그를 부르는 소리가 들렸다. 어느덧 저녁 시간이었다. 그는 배가 고프지 않았다. 교사가 식욕을 싹 달아나게 만들어버렸다.

11

9월 28일 금요일과 29일 토요일, 몇몇 이들의 심기를 더욱 불편하게 만든 두 개의 주목할 만한 사건이 발생했다. 우선 금요일 낮 12시경, 두 소년이 해변에서 교사가 바다로 던진 마네킹 중 하나를 발견했다. 마네킹이 교사의 것인 줄 모르는 아이들은 가장 먼저 마주친 어른에게 그 사실을 이야기했다. 신부였다. 그는 양봉장에서 딴 꿀을 양동이 두 통에 담아 들고 오는 길이었다.

신부는 아이들을 따라 해변으로 갔다. 형편없는 시력에 도수도 맞지 않는 안경을 쓰고 마네킹을 발견한 그는 잠시 그것이 이교도들이 섬기는 우상이라고 생각한 나머지 그 물체 앞에서 묵주의 십자가를 흔들고 성호를 그은 뒤, 아이들에게 함께 하길 재촉하며 기도문을 읊었다.

신부보다는 상황 파악이 나은 두 소년이 신부에게 그건 수영장에서 수영 코치나 구조 대원들의 훈련에 사용하는 추가 달린 마네킹일 뿐이라는 사실을 알려주었다. 실제 사람만 한 몸체와 그만한 무게의 플라스틱 마네킹이었다. 마네킹을 뒤집어본 그들은 메시지가 남겨져 있다는 사실을 알게 되었다. 거기에는 이 물체를 발견한다면 마네킹의 가슴에 적힌 이름의 사람에게 알려달라고 적혀 있었다. 교사의 이름이었다. 그의 주소도 함께 있었다. 마네킹의 배 쪽에는 숫자가 보였는데, 로마자로 9가 적혀 있었다.

두 아이와 꿀벌 왕관을 쓴 신부가 교사의 집 문을 두드렸을 때, 그는 아직 가족들과 식사 중이었다. 교사에게 그들이 발견한 것을 이야기하자, 그는 얘기를 다 듣기도 전에 얼굴이 변하더니 셔츠에 얼룩을 묻히지 않으려 목에 두른 수건을 빼는 것도 잊은 채 해변으로 달려갔다.

두 아이는 돌아갔고, 신부와 그의 벌들은 아직 문턱에 서 있었다. 교사의 부인과 두 딸이 궁금증이 가득한 눈으로 나타났다. 신부가 간단히 설명하자, 부인은 긴 한숨을 내쉬었다.

"머릿속에 온통 마네킹뿐이라니까요. 도대체 뭐에 씌어 저러는지 모르겠어요. 제가 알던 사람이 아닌 것 같아요."

"교회에서 한 번도 뵌 적이 없는 것 같군요." 눈이 나쁜 신부는 이렇게 말하며 교사의 부인에게 가까이 다가가 그녀의 얼굴을 자세히 관찰했다. 벌 한 마리가 쌍둥이 중 한 명의 팔뚝에 앉았다. 벌은 젊고 싱그러운 피부 위를 기어 다녔다. 아이는 무서워하기는커녕, 자신의 검지로 자그마한 피조물의 솜털 덮인 등을 조심스럽게 쓰다듬기 시작했고 벌은 신기하게도 그대로 가만히 있었다.

"저는 신을 믿지 않습니다." 여자가 단조로운 목소리로 대답했고, 신부는 그 목소리에서 일종의 회한 같은 것을 읽었다고 믿었다.

"안타까운 일이군요. 신은 구원이 될 수 있는데 말입니다."

"제가 구원이 필요하다고 누가 그러던가요?"

"그 누가 감히 구원이 필요치 않다 말할 수 있겠습니까?"

그런 뒤 두 사람은 평범한 대화로 돌아섰다. 신부는 이미 오래전부터 신을 믿지 않는 자들을 전도하는 일을 그만두었기 때문이었다. 종교는 그를 피곤하게 했다. 그조차도 더 이상 대단히 신을 믿는 것 같지 않았다. 그는 어느 날 설교 중에 신께서 조기 은퇴를 하셨다고 이야기를 하는 바람에 충격을 받은 마지막 어린양들을 홀로 남겨두지 않기 위해 믿는 척을 계속할 뿐이었다.

"나이가 든 것이 느껴질 때, 이제 70퍼센트만 일하겠다고 요구하는 건 수도의 정부 부처 공무원들만이 아닙니다. 저는 신도 마찬가지라고 생각합니다. 신께서는 점차적으로 일을 그만두고 계시는 중입니다. 그리고 그것은 우리의 탓이지요."

그러자 나이 든 여신도 두 명이 요란하게 의자 소리를 내며 일어나 교회를 떠났었다. 심지어 그중 한 명은 신부의 신성모독적인 발언을 고발하기 위해 맞춤법 오류와 인사치레로 가득한 편지를 주교에게 보내기도 했었다. 하지만 주교가 더 심각한 사안들로 바빴던지, 여신도는 결코 답장을 받지 못했다.

신부는 교사의 두 딸에게 꿀벌에 대한 간단한 강의를 해줄 수밖에 없었다. 그는 둘 중 한 아이에게 그릇을 가져오라고 한 뒤 거기에 꿀을 조금 부어주고는 그곳을 떠났다.

해변에서 돌아오던 교사는 마네킹을 마치 댄스 파트너처럼 품에 꼭 안고 있었는데, 그 무게에도 불구하고 빠른 속도로 걸었다. 그의 목에는 아직도 수건이 둘려 있었다. 당나귀 수레를 타고 오던 아메리크가 그를 따라잡았다. 그는 교사에게 수레에 타라고 권했다. 햇빛이 주변을 밝히고 있었고, 주위로 펼쳐진 포도밭에서는 돌담 위에서 천천히 말라가는 포도알의 단내가 올라오고 있었다.

"거의 다 왔습니다. 괜찮습니다. 감사합니다."

"그거랑 결혼이라도 하시려고요? 적어도 성가시게 굴진 않겠군요!"

교사는 그의 농담에 반응하지 않고 그가 혼자 웃게 내버려두었다. 수레를 탄 아메리크는 눈에 띄게 힘들어하기 시작한 교사 옆에서 말없이 조금 더 동행했다. 그러다 어깨를 들썩이고는 당나귀에게 채찍질을 했고, 당나귀는 콧숨도 내뿜지 않고 순순히 속도를 내기 시작했다.

교사의 학급 학생 여럿은 그날 오후 그의 상태가 매우 이상했다고 전했다. 교사는 모든 학생들에게 말없이 오랫동안 수행하는 과제를 내주었는데, 얼마나 지루했던지 어린 학생들은 결국 책상에 엎드려 잠이 들었고, 더 큰 학생들은 지겨워하며 공상을 시작했다.

쉬는 시간에 아이들이 운동장에서 어마어마하게 소란을 피워도 교사는 신경도 쓰지 않았다. 심지어 그런 소동이 벌어지고 있다는 것조차 모른 채, 아마도 시는 아닌 무언가를 수첩에 정신 없이 적어 내려갔다. 그러다 이따금 자신의 책상 근처, 교실의 한쪽 모퉁이, 칠판 아래 놓아둔 마네킹을 바라보았고, 대형 해상 지도를 앞에 펼쳐두고서는 거리를 재기도 했다.

그날 저녁, 교사는 늦게까지 작업에 몰두했다. 스파동은 새벽 2시까지 교사의 집 조명이 켜져 있었다고 시장에게 보고했다.

"골목에 서서 얼어 죽는 줄 알았다니까요."

"그러라고 자네한테 월급 주는 거 아닌가."

"실례지만, 고기 잡으라고 주시는 월급 아닌가요."

"그럼 그것도 고기잡이의 일종이라고 생각하게. 그러면 되겠나?"

스파동은 아무 말도 하지 못한 채 시장이 방금 한 말이 무슨 뜻인지 이해하려 애썼다. 누구도 말을 덧붙이지 않았다. 토요일 아침 7시, 아직 이른 시간이었다. 시장이 의사의 병원으로 노파, 신부, 아메리크 그리고 스파동을 불렀다. 모두가 그곳에 모였다. 그들은 대기실에 앉아 기다렸고, 의사가 그들을 맞으러 왔다. 그는 쟁반에 커피 잔을 담아 왔다. 늘 그렇듯 미소를 머금은 얼굴이었다. 그는 불치병이나 시한부 선고를 내릴 때조차도 미소를 잃는 법이 없었다. 그건 마치 가면 같은 것이었다. 그 뒤에 정확히 무엇이 있는지는 아무도 알지 못했다.

"자, 제가 이렇게 오시라고 한 것은 여러분의 도움이 필요하기 때문입니다. 제가 이해하는 데 여러분들이 도움을 주셨으면

합니다." 시장이 뜨거운 커피를 단숨에 마셔버리고는 쟁반에 잔을 내려놓은 뒤 인상을 쓰며 말했다.

이야기를 시작한 시장은 계속해서 인상을 쓰며 말을 했는데, 사람들은 그것이 너무 뜨겁거나 쓴 커피 때문인지 아니면 그가 방금 꺼낸 말 때문인지 헷갈렸다. 시장은 지난 3주간의 교사의 행동들에 대해 자세히 설명하면서, 먼저 모두가 이미 알고 있는 사실들을 되짚은 다음 일부 사람들이 따로 시장에게 보고했던 또 다른 사실들을 덧붙였다. 그는 그 전날 벌어진 사건들, 즉 해변으로 밀려온 마네킹과 오후에 학교에서 있었던 일 그리고 교사가 뭔가를 집중해서 적어 내려갔고, 밤늦게 잠에 들었다는 것까지 전달했다. 스파동은 마지막 진술의 신빙성을 높이려는 듯 길게 하품했다.

"자, 현재의 상황이 이렇습니다." 시장이 꽉 쥔 주먹을 자신의 비쩍 마른 허벅지에 내리치며 말했다.

잠시 침묵이 흘렀다. 커피 향을 머금은 입김으로 가득 찬 대기실에서는 약간 역겨운 냄새가 났다.

"이해하기 위해 우리가 필요하다면서, 진실은 말하지 않고 있군."

침묵을 깬 사람은 노파였다. 자갈을 깐 듯 잔뜩 쉰 목소리는 어린 나이에 육지의 신학교로 보내진 신부를 제외하고 그날 아침 그 자리에 모인 모두가 기억하는 목소리였다. 어린 시절 오랫동안 그들을 벌벌 떨게 했던 목소리였기 때문이다.

"자네는 참 약았어." 노파가 말을 이었다. "자네는 항상 그랬지. 우리가 필요한 건 이해하기 위해서가 아니라 나누기 위해서겠지."

"나누다니요? 뭘 나눈다는 말씀인가요?" 시장은 도대체 무슨 소리인지 모르겠다는 듯 과장되게 되물었다.

"자네의 짐 말이네. 자네가 원하는 건 우리가 자네의 이해를 돕는 게 아니라 짐을 나눠 짊어질 수 있게 돕는 거겠지. 우리가 자네를 안심시켜주길 바라는 거야."

스파동과 아메리크는 어리둥절한 눈빛을 주고받았다. 그들은 이 모든 이야기를 이해할 수 없었다. 그건 철학적인 이야기였고, 만취했을 때보다 더 머리를 아프게 만들었다. 의사는 미소를 지으며 커피를 음미했다. 신부는 고개를 들어 천장을 바라보았다. 그는 이 장면에서 완전히 이방인처럼 보였다.

"도무지 알 수 없는 말을 하시는군요!" 시장이 되받았다.

"누굴 속이려고? 내가 무슨 말을 하는지 자네는 잘 알고 있어. 자네는 혼자이기 싫은 거야. 모두가 함께 이 곤경에 빠지길 바라는 거지. 우릴 끌고 가고 싶은 거라고. 자네가 알고 있는 모든 걸 우리에게 말해서 결국 공범으로 만들려는 거지."

"범죄는 일어나지 않았습니다!"

"아직은 그렇지. 하지만 이미 죽은 사람이 셋이라고."

그때 갑자기 떠들썩한 소리가 대기실을 뚫고 들어왔다. 마치 멀리서 천천히 다가오면서 점점 더 커지는 요란한 기차 소리 같았다. 그 소리는 벽과 바닥을 뚫고 들어와 의자로 스며들더니 다리를 타고 올라와 그곳에 앉아 있던 사람들의 몸속으로 침투하여 그들 안으로 둔탁한 진동을 전달했다. 쟁반 위에 놓인 커피 잔들은 달그락 소리를 내기 시작했고, 쟁반은 마치 죽은 웨이터의 영혼이 주방으로 나르는 것처럼 움직였다. 신부는 성호를 긋더니 기도문을 읊조리기 시작했다. 다른 이들은 놀라지도 겁을 먹지도 않는 것 같았다. 그들은 기다렸다. 소리는 10초 정도 더 지속되더니 사라졌다.

브라우는 다시 잠에 들었다.

"정말 오랜만이군요!" 흔들리는 땅보다 침묵이 더 불편한 아메리크가 말했다.

"14개월 하고도 사흘 만입니다." 의사가 정확히 답했다. 그는 어떠한 이득이나 가르침을 위해서가 아니라 오로지 자신만을 위해 화산의 요동치는 운동을 철저히 기록하고 있었다. 그런 뒤 그는 화제 전환 없이 원래의 대화로 되돌아왔다.

"우리는 그의 진지한 태도와 끈기를 막을 수 없습니다. 지식인인 그로서는 자신의 지식을 보완하고 불분명한 부분을 밝힐 방법을 찾는 것은 당연한 일입니다. 결국 그 남자들의 시체가 어떻게 이 섬까지 떠밀려 왔는지 이해하고자 노력하는 것은 그의 권리입니다. 난처한 일이라면, 혹시라도 그가 자신이 알게 된 사실을 누군가와 나누고 싶어져서 그것을 글로 써 봉투에 넣은 다음 부치는 일이 되겠지요."

"누구한테 말인가?" 시장이 말을 잘랐다.

"우리 말고 다른 사람들에게."

"뭣 때문에 그런 짓을 하겠어요?" 스파동이 물었다. 그는 온 갖 종류의 상처와 통증을 떠올리게 하는, 그래서 언제나 별로 좋 아하지 않았던 이 대기실에서 아침부터 오고 간 모든 대화 때문 에 구역질이 날 것 같았다.

"허영심 때문이지." 신부가 말했다.

"오만함 때문이지." 노파가 말했다.

"어리석음 때문이지." 시장이 말했다.

"순진함 때문이지." 의사가 말했다.

아메리크만 아무런 말도 하지 못했다. 스파동은 이 연속적인 대답을 마무리해줄 단어를 기다리며 그를 바라보았지만, 그의 입에선 아무 말도 나오지 않았다. 아메리크는 자신은 대답할 능 력이 없다는 표시로 손을 펴서 빈 손바닥을 보여줄 뿐이었다. 스 파동은 그의 손바닥에 시멘트와 때로 새겨진 손금을 바라보았 다. 어떤 점쟁이들은 손금을 읽어서 미래를 예견한다는 것이 생 각났다. 자기도 그렇게 해보려 시도해봤지만, 빽빽한 선들과 서 로를 짓누르는 기하학적 형태들만 보일 뿐이었다. 혼돈과 혼란 그 자체였다. 한마디로 아무것도 없었다.

그들은 더 이상의 진척 없이, 아무런 결정도 내리지 못한 채 헤어졌다. 하지만 무엇을 결정해야 했단 말인가? 노파가 시장에 게 한 말은 틀리지 않았다. 그가 바라던 것은 그들 모두가 한통

속임을, 시체를 발견한 아침으로부터 아무리 시간이 흐른다 한들 그 일이 그들 모두에게 무거운 짐을 지우고 있음을 느끼게 만드는 것이었다. 아무도 그 부담을 홀로 지고 싶어 하지 않았다. 모두가 그 짐을 나눠야 했던 것이다.

12

같은 날 오전, 페리선이 항구로 접근하며 언제나처럼 기적 소리를 세 번 울린 뒤 입항했다.

승객은 많지 않았다. 육지에 일을 보러 갔다가 돌아오는 섬 사람 몇 명이 보였다. 안짱다리에 간 질환으로 얼굴이 누렇게 뜬 약국 직원 필륄*은 매주 의사가 주문하는 약품을 가져오는 길이었다. 그리고 사람들이 진짜인지는 확신하지 못한 채 자매라고 부르는 나이 든 두 여성이 있었다. 그들은 매년 똑같은 시기에 친척을 만나러 섬을 방문해서 크리스마스까지 머물곤 했다. 그리고 처음 보는 중년의 남자 한 명이 있었다. 키가 크지도 작지도 않고, 뚱뚱하지도 마르지도 않았으며, 젊지도 늙지도 않은 이 남자는 평범함 그 자체를 상징하는 인물이었다. 아무리 이쪽을 봐달라 손가락을 들어도 카페의 종업원들이 잊어버리며, 여자들 옆을 스쳐 지나가도 아무도 그의 존재조차 눈치채지 못하는, 절대 눈에 띄지 않는 그런 남자였다.

남자는 외판원이 아직 세계 방방곡곡을 누비던 시대에 그들

---

* 프랑스어로 '알약'이라는 뜻.

이 갖고 있었을 법한 짐 가방을 들고 있었다.

그는 마지막으로 페리선의 계단을 내려와 부두에 서서 주변을 둘러보았다. 그의 눈빛과 약간 망설이는 태도로 미루어 보아 그가 이 섬에 처음 발을 내딛는다는 것을 어렵지 않게 짐작할 수 있었다. 항구에 카페가 하나뿐이고 그래서 그에게 선택권이 없다는 사실을 깨닫자 남자는 그리로 향했다.

어부 몇 명이 테이블에 둘러앉아 다가올 **스튜넬라**에 대해 이야기를 나누고 있었다. 그에 대한 기대감과 예측, 그리고 정확히 언제 떠날 수 있을 것인가에 대해서였다. 모두가 출항 신호가 내려지길 기다리고 있었기 때문이다.

출항 날짜는 매년 섬에서 가장 나이가 많은 어부들로 구성된 비공식적인 소모임에서 정해진다. 그들은 제대로 된 사전 협의 없이 어느 날 부두 맨 끝, 바다를 내다보는 마지막 벤치에 모인다. 마치 어떤 동물들이 사랑, 사냥, 죽음에 대한 태곳적 의식을 지속하며 피와 본능 그리고 욕망에 이끌려 일정한 장소에 모이는 것처럼 말이다.

사람들은 이 순간을 숨죽여 지켜보곤 했다. 이 시기에는 누구도 감히 앉지 않는 마지막 벤치로 향하는 늙은 어부들의 모습이 보이면, 도시에는 전기가 통하는 것처럼 긴장감이 감돌았다. 사람들은 멀리서 그들을 지켜보았고 쌍안경을 쓰는 이들도 있었다. 사람들은 숙덕였다. 그들이 무슨 이야기를 나누는지 맞혀보려고 했다. 사람들은 그들의 입에서 나오는 말을 기다렸다. 응축

된 표현으로 효과적인 의미를 전달하는 그들의 말은 그때까지 숨죽이고 있던 작은 항구를 순간적으로 함성과 요동으로 가득 찬 활기 넘치는 공간으로 바꾸기에 충분했다.

카페의 문은 열려 있었다. 남자는 안으로 들어가 손님들에게 인사를 건넸지만, 그들은 남자를 쳐다보기만 할 뿐 대꾸하지 않았다. 그렇다고 남자는 언짢아하지 않았다. 안쪽 구석 자리에 신부복을 입은 사람이 앉아 있는 것이 보였다. 그는 붐비는 공항의 비행기들처럼 윙윙거리며 날다가 신문 위에 차례차례로 앉는 벌들을 조심스럽게 쫓아내면서 고개를 숙인 채 두꺼운 안경알 너머로 스포츠 신문을 읽고 있었다. 남자는 카운터 자리에 앉아 짐 가방을 발치에 내려두었다.

"이 섬 포도주 한 잔 주시죠."

이렇게 말하는 사람은 외지인밖에 없다. 섬사람은 결코 이런 식으로 표현하지 않는다. 섬사람이라면 그냥 포도주 한 잔을 달라고 할 뿐이다. 여기서 먹는 포도주는 섬에서 만든 포도주밖에 없기 때문이다. 섬사람이라면 다른 포도주는 마시길 거부할 것이다. 이것은 명예의 문제이다.

카페 주인은 아무런 지적도 하지 않은 채 잔과 포도주병을 집었다. 그가 잔에 포도주를 따르자, 남자는 맨드라미 빛깔이 도는 검정에 가까운 포도주의 색에 감탄하는 것 같았다. 그는 바지 주머니에서 꺼낸 지폐 한 장을 카운터에 올려두고는 포도주의 향을 음미한 뒤 입으로 가져갔다.

그에게 관심을 잃은 손님들은 다시 대화를 이어갔고, 카페 주인도 미간에 진 주름과 누런 이 사이로 잘근잘근 씹고 있던 연필로 미루어 보아 끙끙대며 처리하고 있던 게 분명한 회계 장부를 정리하러 돌아갔다. 남자는 천천히 포도주를 음미했고, 한 잔을 다 마시자 또 한 잔을 주문했다. 카페 주인이 포도주병을 들고 다시 다가오자, 그는 며칠간 묵을 방을 찾고 있다고 말했다. 그는 이곳에 용무가 있었다.

"온천 사업 때문에 오셨습니까?" 카페 주인이 물었다.

"온천이요? 아, 그럼요. 당연히 온천 건 때문에 왔죠. 그것 말고 다른 볼일이 뭐가 있겠습니까?"

상대방을 안심시키기에 그만한 것이 없겠다는 느낌이 든 남자는 그렇게 대답했다.

"이 섬에 호텔은 없습니다. 하지만 별로 까다롭지 않으시다면, 제가 침대 하나에 욕실이 딸린 방을 빌려드릴 수 있습니다. 여기서 가까워요. 바로 보여드릴 수 있습니다."

카페 주인은 카운터 뒤편에 있는 열쇠 걸이에서 열쇠 하나를 꺼냈고, 남자는 그를 따라갔다. 두 사람은 20미터 정도를 걸어 이미 오래전 폐점한 듯한 한 상점의 닫혀 있는 철문 앞에 이르렀다.

"수예점이었습니다." 카페 주인이 남자에게 설명했다. "제 어머니가 운영하던 곳이었습니다. 가게가 어머니보다 명이 짧았지요. 제가 내부를 손보아두었습니다. 그래서 철마다 풍접초의 꽃봉오리＊를 따러 오는 사람들이나, 일손이 부족할 때 이곳에 와서 일하는 어부들에게 이 방을 빌려주고 있어요."

그는 커튼을 걷고, 방울이 달려 있는 문을 열었다. 방은 정사각형이었고 벽에는 흰색 페인트가 칠해져 있었다. 침대 두 개가 각각 벽 쪽에 붙어 있었고, 야자수와 파인애플 무늬가 그려진 나일론 커튼이 달린 창가에는 작은 테이블이 있었다. 한쪽 구석에는 옷장이 보였고, 안쪽에 난 문 뒤로는 화장실과 세면대가 있었다. 바닥은 수천 개의 발이 밟아 연마된 화강암 타일이 불균형하게 깔려 있었다. 벽 아래쪽에는 습기 때문에 생긴 형광 초록빛 환초 모양의 얼룩이 보였다.

유일한 장식품이라고는 두 개의 침대 중 하나 위에 걸린 사진뿐이었다. 금색 석고 액자는 꾸르륵 소리를 내며 부풀어 있었고, 그 안에는 약간 사팔뜨기에 쪽을 찐 머리를 한 노파의 흑백사진이 들어 있었다.

"쓸 만하시겠습니까?"

"훌륭합니다." 남자가 말했다.

카페 주인이 방값을 알려주자, 남자는 굳이 일주일 치를 미리 지불하겠다고 고집했다.

"카페에 오셔서 아침을 드셔도 됩니다. 일찍 문을 여니까요. 제 아내가 늘 아침을 소량 준비해두는데, 혹시 원하시면 미리 얘

＊ 이것을 절여 만든 것이 흔히 연어 요리와 함께 먹는 '케이퍼'이다.

기를 해주시죠. 시장님을 만나실 겁니까?"

"그렇지 않아도 막 여쭤보려던 참입니다."

"이 시간에는 시청에 계실 겁니다. 쉬는 날 없이 일하시는 분이죠. 나가서 왼쪽 첫 번째 골목으로 들어가십시오. 그 길을 따라가면 교회가 나오는데, 교회를 오른쪽에 끼고 계속 가면 작은 광장에 이를 겁니다. 시청은 거기에 있어요. 길을 잃지는 않을 겁니다. 어쨌든 시청에는 깃발이 걸려 있으니까요."

카페 주인은 밖으로 나갔다. 남자는 그에게 자기가 알아서 하겠다며 방 청소를 하러 올 필요는 없다고 말해두었다. 그는 짐 가방을 열지도 않고 내려두더니 침대에 앉아 담배에 불을 붙였다. 그러고는 상의 안쪽에서 은도금된 납작한 금속 병을 꺼내 길게 한 모금을 마셨다. 그는 벽에 걸린 사진을 바라보며 담배를 피웠다. 사진에서 눈을 떼지 못하던 그는 식전주 브랜드 로고가 박힌 노란색 재떨이에 담배꽁초를 짓이기고는 벽에서 액자를 떼어서 옷장 위로 던져버렸다.

13

　남자가 시청에 도착했을 때 의사도 그곳에 있었다. 남자는 그와 시장의 비서에게 인사를 건넨 뒤 시장님을 뵙고 싶다고 말했다. 비서가 그의 신분과 용건을 묻자 남자는 그들 사이에 놓인 데스크 위로 몸을 숙이더니 비서의 귓가에 대고 몇 마디 말을 속삭였다. 의사는 듣지 못한 그 말에 그녀는 즉시 심각한 표정이 되더니 두려움에 사로잡혀 방문객을 바라보았다. 비서는 시장실 앞으로 가서 문을 세 번 두드린 뒤, 응답을 기다리며 옷매무새를 가다듬었다. 치마 밖으로 삐져나온 블라우스 자락을 다시 집어넣고, 큰 가슴을 브래지어 안쪽으로 집어넣은 뒤 머릿결을 가볍게 정리했다. 들어오라는 시장의 말이 들리자 남자를 한 번 돌아보고는 문을 닫고 안으로 들어갔다.

　잠시 뒤 시장이 허겁지겁 집무실에서 뛰쳐나왔고, 비서가 그의 곁을 바짝 따랐다. 시장은 손을 뻗으며 남자에게 다가갔다. 시장의 얼굴엔 근심의 흔적이 역력했다. 그는 남자에게 자신을 따라오라고 말했다. 그리고 그제야 의사와의 약속이 생각났다는 듯 덧붙였다.

　"우리는 다음에 보도록 하지. 나중에 설명하겠네."

남자는 특정 소속 없이 혼자 일하는, 독특한 지위의 경찰이었다. 그에게는 비밀스러운 임무가 주어졌고 그 임무를 수행하는 동안 완전한 재량권을 행사할 수 있었다. 어떻게 보면 그는 스스로의 상사인 셈이었고, 시간을 자유롭게 쓸 수 있었다. 남자와 그의 조직에게 중요한 것은 성공이었고 그것은 항상 대가를 지불했다. 그가 맡는 영역은 대개 민감한 사안이었고, 직감과 인내를 동시에 요하는 일이었다. 시장을 안심시키려 그는 자신이 어떤 비밀 기관 소속이라는 것을 굳이 설명하지 않고 지갑에서 카드 한 장을 꺼냈다. 거기에는 색이 살짝 바래고 누렇게 뜬 사진 한 장이 붙어 있었는데, 그와는 별로 닮지 않은 젊은 남자의 사진이었지만 높은 지위의 경찰임에는 틀림없었다. 시장이 손을 뻗자 남자는 그가 카드를 집어 살펴보기도 전에 카드를 다시 지갑 속에 집어넣었다.

"보시다시피 그냥 경찰입니다. 무엇 때문에 제가 여기 왔는지 궁금하시겠지요?" 그가 시장에게 물었다. 시장은 자신의 몸이 긴장으로 경직되고 심장박동이 느려지는 것을 느꼈다.

"그렇습니다."

"조금이라도 짚이는 게 없으십니까?"

"없습니다." 시장은 아무렇지도 않은 얼굴을 하려 애쓰며 숨이 막힐 것 같았다. 하지만 그는 연기에는 영 소질이 없었고, 아무리 둔한 사람이라도 그가 머릿속으로 오만 가지 생각을 하고 있다는 것을 알아차릴 수 있었을 정도였다.

"정말 아무것도 모르시겠어요?" 경찰은 시장을 몰아붙이며 집요하게 질문을 던졌다.

그리고 시장을 더 괴롭게 만들려는 듯, 그는 자리에서 일어나 마치 제집인 것처럼 시장실 안을 걷기 시작했다. 정처 없이 빠르게 걷는 그의 행위는 결국 일종의 선전포고로서, 그가 갑자기 이곳을 차지하게 되었으며, 이제 그가 상사가 되어 시장은 물론이고 내킨다면 섬 전체를 자신이 이끌어갈 수도 있다는 말을 전하려는 것이었다.

"혹시 온천 사업 건 때문인가요?" 시장이 용기 내어 물었다.

"온천이요? 아, 그거라면 벌써 이야기를 들었습니다. 그게 편하시다면 제가 그 사업 때문에 온 걸로 시장님과 저 사이에 합의를 보시죠. 저의 진짜 활동은 섬 주민들이 절대 알아서는 안 됩니다. 필요하다면 앞으로 저를 그렇게 소개하시면 되겠습니다. 하지만 시장님께서는 정말 전혀 감을 못 잡고 계시군요. 저는 온천 개발 따위에는 관심 없습니다. 아시겠어요? 그딴 건 제 알 바 아니죠. 전 온천이라는 게 늘 끔찍했어요. 온천에 요양하러 와서는 타월로 된 가운을 입고 하루 종일 어슬렁거리면서, 커다란 잔에 담긴 썩은 달걀 냄새가 진동하는 따뜻한 물을 홀짝이는 사람들을 보고 있노라면 정말 기운 빠지거든요. 하지만 온천 개발을 바라신다면, 행운을 빌어드리죠! 사업을 꼭 성공시키십시오! 죽어가는 이 섬을 빈혈증을 앓는 유령들을 위한 요양원으로 탈바꿈해보시죠. 그건 제 알 바 아니니까요. 그나저나 혹시 마실 것 좀 없으신가요? 포도주나 브랜디 같은 거요. 아, 독한 브랜디가 좋겠네요. 실례가 안 된다면 말입니다."

나중에 의사의 집으로 찾아간 시장은 경찰과의 대화에 대해 말하면서 그의 목을 졸라버리고 싶었다고 털어놓았다.

"그 자식은 말이야, 어렸을 때 우리가 새 둥지를 뒤져서 찾으러 다니던 어린 까마귀 새끼를 닮았어. 기억나? 불그죽죽하고 따뜻하고 보잘것없는 작은 몸에 우아하지도 예쁘지도 않은 약해빠진 새 말이야. 우리는 그 어린 새들이 못되지도 위험하지도 않다고 생각했지만, 우리가 손으로 잡으면 피가 날 정도로 우리를 쪼아대던 걸 자네도 기억할 거야. 그 경찰도 똑같다니까. 우체국 직원 같은 모습을 하고 있지만, 잠자고 있는 곰치 같은 자야. 장담하는데, 우릴 엄청나게 괴롭힐 거야. 그자를 쫓아버리긴 쉽지 않아. 그리고 무엇보다 그자의 태도 말이야. 나는 그 태도와 목소리, 그가 하는 말들을 도저히 참을 수가 없다고. 우리 섬에 대해서 그자가 어떻게 말했는지 아나?"

시장은 서랍 속에서 아니스 술 한 병을 찾아냈다. 한 번도 마신 적이 없는 술이었기에 도대체 어떻게 거기에 있던 건지 알 수가 없었다. 그는 경찰에게 한 잔을 따라주고, 예의상 자신의 잔에도 아주 조금 따랐다. 그는 회향 열매아 악 냄새가 나는 이 끈적끈적한 술을 도저히 견딜 수가 없었다. 두 사람은 건배했다. 경찰은 단번에 술잔을 비웠다. 그러고는 잔을 다시 내밀었다. 시장은 다시 잔을 채워줄 수밖에 없었다.

"이제 아셨겠지만, 저는 온천을 싫어합니다. 그런데 저는 섬도 싫어합니다. 아무리 큰 섬이라고 해도 저한테는 늘 너무 작아요. 섬이라는 개념 자체를 저는 견딜 수가 없습니다. 물로 둘러싸여 있잖아요. 저는 육지 사람입니다. 아침에 일어나서 차를 타고 운전을 하기만 하면 며칠이나 몇 주 뒤 빈, 모스크바, 바쿠, 델리 그리고 원한다면 베이징에까지 이를 수 있다는 사실이 좋습니다. 저는 대륙을 좋아합니다. 바다든 민물이든 물은 싫습니다. 섬이 싫어요. 심지어 시장님의 섬은 큰 것도 아닌데 제가 좋아할 이유가 없죠. 사실 지도에서 지워버려도 아무 상관 없을 겁니다. 그런들 누가 뭐라고 하겠습니까? 당신네들이요? 아니, 얼마나 된다고요? 70억 인구 중에 몇백 명? 몇 퍼센트나 되는지 직접 한번 계산해보시죠. 아마 어떤 산업에서든 우리가 달게 받아들일 수 있는 손실의 한계에 비하면 그 천분의 일도 안 될 겁니다. 제가 여기 온 건 필요에 의해섭니다. 하지만 저는 이곳에 있는 게 싫습니다. 벌써 당신들이 싫어지는 게 느껴져요. 사실 저는 대단한 걸 좋아하지 않습니다. 사회도 싫어합니다. 조국도 내가 사는 시대도 싫습니다. 인간도 싫어할 뿐만 아니라 어떠한 동물도 좋아하지 않습니다. 제가 무조건적으로, 강렬하게, 강박적으로 좋아하는 유일한 것은 바로 저의 직업입니다. 네, 저는 제 일이 좋습니다. 그리고 술 마시는 것도 좋아하죠. 엄밀히 말해 알코올중독자는 아니지만, 저는 술을 많이 마십니다. 그리고 심지어 절대취하는 법이 없죠. 의사도 이해를 못 하는 일이지요."

그는 술잔을 다시 비웠다. 그러더니 술병을 낚아채고는 직접 술을 따랐다. 그는 시장의 책상 위에 엉덩이를 걸치고 앉았다.

"제가 예의 없다고 생각하시겠지요. 버릇이 고약하다고요. 얼마든지 그렇게 생각하시죠. 저는 상관없습니다. 당신이 절 어떻게 생각하는지 그리고 앞으로 어떻게 생각할지에 대해 전혀 신경 쓰지 않습니다. 호감을 사려고 여기 온 게 아니니까요. 저는 뼈를 찾으려고 여기 온 겁니다. 그걸 파내서 갉아 먹어 그 맛을 볼 겁니다. 그리고 필요하다고 판단된다면 저를 이곳으로 보낸 이들에게 보고할 겁니다. 하지만 저는 이곳에 있어야 한다는 사실이 정말 짜증 납니다. 섬에 있어야 한다는 것 말입니다. 어떻게 섬에 살 수 있는지 정말 의문입니다. 특히 시장님의 섬처럼 이렇게 비참하고 고약한 섬에서 말입니다. 우울하고 재미없고 멋도 없는 섬 아닙니까. 솔직히 저는 이전에 이 섬에 대해 들어본 적조차 없습니다. 여긴 정말 아무도 모르는 곳에 처박힌 섬이라고요, 시장님. 사람들이 여기서는 휴대폰도 터지지 않고 인터넷도 안 된다고 하더군요. 저는 사람들이 절 놀리는 줄 알았습니다."

"그건 이 섬이 세계 인류 문화유산으로 등재되어 있기 때문입니다. 안테나 설치가 불가능합니다."

"빌어먹을 문화유산! 문화유산이라는 거 참 좋죠! 인류란 아름답고말고요! 제가 이곳에 도착한 후로 마주친 사람들은 하나같이 기형이거나 사시더군요. 그도 아니면 돌출 귀나 거대한 코를 달고 있고, 사지가 지나치게 길거나 이가 엉망진창으로 나 있

있어요. 제게 방을 빌려준 카페 주인은 양손에 손가락 여섯 개가 달려 있습디다, 손가락이 여섯 개라고요! 시장님은 이런 일이 익숙하신가 보죠? 이건 퇴행이라고요! 시장님도 지금 보시면 완전히 다 자란 게 아니지 않습니까. 어린아이의 몸을 하고선 노인의 얼굴을 달고 계시잖아요."

브랜디를 단숨에 들이켠 시장은 하마터면 그의 얼굴에 주먹을 날릴 뻔했다고 의사에게 털어놓았다. 초등학생 시절 운동장에서 한바탕 싸움을 벌인 이래로 시장에게 이런 얘기를 한 사람은 아무도 없었다. 하지만 시장은 그 남자가 경찰이라는 사실을 떨쳐버릴 수 없었으며, 아무리 모욕을 당했다고 해도 시장이 경찰에게, 그것도 지위가 높은 경찰에게 주먹질을 할 수는 없는 노릇이었다.

"나는 차라리 내가 잘못 이해한 것이라고, 아니면 그가 주장하는 것과는 반대로 그가 완전히 취한 상태라고 생각하기로 마음을 먹었네. 자제를 한 거지. 그가 말했듯 아무도 모르는 곳에 처박힌 이 섬이 완전히 외부와 단절된 건 아니라고 그자에게 말했어. 텔레비전이 있다고 말이야."

"그까짓 텔레비전! 지금은 21세기라고요! 정신 차리세요! 세상과 동떨어져 이렇게 쭉 살 수 있을 거라고 생각하시는 겁니까? 자, 바로 21세기가 저를 데려온 겁니다."

이때부터 경찰은 미친 사람처럼 장광설을 늘어놓기 시작했다. 그는 아니스 술병을 비우며 30분 동안 시장에게 끊임없이 말했고, 시장은 미친 자가 만든 광대의 공연에서 그대로 튀어나온 것 같은 이 정신 나간 인간이 도대체 어디까지 가려는 건지 알 수가 없었다.

"사람들은 그들의 머리 위에 무엇이 있는지 단 한 번도 제대로 생각해보려 하질 않습니다. 아주 오랫동안 인간들은 그곳에 신이 있다고 믿었지요. 그러면 편했으니까요. 인간들은 아래에 머물면서 피와 물을 빨아 먹었습니다. 그리고 위에서는 신이 구름 위에 앉아 인간들을 창조하고 지켜보면서 구원하거나 지옥에 떨어트렸죠. 그런 뒤 스스로 영리하다 믿게 된 인간은 신을 위에서 쫓아냈습니다. 그를 헌신짝처럼 내다 버린 거죠. 인간은 얼마 동안 자신이 저지른 일에 도취되어 살았습니다. 그러다 자신들이 만들어낸 공허함을 깨달은 겁니다. 인간의 특성은 언제나 너무 빨리 행동한다는 겁니다. 언제나 그랬죠. 인간은 이 모든 빈 공간이 두려워지기 시작했습니다. 오래된 음식을 다시 데워보려 했지만 탄 맛만 날 뿐이었습니다. 그러니 인간은 정말 겁을 먹게 됐죠. 결국 그들에게 남은 유일한 것으로 피신하기로 했습니다. 바로 진보입니다. 생각해보세요. 태곳적부터 진보는 계속돼왔으니까요. 불과 망치를 손에 얻은 인간은 톱니바퀴와 악기가 아니라 사슬부터 재빠르게 만들었습니다. 그러고는 그걸로 형제처럼 자신과 꼭 닮은 다른 인간을 묶어서 질질 끌고 다녔죠. 혹은 뾰족한 창을 만들어서 그를 죽이거나 말입니다. 바퀴와 트럼펫은 사슬과 창보다 훨씬 나중에 만들어졌는데, 그사이 인간은 이미 서로를 대량으로 학살한 뒤였죠. 게다가 바퀴의 발명 또한 순전히 이러한 살육을 더 먼 곳에서 자행하기 위해서였습니다. 범선을 보세요. 모두가 그 살육에 참여할 수 있게 한 거죠. 그리고 트럼펫은 죽임을 당하는 이들이 울부짖는 소리를 덮어버리고 살육을 축하하기 위해서 쓰였을 뿐이고요. 자, 여기까지. 그리고 이제는 인공위성이 있답니다!"

시장은 어안이 벙벙해져서 이 특징 없는 남자의 장황한 연설을 듣고 있었다. 그러면서 공상에 빠진 것은 아닌지, 소설 속에 들어온 것은 아닌지 생각했다. 혹시 한밤중 침대에서 꿈을 꾸고 있는 것은 아닐까? 비누와 라벤더 향기가 나는 분홍색 잠옷을 입은 그의 부인이 곁에 누워 있고, 밖에서는 바닷바람이 골목마다 윙윙대는 한밤중에 이따금 악몽을 꾸는 그는 회의적이고 생각이 많아진 채로 아침에 깨어나곤 했기 때문이었다.

"심지어 나는 내 몸을 꼬집어보았다네. 그런데 꿈이 아니더군. 어디서 튀어나온지도 모를 그 미친놈과 내 집무실에 있는 게 맞더라니까. 너무나 다행히도 육십 평생에 그런 놈이 있다는 사실을 모른 덕에 평화롭게 살았는데, 이제 내 앞에 나타나 인공위성 타령을 하면서, 신은 인공위성과 비교하면 고양이 오줌밖에 안 된다는 얘기를 나보고 믿으라고 하더군. 인공위성 덕분에 우리가 신의 개념을 14제곱이나 높였다면서 말이야."

의사는 빙긋 웃었다. 시장은 그 미소를 보니 더욱 짜증이 났다. 그가 짓는 미소는 아무런 의미가 없다는 것도, 자신을 비웃는 게 아니라는 것도 잘 알고 있었음에도 불구하고 말이다. 마치 드물게 찾아오는 행복하고 마음이 편안한 순간조차 언제나 불만에 가득 찬 상태로 눈에 띄게 짜증을 내면서 시장이 자신의 얼굴을 표현하는 것처럼, 그건 그저 의사가 자신의 얼굴을 표현하는 그만의 방식이라는 것도 잘 알고 있었지만 소용없었다.

시장이 경찰에게 엄청난 인내를 발휘했다는 사실을 인정해야만 한다. 경찰이 과학적 지식을 곁들인 형이상학적 장광설을 횡설수설 늘어놓으면서 인공위성의 위력과 놀라운 능력에 대해 끝없이 떠들어대는 동안 시장은 그의 말을 한 번도 자르지 않았던 것이다. 지구는 도청을 당하고 있고, 세계는 감시 아래 있다. 순진하고 어수룩한 이상을 좇는 맹목적인 사람들은 거리로 나와 민주주의 기치 아래 기본적인 자유를 제한하는 것에 반대하는 시위를 벌인다. 예를 들면 사생활을 존중받을 권리라든지 그와 비슷한 종류의 쓸데없는 일들에 관해서 말이다. 그들은 청원에 서명을 하고 성명서를 내며, 입장이 같은 정치인들에게 호소한다. 하지만 그러는 동안 그들의 행동과 행적, 내뱉은 말들은 사소한 것까지 모두 매 순간 관찰당하고 있다. 그리고 목돈과 실행할 준비가 된 정치적 의지만 있다면 언제든 모든 사람의 삶을 아주 세세한 부분까지 기록해서 보관할 수 있다. 혹시 모를 경우에 대비해서 말이다. 그게 어떤 경우인지는 상상에 맡기겠다.

이런 얘기를 늘어놓은 뒤 경찰은 자신이 쓰레기통에 던져버린 완전히 빈 아니스 술병을 슬픈 눈으로 슬쩍 바라보고 나서 시장 앞으로 돌아와 자리에 앉았다. 그러고는 서류 가방에 손을 집어넣더니 스무 장쯤 되는 종이 뭉치를 꺼내 경박스럽게 손목을 움직여 시장의 책상 위로 던졌다.

"그건 사본들이었어. 컬러사진의 사본이었지. 처음엔 뭐가 뭔지 하나도 모르겠더군. 처음 사진 몇 장에는 파란색이 보이고, 윤곽이 고르지 않은 황토색 띠들이 있었다네. 들쭉날쭉한 크기의 더 어두운 점들과 이 형상들의 몇몇을 잇는 빨간 선들도 보였지. 마치 추상화를 모사한 것 같았달까.

뒤이은 사진들에는 파란색은 덜 보이고 어두운 점들이 더 많이 보이더군. 여전히 빨간 선들이 있었고 초록으로 둘러싸인 아주 작은 점들이 보였어. 바로 그때 나는 개의 벌어진 입을 알아보았다네. 그가 말하던 그 잘난 인공위성으로 촬영한 **군도**의 항공사진이었던 거야. 우리 섬까지 포함한 모든 섬을 말이야. 지금껏 한 번도 보지 못했던, 수직으로 내려다본 섬의 모습이었지. 갑자기 내가 경찰이 얘기했던 신의 눈이 된 것 같은 기분이었다네.

그중 몇몇 사진은 정말 끔찍하리만큼 정확하더군. 포도밭이며 집이며 교회까지 다 알아보겠더라니까. 포도밭과 과수원에서 일하는 농부들과 항구에 모여 있는 사람들이 보였어. 또 다른 사진들에는 바다 위에 떠 있는 배들이 보였네. 그중 우리 섬 소속의 배 몇 척이 보였고, 처음 보는 배들도 있었지."

시장은 잠시 숨을 돌리더니 의사에게 심란한 눈빛을 던졌고, 초조하게 손가락을 비틀며 다시 말을 이어갔다.

"그리고 배라는 이름으로 부를 수조차 없는 배들이 있었다네. 너벅선 같은 형태에 뭔가 잔뜩 실려 있었는데, 나는 처음엔 목재인 줄 알았어. 나무 널빤지가 겹겹이 쌓여 있는 거라고 생각했지. 조종간도 보이지 않았네. 마치 짐을 실은 너벅선을 바다에 띄워놓은 다음 어떻게 되든지 신경조차 쓰지 않은 것 같았달까. 그러다 그 사진들 중 하나를 본 순간 갑자기 소름이 돋았네. 그게 뭔지 깨달았거든. 내가 목재라고 생각했던 건 사람이었던 거야. 그 낡아빠진 배들 위에 서거나 누운 사람들이 한데 얽혀 켜켜이 쌓여 있던 거지. 그 말도 안 되는 배들 중 일부는 어선이 예인 중이었네."

시장은 의사의 반응을 기다렸다. 그가 뭔가 말을 해주길, 그의 편이 되어주길 기다렸다. 하지만 의사는 잔에 담긴 브랜디를 홀짝거리며 아무 말도 하지 않았다. 두꺼운 손가락 사이에 시가를 끼고 굴리면서 불을 붙이길 주저하고 있었다. 불꽃을 가까이하고, 첫 모금을 빨고, 입안에 머금은 뜨거운 연기가 숲, 젖은 땅 그리고 낙엽의 향을 오래도록 남길 때 느끼는 기쁨을 아직 미루는 중이었다.

"할 말 없나?"

"내가 무슨 얘길 하길 바라는 건가?"

"내가 하는 얘기를 이해는 한 건가?"

"이제 이해가 되고 있는 것 같네."

"두렵지 않은가?"

의사는 눈썹을 치켜올리더니, 오후가 막 시작되는 이 무렵엔 아직 짙은 검정색으로 유지되어 있는 콧수염을 긁어댔다.

"내가 허세를 부리는 거라고 생각지는 말게. 하지만 솔직히 나는 뭣 때문에 두려움을 느껴야 하는지 모르겠네. 두려움이라는 건 내가 더 이상 알지 못하는 감정이야. 나는 지금 으스대는 게 아닐세. 이렇게 되려고 굳이 노력할 필요도 없었네. 내가 마지막으로 두려움을 느꼈던 건 아내가 병에 걸렸을 때였지. 그런데 그때 두려움은 내게 아무런 도움이 되지 못했어. 아내의 병을 막지 못했지. 아내를 덜 슬프게 해주지도 못했어. 아내가 고통받는 것을 막아주지도, 그녀가 결국 세상을 떠났을 때 나의 슬픔을 덜어주지도 못했다네."

시장은 의사가 자신의 부인 이야기를 꺼내자 갑자기 난처해졌다. 문득 그녀의 창백한 얼굴과 온화했던 표정, 크고 검은 두 눈이 떠올랐다. 그는 자신의 감성적인 면에 짜증이 났고 버럭 화를 내며 말했다.

"아니, 나는 자네에게 스스로를 위해 두려움을 느끼는지 묻는 게 아니네! 우리를 위해, 우리 마을을 위해, 우리 섬을 위해, 그리고 우리가 한 일에 대해서 묻는 거라고!"

의사는 더 이상 참지 못하고 시가에 불을 붙였다. 그는 격식을 갖춰 불을 붙였다. 왜냐하면 그는 그것이 자신의 인생에 존재하는 가장 진지한 일 중의 하나라고 여겼기 때문이다. 일종의 의식 혹은 경의의 표시였다. 혹은 그 둘을 합한 것이었다. 그는 몇 모금을 빤 뒤에 연기를 내뿜고는 더 큰 미소를 지어 보였다.

"왜 내가 자네 말대로 우리를 위해 두려움을 느껴야 하지?"

"제대로 이해를 못 한 것 같군. 난 자네가 짐작한 줄 알았는데 말이야. 그 망할 인공위성이 찍은 빌어먹을 사진들 중에 뭐가 있었는지 아나?"

"자네의 눈알이 튀어나올 것 같고 목이 붉게 부풀어 오르는 걸 보니, 뭔지 알겠군."

"그래, 우리가 찍혀 있었다니까. 우리가! 그 망할 아침, 해변에 있던 우리 말이야! 완벽히 알아볼 수 있겠더군. 마치 그날 우리 머리 위로 날아가던 갈매기가 셔터를 누르기라도 한 것처럼 말이네. 정말 끔찍한 일 아닌가! 노파, 개, 스파동, 아메리크, 나까지! 그 추잡한 물건이 수백 킬로미터 상공에서 날아다니면서 마치 우리를 열쇠 구멍으로 들여다보듯 지켜보고 있었다는 게 믿어지나? 정말 기가 막힌 노릇이야! 이런 망할 놈의 세상 같으니!"

"그럼 나는?"

"자네 뭘 말하는 건가?"

"나도 보이던가?"

"보이고말고! 특히 더 잘 보인다고! 그렇게 공간을 많이 차지하고 있는데 안 보일 리가 있겠나. 그리고 우리 발치에 놓인 덮개가 보였다네."

"덮개?"

"덮개 말이야. 파란 덮개. 아메리크의 덮개 말일세. 게다가 그 아래 뭔가 있다는 것도 쉽게 알아챌 수 있을 것 같았다고."

"그게 뭔지도 알 수 있나?"

"아니. 하지만 그런 추측은 아무 의미 없네. 어차피 그자는 내게 보여주지 않은 다른 사진들을 감추고 있을 거야. 도무지 모르겠네! 그런 유의 인간은 자기가 가진 모든 카드를 한 번에 내보이는 법이 없으니까."

시장은 더 이상 말이 없었다. 의사는 자신이 내뿜은 시가 연기에 둘러싸였다. 두 사람은 더 이상 서로 아무 말도 없이 한참을 그렇게 있었다. 그건 둘 사이에 흔치 않은 광경이었다.

14

이곳에서 보통 '참치 미사'라고 부르는, 어선에 대한 축복 미사가 끝난 후, 교사가 시장에게 다가오는 순간 그날의 긴장은 증폭되었다.

신부가 항구로 와서 **스튜넬라**를 위해 출항하는 모든 배를 축복하는 것이 섬의 전통이다. 예전에는 섬의 악단의 연주에 맞춰 오후 일찍 교회에서 출발하는 장중하고 호화로운 예배 행렬이 있었다. 모든 어선과 선원은 성인의 보호 아래 있기를 기원하며 각각 성인의 제단을 보관해두곤 했다. 이날이 되면 교회의 측랑에서 1년 동안 내내 잠들어 있던 제단을 꺼내다가, 금과 은을 문질러 광을 내고, 꽃으로 장식하고, 선박을 수리할 때 사용하는 것과 같은 분홍색 페인트로 석고 성상을 살짝 칠해서 색채를 선명하게 만든 뒤 밖으로 꺼냈다.

어부들이 성경책 무게 정도 되는 제단을 직접 들고 이동했고, 행렬은 경건하게 골목길을 천천히 지나 항구로 향했다. 그곳에서 신부는 성수를 뿌리며 의식을 거행했고, 기도를 올리며 다시 천천히 교회로 돌아왔다. 그때 악단의 연주는 행렬이 멈출 때마다 받아 마신 포도주와 피로 때문에 기진맥진해져 갈수록 실수를 연발하곤 했다.

교회에 도착하면 제단들은 다시 벽감 안에 들어가 이듬해까지 어둠 속에 머물게 되고, 미사가 거행되었다. 군중 모두가 교회 건물 안으로 들어갈 수 없었기 때문에 수많은 사람들이 바깥 광장에 서 있었고, 그래서 그날엔 광장의 화강암 포석이 보이지 않았다.

기독교 의식이 끝나고 저녁이 되면, 세속적 축제의 시간이 이어졌다. 항구는 초롱으로 밝혀져 있었는데, 초롱에 이따금 불이 붙어서 시커먼 하늘로 벨벳처럼 날아오르곤 했다. 초롱은 반짝이는 조각으로, 순식간에 사라지는 불티로, 금빛 먼지로 날아오르다 별의 위대함 앞에서 소멸했고, 가소롭다는 듯 비웃으며 영원히 생각에 잠긴 별은 자신에게 다가와 사라지는 불꽃들을 바라보았다.

커다란 테이블 여러 개가 설치되었다. 목조 가대에 판자를 얹은 형태였다. 모든 사람이 빵, 포도주, 올리브, 케이퍼 절임, 마지팬으로 만든 화과자, 훈제 혹은 말린 염소 고기와 돼지고기, 크림으로 속을 채운 꿀 케이크, 피스타치오를 넣은 디저트, 시트론 술과 오렌지 술을 가져왔다. 사람들의 웃음소리와 악단에서 살아남은 몇몇 단원이 연주하는 오케스트라의 음악이 울려 퍼지는 가운데, 브랜디 몇 잔에 유쾌해진 사람들은 춤을 추었다. 그렇게 축제는 새벽녘까지 계속되곤 했다.

오늘도 어부들은 여전히 참치 미사에 참석해야 한다고 생각하고 있다. 하지만 미사에 앞선 행렬은 더 이상 진행되지 않는다. 그 이후의 축제도 없다. 어부들끼리의 식사만 있을 뿐이다. 식사 장소는 여전히 항구이고, 큰 테이블 하나면 족하다. 모이는 건 남자들뿐이다. 부인들은 더 이상 참석하지 않는다. 아이들은 더더욱 찾아볼 수 없다. 먹는 음식보다 마시는 술이 더 많다. 결국 모두가 얼큰하게 취해 머리가 깨질 듯 아픈 어리둥절한 상태로, 또 몇몇은 시끌벅적한 싸움으로 끝이 난다. 미사에는 시의회가 참석한다. 의장인 시장은 자신이 거기서 도대체 뭘 하고 있는 건지 생각하며 초조함을 억누르려 애쓴다. 또한 미사에 참석한 노인들은 정산의 시간이 다가오는 것을 느끼며, 고해하고 죄 사함을 받는 것이 이로우리라 생각한다. 결국 아무도 모를 일이다. 정말 도움이 될지도 모르는 데다가, 어차피 돈이 드는 일도 아니지 않은가.

사제관이 마치 인형의 집처럼 작았기 때문에, 신부는 교회를 조금씩 자신의 공간으로 만들었고, 결국 신자들은 그곳을 떠나게 되었다. 그는 끈기와 인내심으로 교회를 자신의 별채로 삼아 커다란 창고처럼 만들었으며, 섬의 해안가에 있는 암초에 부딪혀 부서진 선박의 골조를 다시 만드느라 몇 년 동안 그곳에서 바쁘게 보냈다. 그는 사람들에게 수레를 빌려다가 긴 여름 동안 내내 끈기 있게 수없는 사고 현장을 오가며 파편을 하나하나 수거해왔다.

한번 부서졌다가 비전문가의 손으로 재건된 배의 모습은 실로 강렬했다. 부서졌던 거대한 배가 부러진 돛대의 잔해를 궁륭을 향해 치켜올리고서는 상처 입은 웅대한 넝어리로 주변의 모든 것을 압도하는 모습을 보고 있노라면, 교회 안으로 잔해를 집어넣은 건지, 아니면 이 독특한 잔해이자 완벽한 유령선, 망자들의 배, 오시리스와 카론의 배를 보존하기 위해 교회가 그 주위에 세워진 것인지 헷갈릴 정도이기 때문이다.

그래도 고해소와 긴 의자 십여 개가 남아 있기는 하다. 주변으로는 종이 상자와 더 이상 못 쓰는 벌통 더미들이 놓여 있어서 사람들이 그 위에 앉아 미사를 드린다.

미사는 독보적으로 짧다. 그래도 길다고 느끼는 사람은 시장 말고 찾아보기 힘들 것이다. 신부는 전례 절차를 수정하기 위한 새로운 공의회를 기다리지 않았다. 주기도문을 재빠르게 암송한 뒤 그는 곧바로 몇 분밖에 걸리지 않는 설교로 넘어간다. 사랑스럽게 날아다니는 벌 몇 마리와 함께 자신의 벌통 소식과 날씨에 대해 이야기하고, 육지에서 공부하던 시절의 추억을 조금 꺼낸 뒤 사람들이 그에게 부탁한 소소한 공지들을 대신 전한다.

신부의 위는 이제 포도주의 쓰린 맛도, 틀니에 은밀히 달라붙는 면병도 견뎌내지 못했기에 그는 3년 전부터 영성체를 없애기로 결정했다. 하지만 헌금을 걷는 일은 결코 잊지 않아서 심지어는 작은 수첩에 각자 얼마를 냈는지를 적어두고 연말이면 몇몇 사람들에게 그들의 인색함에 대해 상기시키기도 했다. 의식은 신속한 축도 이후 이 섬에서 물과 심해, 바람의 신으로 모시는 성모 마리아에게 기도를 올리며 끝이 난다.

시장은 교회 안으로 들어서면서 마지막 줄에 앉아 있던 교사를 발견했다. 그는 크라프트 봉투를 겨드랑이에 끼고 있었고, 시장은 그 봉투를 근심 어린 표정으로 바라보았다. 예배가 끝난 뒤, 사람들이 뿔뿔이 흩어지고 어부들은 무리를 지어 항구로 돌아가는데 광장에서 교사가 시장에게 다가왔다.

"시장님, 잠시 시간을 좀 내주시겠습니까? 시장님께 제가 알아낸 것에 대해 말씀드리고 싶습니다."

시장은 바로 근처에 있는 자신의 집무실로 교사를 데려갈 수밖에 없었다. 방 안에는 아니스 술의 달콤한 냄새가 진동하고 있었다. 시장은 교사의 시선이 책상 위 쟁반에 놓인 누군가 쓴 술잔 두 개와 휴지통 밖으로 비쭉 튀어나온 빈 술병에 머무는 것을 눈치채고는 마음이 불편해져서 먼저 변명을 늘어놓았다.

"접견이 있었습니다."

"알고 있습니다." 교사가 즉각 대답했다. "경찰이죠. 더 정확히 말하자면, 아주 지위가 높은 경찰이지요. 오늘 아침 도착했고요."

"누가 말해주던가요?"

시장은 깜짝 놀랐다. 그는 흥분할 힘조차 없었다.

"모두가 알고 있습니다. 이 섬에서 비밀이란 없으니까요. 그리고 뭐든 정말 빨리 퍼지죠. 이걸 시장님께 말씀드릴 필요는 없겠지만요."

비서다. 비서가 틀림없다. 덕지덕지 분칠을 한 가다랑어 같은 계집 같으니. 그녀는 월요일에 시장실로 곧장 불려 오게 될 것이다.

"그런데 사람들이 모르는 것은 왜 그 경찰이 이곳에 왔는가 하는 것이지요. 사람들은 온천 사업 때문이라고 알고 있더군요. 저는 전혀 그렇게 생각하지 않습니다. 저로서는 그자가 여기 온 것은 해변에서 있었던 일, 그리고 그 뒤 우리가 했던 일과 관련이 있다고 확신하고 있습니다."

교사는 한 번도 그처럼 확신에 차서 시장에게 이야기한 적이 없었다. 시체들을 발견했던 날 저녁 시청 회의실에서 열렸던 비밀 모임에서도, 냉동 창고에서도 마찬가지였다. 마치 너무 빨리 자란 탓에 자신의 새로운 몸을 어색해하는 소년 같았던 소심함이 사라진 것만 같았다. 그는 자신감을 얻은 것처럼 보였다. 얼굴에는 차분한 의연함과 약간의 뻔뻔스러움까지 묻어났다. 마치 지니고 있던 봉투에 기대어 거기서 모든 힘을 얻는 것 같았다.

"여기에 제 실험의 결론이 들어 있습니다. 아주 명백한 결론이죠. 저는 지난 며칠 동안 해류에 대한 실험을 진행했습니다. 물론 시장님께서 저보다 더 잘 알고 계실 거라 믿어 의심치 않습니다. 하지만 끈기를 가지고 온갖 자료와 지도를 섭렵한 끝에 저역시 시장님 못지않게 꽤나 전문가가 되었다고 생각합니다."

그는 시장의 반응을 기다리며 잠시 말을 멈췄다. 하지만 시장은 차분히 숨을 쉬면서 흥분하지 않겠다고 스스로에게 한 약속을 지키느라 애를 쓰고 있었다. 그는 고갯짓으로 그다음 말을 기다리고 있다는 신호를 보냈다.

"저는 사람 무게 정도 되는 마네킹을 브로커들이 이용하는 루트의 다양한 지점에 던졌습니다. 말이 나와서 말인데, 보통 브로커라고 부르긴 하지만 저는 사람을 사고파는 그런 역겨운 인간들에게 그런 단어를 쓰는 것조차 너무 아까운 것 같습니다. 어쨌든 그중 어떤 마네킹도 이 섬의 해변으로 밀려오지 않았습니다. 단 하나도요. 제 이야기 듣고 계신가요, 시장님? 저는 실험을 두 번이나 다시 해보았습니다. 역시 단 하나의 마네킹도 해변에 이르지 못했습니다. 게다가 고작 세 개만을 찾을 수 있었죠. 그것도 육지에서요. 육지에서 연락을 받았거든요. 나머지는 사라져버렸습니다. 아마 더 먼 바다로 떠내려갔겠죠. 그런데 오늘 마네킹 하나가 이곳으로 떠밀려 왔습니다. 지난 일요일, 제가 평소의 루트와는 아주 멀리 떨어진 곳에서 던진 마네킹이었죠. 더 정확히는 **개의 침**과 아주 근접한 지점입니다. 이에 대해 어떻게 생각하시는지요? 도대체 누가 감히 그 위험한 해역에서 모험을 한단 말입니까? 그곳을 잘 알고 있는 사람이 아니라면 모를까요. 이 말인즉슨, 이곳 섬사람 아니겠습니까, 시장님?"

개의 군도에서 **침**은 마치 개의 입으로 바위들을 뱉어낸 것처럼 물 밖으로 겨우 솟은 암초들이 밀집된 곳으로, 지도는 단순히 이 해역에 존재하는 위험을 알리고 있을 뿐, 암초들의 위치를 일일이 표시해놓지는 않는다. 그중 가장 큰 장애물의 크기가 올리브나무의 그루터기 정도이기 때문이다. 이 암초들의 존재를 잘 알고 있는 어부들은 모두 여길 피해 다니는데, 이따금 그 주변부로 조심스럽게 접근하기도 한다. 물고기가 풍부하고 바닷가재도 많이 잡히는 해역이기 때문이다.

시장은 맥이 빠지는 것을 느꼈다. 마치 보이지 않는 숙련된 손길이 자신도 모르는 사이 그의 혈관 하나를 절개했고, 처음으로 현기증을 느꼈을 땐 이미 너무 많은 피를 흘린 뒤라는 걸 알게 된 것 같았다.

이 깨달음을 얻은 자에게 무슨 말을 한단 말인가? 뭐라고 답한단 말인가? 무엇을 제안한단 말인가? 그의 가정이 맞든 틀리든 간에, 교사의 이야기가 폭로된다면 섬의 평온함이 깨지는 것은 물론이고, 온천 사업도 물 건너갈 것이 뻔했다. 투자자들은 그런 불길한 일로 섬이 조명받는 것을 견디지 못할 것이기 때문이었다. 복합 단지 조성을 위해 막대한 자본을 투자할 준비가 된 이들은 그 무엇보다 은밀함과 신중함을 중시한다. 더구나 시장은 오직 그들의 변호사들과 업무를 처리했고, 돈 있는 자들과는 한 번도 직접적으로 접촉해본 일이 없었다. 하지만 그는 약호로 된 회사명과 변호사들의 상냥한 미소 뒤에 숨어 있는 이들이 어떤 자들인지 잘 알고 있었다. 그들은 방해받는 것과 예기치 못한 일, 기자들 그리고 재판을 싫어한다. 그들은 출처가 불분명한 자신들의 자금에 이목을 끌지 않는 적절한 포장지를 씌우는 일에만 관심을 둔다.

그것이 진실이든 헛수고이든 간에, 만약 자신이 알게 된 것을 폭로하고자 하는 교사의 집요함이 임무를 완수하려는 경찰의 성난 난폭함과 만난다면, 섬을 지배하는 잠든 **브라우**보다 더 폭발력이 강한 새로운 화산이 탄생하여 섬은 그 상징적 용암 아래 갑자기 사라지고 말 거라는 생각이 시장의 머릿속을 스쳤다.

"바다는 모든 계산을 벗어난답니다, 선생님." 시장이 처음엔 온화하고 어진 목소리로 대답했다. "저는 과학에 대한 선생님의 진지한 자세를 높이 삽니다. 하지만 한번 생각해보세요. 수천 년 전부터 바다를 정다우면서도 사나운 동지로 삼아온 조상들의 후손이자 이곳에서 태어난 우리 섬사람들은 바다가 예측할 수 없고 이해할 수 없으며 비합리적이고 불가사의한 대상이라는 것을 알고 있습니다."

교사는 전혀 반박하지 않았다. 그는 시장의 다음 말을 기다렸다.

"선생님은 맞을 수도 틀릴 수도 있습니다. 저는 어떤 쪽으로도 입장을 밝히지 않겠습니다. 왜냐하면 저는 현명하게도 이 영역에서 우리는 아무것도 알지 못하고, 알 수 없으며, 앞으로도 결코 알 수 없으리라는 사실을 알고 있기 때문이지요. 만약 선생님이 같은 지점에서 다른 마네킹을 다른 시각, 다른 계절에 던진다면, 그 마네킹을 아르헨티나나 그리스에서 찾으실 수도 있는 겁니다. 저로서는 선생님께서 많은 시간과 또 짐작컨대 많은 돈을 들여가며 진행한 실험이 결국 아무것도 입증하지 못한다고 생각할 수밖에 없습니다. 또한 만약에 선생님의 가정이 맞다고 한들, 그것이 증명하는 바가 무엇이겠습니까? 도대체 뭘 원하시는 거죠?"

교사는 즉각 대답을 하지 않고 시간을 들였다. 아마도 자신이 곧 뱉을 말을 음미하기 위해서였을 것이다. 또한 이미 한번 그 말을 뱉은 이상 더는 물러설 수 없다는 것을 알고 있기에 그 사실이 조금은 두렵기도 하기 때문이었을 것이다. 시장의 집무실에 무거운 침묵이 흘렀다. 경찰이 마시던 잔 속에 들어가 그 안에 끈적하게 남은 아니스 술을 황홀하게 빨아 먹던, 초록색 광택이 나는 커다란 파리 한 마리가 빙글빙글 돌면서 내는 윙윙 소리만 이따금 침묵을 깰 뿐이었다.

"저는 그저 저의 이야기를 뒷받침하는 증거에 기대어 우리가 그 시체를 처리한 자들이, 여기서 잠시 상기해드리자면 저는 반대 입장을 취했었습니다. 어쨌든 그자들이 개의 침 주변 해역에서 빠졌다는 것을 주장하는 바입니다. 그들이 물에 빠졌거나 누군가 빠트린 것이겠지요. 감히 누구도 개의 침 해역에서 모험을 감행하지 않는다는 건 시장님도 저만큼이나 잘 아시리라 생각합니다. 모든 지도가 그곳을 아주 위험한 해역으로 표시하고 있으니까요. 그 해역을 잘 알고 있어서 장애물을 피할 수 있는 이 섬의 어부들이 아니라면 아무도 그렇게 할 수가 없는 겁니다."

시장은 두 손을 포개어 책상 위에 올렸다. 그는 더 이상 움직이지 않았다. 숨도 쉬지 않았다. 그는 교사를 노려보았다. 교사는 처음으로 시선을 떨구지 않고 거칠게 숨을 쉬었다. 마치 무기 없는 결투 같았다. 돌이킬 수 없이 한쪽의 죽음으로 끝이 나리라는 것을 직감하게 되는 결투 말이다.

"지금 그 말이 무슨 뜻인지 알고 하는 겁니까?"

시장의 목소리는 얼음처럼 차가워졌다. 밖에서는 아직도 높게 뜬 태양이 집들의 어두운 벽과 지붕의 판석을 시커멓게 태우고 있는데도, 방 안의 공기는 갑자기 덩달아 서늘해졌다.

"시장님, 저는 무언가를 경솔하게 주장하는 사람이 아닙니다. 제가 시장님보다 나이는 어리겠지요. 그리고 시장님께서 끊임없이 지적하시는 것처럼, 저는 이 섬 출신도 아닙니다. 게다가 그동안 일어난 사건과 이를 덮으려는 시장님의 방식을 보니, 제가 이 섬 출신이 아니라는 점이 자랑스러워지려고 합니다. 저는 책임감 있는 인간입니다. 알지도 못하면서 아무 말이나 하지 않을뿐더러, 이 정도로 중대한 일이라면 말을 하기 전에 모든 요소를 꼼꼼히 검토하는 사람이죠.

그날 아침 이후로 시장님께서는 우리에게 침묵을 지키라고 요구하셨지요. 그래서 저는 침묵했습니다. 하지만 이제는 더 이상 침묵할 수 없습니다. 제가 알고 있는 것과 제가 발견한 것을 저만 알고 있을 수는 없습니다. 하지만 저는 시장님을 비겁하게 공격하고 싶지는 않았습니다. 시장님께 미리 경고를 드리고 싶었죠. 월요일 아침까지 시장님이 앞장서 행동하지 않으신다면, 제가 직접 경찰에게 알리겠습니다. 시장님께 사본을 하나 두고 가지요. 저는 이 안에 해변에서 있었던 일과 시장님의 결정에 따라 그들을 처리한 방식을 적어두었습니다. 또한 제가 진행한 실험과 그로부터 이끌어낸 결론을 담았지요. 지금 그 경찰은 수사를 통해 진실을 밝힐 수 있는 정보들이 필요하니까요. 저는 최악의 범죄를 저질렀을지도 모르는 인간들이 사는 섬에서, 또 계속 발 뻗고 편히 잠을 자기 위해 그 사실을 알고 싶어 하지 않거나 잊으려는 편을 택하는 인간들이 사는 섬에서 더 이상 머물 수 없을 것 같습니다."

할 말을 끝낸 교사는 시장의 책받침 위에 봉투를 올려두었다. 이제 태엽이 감겼다. 시장은 심지어 머릿속에서 똑딱대는 소리가 들리는 것 같았다. 이 미친 자가 그의 앞에 둔 것은 바로 시한폭탄이었다. 어찌 되었건 폭탄은 터질 것이었다. 이제 누구도 그걸 막을 수는 없는 노릇이었다. 시장은 폭탄이 모든 것을 파괴하도록 내버려둘 생각이 없었다. 그리고 그가 두려워하는 폭발이 어차피 피할 수 없는 것이라면, 차라리 그것을 만든 자가 갈기갈기 찢기도록 하는 편이 나았다.

"잊지 마십시오, 시장님. 월요일 아침입니다."

교사는 문을 조심스럽게 닫고 시장실을 빠져나갔다.

시장은 침착할 필요가 있었다. 그런데 보통은 매우 신경질적인 그가 정말 이상하게도 침착했다. 심지어 자신이 막 죽은 게 아닌가 하는 생각이 들 정도였다. 그는 자신의 심장 위에 손을 얹어보았다. 심장은 여전히 뛰고 있었다. 그는 몇 초 동안 셔츠 위에 손바닥을 대고서는 아주 가까이서 규칙적으로 뛰고 있는 심장의 박동을 느껴보았다. 살갗의 몇 센티미터 아래에 작은 집

승 한 마리가 잡혀 있는 것 같은 느낌이 들었다.

그는 손목시계를 바라보았다. 어부들의 식사에 참석하기 위해 항구로 향하기 전까지 한 시간이 남아 있었다. 선장이자 시장으로서 그는 그 자리를 피할 수 없었다. 깨달음을 얻고 폭탄을 제조한 자의 손안으로 폭탄을 다시 돌려줄 방법을 한 시간 안에 생각해내야 했다. 그 폭탄이든 다른 폭탄이든 말이다. 왜냐하면 결국 중요한 것은 교사가 파괴하지 못하도록 하는 일이기 때문이다. 그 흥분한 인간이 당국에 사실을 알린다면, 온천 사업은 휴지 조각이 되어 날아가버린 꿈이 될 것은 말할 것도 없고, 이 섬에서는 그 어떤 것도 예전과 같이 않게 되리라는 것을 시장은 잘 알고 있었다. 요령을 피우기엔 이미 때가 늦었다. 중요한 것은 효율적으로 움직이는 일뿐이었다. 그를 제압하는 수밖에 없었다.

시장의 눈길이 아니스 술이 담겼던 두 개의 술잔에 머물렀다. 그중 하나에는 바닥에 조금 남은 술에 두 날개가 붙은 호기심 많은 뚱뚱한 파리가 벌러덩 누워 있었다. 파리는 다리 하나를 미약하게 흔들면서 살찐 보랏빛 배를 내놓고 있었다. 파리는 죽어가는 중이었다. 다리의 움직임은 점점 희미해졌다. 시장은 거기에서 눈을 뗄 수가 없었다. 이내 모든 움직임이 사라진 파리는 자신에게는 너무나 큰 반투명의 관 속에서 영원히 굳어버렸다.

15

　모든 사람이 자신 안에 어두운 면을 지니고 있음에도 불구하고 대부분은 그것의 존재를 의식하지 못한다. 그런 면이 드러나게 되는 것은 대개 전쟁, 기근, 재해, 혁명, 대량 학살과 같은 상황에 의해서다. 그렇게 은밀한 의식 속에서 처음으로 자신의 어둠을 제대로 마주하게 된 인간들은 섬뜩함을 느끼며 몸서리친다.

　시장은 바로 이 모든 것에 직면해 있었다. 그는 이미 예감했던 것을 발견하고 있었다. 스스로를 속이는 게 무슨 의미가 있단 말인가? 그는 어린아이가 아니었다. 그는 명백한 사실을 인정해야만 했다. 때로는 떠오르는 태양의 광명을 다시 보기 위해서 어둠을 뚫고 지나갈 수밖에 없다는 것 말이다. 하지만 그는 괴물이 아니었으며, 모든 카드를 손에 쥐고 있는 것도 아니었다. 누군들 쥐고 있겠는가?

　그는 젊은 시절 전쟁에 내보내졌다가 팔이 잘리고 폐가 상해서 돌아온 자신의 할아버지를 떠올렸다. 그의 할아버지는 주방 창가에 놓인 의자에 앉아 하루를 보내곤 했었다. 그의 유일한 일과는 **브라우**를 바라보는 것과 창가에 빵가루를 뿌려서 새들에게 모이를 주는 일이었다. 그는 새 몇 마리를 잡아 털을 뽑고 마늘과 오일에 문지른 뒤 꼬챙이에 끼웠다. 그렇게 가장 많이 굶주렸거나 가장 멍청한 새들은 결국 숯불에 노르스름하게 구워지는 신세가 되곤 했다.

시장은 새의 내장도 제거하지 않고 통째로 먹던 할아버지의 모습을 떠올렸다. 그는 새하얗고 튼튼한 치아로 새의 무른 뼈를 깨물어 먹곤 했다.

그는 전쟁에서 부상을 당해 돌아왔지만, 어쨌든 돌아왔다. 그가 속했던 중대에서 얼마 되지 않았던 생존자 중 한 명이었다. 나머지는 모두 죽었다. 그들은 반항적이고 말이 많은 이들이었다. 대부분 무정부주의거나 이상주의자였던 그들이 우연히 한데 모이게 되었고, 그들의 상관에 대해, 전쟁에 대해, 3년 넘게 지속되면서 이미 수백만 명의 목숨을 앗아 간 어리석은 싸움에 대해 분노했다. 상관들의 눈에 그들이 곱게 보일 리 없었다. 반항하는 자들을 모두 재판에 회부하여 총살하기에는 그 수가 너무 많았다. 또한 그렇게 하면 다른 이들의 머릿속에도 반항 정신이 싹틀 위험이 있었다. 그리하여 차라리 그들을 터무니없고 아무 쓸모도 없는 진지를 재탈환하는 데 보내기로 결정했다. 전략적으로 아무런 이득이 없는 언덕으로 말이다. 적의 포병대가 일말의 망설임도 없이 총탄과 폭탄을 퍼부을 수 있는 그곳에서, 그들은 자살이나 다름없는 죽임을 당했다. 반항하는 자들을 죽음으로 내몰아서 내부 동요 없이 전쟁을 지속함으로써 대량 살상 작업을 계속 이어가고자 했던 것이다. 그것의 본질적인 목적은 새로운 세기가 시작되는 무렵, 세계와 열강 그리고 국가들의 지도를 다시 그리려는 것이었다. 그 명분에 비하면 아무리 진실된 말과 정당한 생각을 가졌다 한들 고작 수백 명밖에 안 되는 그들의 목숨이 대수란 말인가?

이 모든 것은 정치의 영역에 속한다. 정치는 더럽다. 그것에 윤리란 없다. 어떤 사람들은 깨끗하게 머무는 편을 택한다. 반면 또 다른 사람들은 스스로의 손을 더럽히는 역할을 맡는다. 사람들은 늘 첫 번째 부류를 존경하고 두 번째 부류를 증오하지만, 사실 두 부류 모두 필요하다. 물론 이 섬이 세계 전체는 아니고, 현재의 상황이 전쟁도 아니다. 하지만 시장은 자신의 지역사회를 염려하는 우두머리로서, 섬을 지켜내야 할 의무가 있었다. 그것을 위해서라면 자신의 역할이 스스로를 구렁텅이로 몰아넣고 무고한 사람을 희생할 수도 있다는 사실을 그는 알고 있었다. 많은 사람들은 시장의 머릿속에 그려지기 시작한 생각이 부도덕하고 비열하다고 여길 것이다. 만약 시장이 그 생각을 실행에 옮긴다면, 그리고 신이 존재한다면, 그는 틀림없이 내세에서 영원히 불처럼 뜨거운 석탄을 뒤적이면서, 죽을 것처럼 목이 마르지만 결코 죽을 수 없게 될 것이다. 그리고 만약 신이 존재하지 않는다 하더라도, 어쨌든 인간들은 존재하지 않는가. 결국 언젠가 모든 것은 밝혀지기 마련이기에 그들이 시장이 한 짓을 알게 된다면, 그는 그들의 경악과 모욕을, 나아가 그들이 실현하는 정의를 감당해야 할 것이다. 그러니 과연 누가 그 일에 대해 그에게 고마움을 느끼겠는가?

그리고 만에 하나 비밀이 유지된다 하더라도, 그 자신은 알 것이다. 그는 평생 동안 자신이 저지른 일과 함께 살아야 하리라. 매일 아침 면도를 하러 욕실의 작은 원형 거울을 들여다볼 때마다, 스스로 옳은 행동을 하는 거라고 믿었던 비열한 인간의 얼굴이 보일 것이다. 지휘권의 문제다, 도저히 어쩔 수 없는 상황이다, 파탄과 혼란을 막아야 한다며 끊임없이 변명거리를 찾던 그 비열한 인간 말이다. 그러는 동안 그의 부인이 향기를 풍기며 뒤로 다가오는 것을 느끼게 되리라. 아무것도 모르는 그의 부인이 하품을 한 뒤 곁으로 다가와 그의 목덜미에 입을 맞추면 그는 도끼의 날에 닿은 듯 소름이 돋을 것이다.

같은 행동으로 엮인 자들이 한시에 서로 너무나 다른 감정을 느낀다는 것은 참으로 묘한 일이다. 시장이 스스로에 대한 깊은 혐오감을 느끼며 사형집행인의 옷을 입어야 한다는 사실을 마지못해 받아들이고 있었던 반면, 운동선수 복장을 한 교사는 빠르고 규칙적인 발걸음으로 브라우의 비탈을 휘감고 있는 오솔길을 뛰는 중이었다. 자신의 결단과 행동에 고무된 그는 극한의 더위와 근육통에도 끄떡없는 모습이었다. 스스로 성의롭고 진실되다는 느낌이 말 그대로 그에게 날개를 달아준 셈이었다. 실은 파멸을 향해 달리고 있다는 것도 모른 채, 그는 지금껏 해온 달리기 중 가장 열심히 달렸다.

그 시각 경찰은 그날 아침 시장의 집무실에서 벌어졌던 장면을 다시 떠올리고 있었다. 그는 극적인 효과를 좋아하는 사람이었다. 그는 상대방을 겁주어서, 그가 의문에 빠져 자신감을 잃고 할 말을 잃거나 무슨 말을 해야 할지 몰라 적절한 말을 고르지 못하는 상황을 지켜보는 걸 즐겼다. 시장을 상대로는 크게 어렵지 않았다. 더 어려운 상대를 많이 만났었다. 게다가 그는 시장에게 모든 것을 말해주지 않았다. 의문을 남겨두고 떠난 것이었다. 단지 자료를 보여주었을 뿐이었다. 그 자료를 통해 얻을 수 있었던 결론은 알려주지 않은 채, 그의 평온과 안정을 깨부순 것이다. 그는 커져가고 있을 시장의 불안을 상상했다. 불안이란 더러운 이빨로 삶의 매 순간을 갉아먹으면서 잘게 씹어 반쯤 먹어치운 뒤 버려두고는 바로 다음 것을 공격하는 족제비와 같다.

경찰은 단숨에 포도주 잔을 비웠다. 그는 카페의 테라스 테이블에 앉아 있었다. 그는 시장을 만나고 나온 뒤 시내를 걸어보려 했으나, 이내 자신이 개미집 속으로 들어가고 있다는 느낌에 사로잡혔다. 거리와 집의 크기, 미로 속에 갇힌 듯 갑갑한 인상, 이 모든 것이 땅속으로 들어가고 있다는 느낌을 준 것이다. 그것도 한낮에 포석, 인도, 벽, 지붕, 문, 겉창 등 모조리 시커먼 재료로 만들어진 숨 막히는 더미 속으로 들어가는 것만 같았다.

길에서 마주치는 사람들은 그의 시선을 피해 얼굴을 감추며 바닥을 향해 고개를 푹 숙였다. 그렇게 그들은 인간성을 상실한 채 음산함을 풍기는 커다란 벌레들과 다를 바가 없었다. 그는 방으로 돌아왔다. 가방에서 위스키 한 병을 꺼내 병째 마셔버리고는 침대 위에 누웠다.

개미집은 그곳의 점유자들과 함께 사라져버렸다. 그는 시장과의 면담을 다시 떠올렸다. 그는 한마디 말도 없이, 자신의 의도를 전혀 밝히지 않은 채, 시장이 두 눈을 번뜩이며 사진들을 바라보게 내버려두고서는 문도 다시 닫지 않고 그의 집무실을 빠져나왔다.

비서는 겁에 질려 그를 바라보고 있었다. 긴장 탓에 비서의 목덜미에 붉은 반점이 올라온 것이 그의 눈에 들어왔다. 그는 그녀에게 크게 미소를 지어 보였다. 그러자 붉은 기가 그녀의 광대뼈 위로 옮겨 갔다. 그 모습을 본 그는 마음이 놓였다.

카페 주인이 그에게 그날의 메뉴를 가져다주었다. 그는 설명을 요구하지 않았다. 손도 대지 않을 것이다. 배가 고프지 않았다. 배가 고픈 법이 없었다. 항상 목이 말랐다. 그는 포도주를 한 병 더 시켰다.

그의 맞은편 항구 광장의 중앙에는 20미터쯤 되는 긴 테이블이 세워져 있었다. 참석자들은 아직 도착하지 않은 상태였다. 뜨거운 바람이 불어와 종이로 된 테이블보를 들췄고, 냅킨 몇 개가 바닥에 떨어져 있었다. 잔 하나는 엎어져 있었다. 그는 최후의 만찬을 떠올렸다. 만찬이 시작되기 전 모습을 상상했다. 지금껏 어떤 화가도 그려낼 생각을 하지 못했던 장면이었다. 누군가 접시와 잔, 포크와 나이프를 두고 난 뒤 물러났다. 하녀였을까? 아니면 사도 중의 하나? 이제 그리스도와 그의 제자들 그리고 유다를 기다리면 될 일이었다. 비극의 마지막 장이 시작되려 했다. 하지만 사실 이 비극은 2천 년 전부터 인류 역사의 큰 부분을 차지해온 흔해빠진 것이기도 했다.

경찰은 유다를 매우 좋아했다. 유다는 그 오랜 세월 동안 얼마나 미움을 받아왔던가. 경찰도 그토록 오래 미움을 받고 싶었다. 유다처럼 말이다. 사랑이란 언젠가 희미해지기 마련이다. 하지만 미움은 그렇지 않다. 미움은 지속되면서 때로는 더 커지기도 하고 끊임없이 활성화된다. 그것이야말로 인류의 근본적인 동력이다. 결국 유다의 승리가 그리스도의 승리보다 더 오래 지속될 것이다. 그리스도의 승리가 사방에서 시들어가는 것을 이미 도처에서 목격하지 않는가. 인간들 사이에 사랑의 증거는 사라지고 있지만 배신과 악의 증거들은 넘쳐나고 있다. 경찰은 마음속으로 유다를 위해 건배했다.

어부들이 하나둘씩 모이더니 테이블 주변으로 둘러앉았다. 그들은 경찰이 알아듣지 못하는 사투리로 시끄럽게 떠들면서 서로의 이름을 불러대며 크게 웃어댔다. 몇몇은 창고로 향했다. 그들은 창고에서 작은 통, 빵으로 가득 찬 바구니, 항아리, 치즈, 햄을 들고 나왔다. 엄청난 양의 음식과 술병이 이내 테이블 위를 가득 채웠다. 더 이상 최후의 만찬이 아니었다. 갑자기 순식간에 플랑드르 원초주의 화가의 그림 속으로 빨려 들어간 듯했다. 넘쳐나는 음식과 술, 태양에 그을린 얼빠진 얼굴들 사이에서 터져 나오는 이빨 없는 함박웃음, 구부정한 신체, 올라오는 취기, 뼈마디가 굵은 큼직한 손들, 우둔한 얼굴들. 저속함과 우매함. 먹고 마시기. 하지만 유심히 들여다보니 그런 풍의 그림 어딘가에 늘 자리 잡고 있는 죽음에 대한 암시는 찾아볼 수 없었다. 나무 발치에 놓인 두개골, 해골 모양의 나뭇가지, 까마귀 두 마리, 곳간에 기대어 놓은 낫, 잘 익은 밀밭 가운데 서 있는 앙상한 나무, 과일을 갉아 먹고 있는 벌레 같은 것 말이다. 한데 여기엔 도대체 어디에 죽음이 숨어 있단 말인가? 그날 죽음을 표상한 것은 그 자신이었던가?

경찰은 재미 삼아 미술관에 걸린 작품들의 반영을 현실 세계 속에서 찾아내곤 했다. 그는 술집을 전전하며 시간을 죽이기 전에 종종 미술관에 가서 휴식을 취하며 사색에 잠기는 사람이었다. 그를 평범한 술꾼으로 여길 수도 있을 것이다. 바위가 아니라, 채워지는 대로 끊임없이 비워야 하는 술잔을 든 새로운 유형의 시시포스 말이다. 하지만 그의 가장 충직한 동반자인 술은 그에게 가장 실망스러운 것이기도 했다. 아주 오래전부터 그에게 조금의 취기도 허락하지 않았기 때문이다. 경찰은 취하지 못하는 영원히 온전한 정신 상태 외에도, 자신이 찾던 것이 무엇인지 결코 더는 알 수 없는 벌을 받는 중이었다.

16

일요일이 되자, **무슨 일**이 생길 것만 같은 여러 징조들이 나타났다.

이미 이른 새벽부터 바람 한 점 불지 않는 숨 막힐 듯한 더위가 찾아왔다. 섬을 둘러싼 공기가 굳어버린 것 같았다. 촘촘하게 응고된 투명한 공기 덩어리는 수평선 이곳저곳을 왜곡하거나 사라지게 만들었다. 섬은 존재하지 않는 곳 한가운데 둥둥 떠 있었다. 브라우는 머랭빛으로 반짝이고 있었다. 포도밭과 과수원 꼭대기에 적나라하게 모습을 드러내고 있던 검은 용암은 갑자기 다시 액체가 된 것처럼 들썩거렸다. 집들은 몸과 마음을 녹초로 만드는 뜨거운 입김으로 빠르게 가득 찼다. 집 안에서는 조금의 시원함도 느낄 수 없었다.

그 뒤엔 냄새가 나기 시작했다. 처음엔 거의 느껴지지 않았다. 그래서 사람들은 꿈을 꾼 것이라 생각하거나, 혹은 사람에게서 나는 냄새라고, 그들의 살결이나 입, 옷, 몸속에서 나는 냄새라고 생각할 수도 있었을 것이다. 그러나 시간이 흐를수록 냄새는 강해졌다. 냄새는 슬며시, 한마디로 은밀하게 섬 전체에 자리 잡았다.

어떤 사람들은 담장 위에서 건조되고 있던 포도에서 나는 냄새라고 생각했다. 비를 맞고 상한 포도송이가 섞여 있는 경우, 썩는 과정에서 이따금 살짝 달콤하고 맹맹하면서도 묘하게 끌리는 곰팡내가 퍼지기도 하기 때문이다. 그것은 과숙된 포도의 톡 쏘는 향을 품고 있지만, 동시에 짐승의 고기 냄새와도 비슷했다. 제대로 벗겨내지 않은 탓에, 미처 제거되지 못한 살점 몇 조각이 썩기 시작하면서 그 위로 하얗고 가는 구더기가 기어 다니고 있는 모피 냄새 같은 것이다.

포도가 아니라면, 대지 깊숙한 곳으로부터 올라오는 증기의 냄새일 수 있다. 이 화산섬은 지질시대에, 작열하는 걸쭉한 액체로 가득 차 끊임없이 끓어오르는 지구라는 거대한 솥 위에 급하게 엎어둔 수많은 뚜껑들 중 하나이기 때문이다.

이 섬은 지난 수 세기 동안 세 번에 걸쳐 일어났던 브라우 화산의 주요한 폭발에 대한 기억을 갖고 있다. 그때마다 용암이 강처럼 흘러내리며 거의 모든 집들을 흔적도 남기지 않고 파괴했고 수많은 사람들의 목숨을 앗아 갔지만, 살아남은 자들은 단 한 번도 섬을 떠날 생각을 하지 않았다. 화산의 밸브가 열린 것이 아니라면, 화산의 비탈에서는 몽환적으로 피어오르는 파이프 연기처럼 주기적으로 수증기와 연기가 새어 나오곤 한다. 화산 폭발을 예고하는 신호는 아니다. 이 희미한 악취는 판매대에 올려두고 며칠간 잊어버린, 반으로 자른 삶은 달걀 냄새와 비슷했다.

그런데 일요일에 사람들이 맡은 냄새는 이런 것과는 아무런 상관이 없었다. 명백한 사실을 인정해야만 했다. 이 냄새는 화학적이고 비물질적이며 순수하게 지질적인 악취와는 완전히 다른 것이었다. 이 어렴풋한 악취에는 뭔가 살아 있는 것이 있었다. 보이지 않는 이 모든 공작 때문에 무덥고 숨 막히는 하루가 흘러갈수록 공기는 더욱 무겁게만 느껴졌다.

시장이 스파동에게 한 이야기는 틀린 말이 아니었다. 시간이 흐른 뒤, 시체 세 구를 발견한 그날 아침을 떠올릴 때, 그는 그 일은 결코 일어난 적이 없었다고, 그건 악몽이었다고 생각하게 되리라 말했었다. 그렇게 악몽을 꾼 것이라고 끊임없이 생각한 덕분에 그 일은 점차 견고함과 정확성을 잃게 되어 결국 윤곽 없이 흐릿해질 거라고 말이다. 오래된 폴라로이드 사진처럼 빛바랜 색들은 그날의 장면을 투명하게 만들 것이다. 죽은 자들과 목격자들의 몸은 망령이 되어 사라지리라. 이제 슬금슬금 옆걸음만 치면 마침내 망각에 이르게 될 것이다.

하지만 애석하게도 상황은 그렇게 흘러가지 않았다.

교사는 월요일 아침 경찰의 방문을 두드리러 갈 필요가 없었다. 일요일 저녁, 경찰이 시장을 대동한 채 직접 그의 집 문을 두드리러 왔기 때문이다. 저녁 8시가 조금 넘은 시간이었다. 더위는 아직도 사그라들지 않았고, 이제는 뻔뻔하게 거리를 뒹굴며 집 안으로 들어갈 기회를 넘보는 악취는 말할 것도 없었다.

문을 연 교사의 눈앞에 두 남자가 보이자, 그는 경찰에게 미소를 지었고 시장에게는 감사의 눈길을 보냈다. 하지만 입을 뗀 경찰이 신상을 밝히라고 요구하자, 그 즉시 그의 얼굴에서 미소가 사라졌다. 그는 그게 무슨 의미인지 물었다.

"당신을 체포하겠습니다."

교사의 입술이 파르르 떨리기 시작했다. 그는 마치 내부 장치가 갑자기 망가진 것처럼 미친 듯이 뛰는 눈꺼풀의 움직임을 제어할 수가 없었다. 그에게 이건 너무 심한 장난이었다. 경찰과 시장은 서로 말을 주고받지 않은 채 교사를 응시하며 침묵을 지키고 있었다. 교사의 커다란 몸이 물러지면서 무너지는 것처럼 보였다. 두 명의 남자 앞에는 얼이 빠진 남자 하나가 서 있을 뿐이었다. 미동도 없는 세 남자의 머리 위로 밤이 내려앉고 있었다.

전날 밤 경찰은 늦게 잠자리에 들었다. 그는 카페의 테라스에 자리 잡고 앉아 술병이 비워지는 대로 계속 새 포도주를 주문해 마시면서 어부들의 저녁 식사 광경을 감상했다. 그것은 인류와 그의 퇴락 혹은 사회가 돌아가는 원리 자체의 축소판이었다. 술잔을 부딪치며 웃고 떠들던 어부들은 몇 시간이 지나자 서로에게 고함을 지르며 욕설을 내뱉고 위협적인 행동을 한다. 농담은 독설이 되고, 웃음은 비꼼이 되며, 존재는 그 자체로 위험해진다. 잔에 가득 따라 마신 술의 책임만은 아니다. 술은 거미와 쥐며느리, 바퀴벌레가 우글거리는 단지를 덮고 있던 막을 벗겨낼 뿐이다. 독을 만드는 것은 술이 아니다. 술은 독을 내보낼 따름이다.

그날 저녁 결국 주먹다짐은 일어나지 않았지만, 자칫하면 큰 싸움이 날 뻔했다. 사람들은 서로 인사도 나누지 않은 채 비틀대며 집으로 돌아갔다. 그들이 떠난 자리에는 뒤집힌 의자들과 깨진 술잔, 쓰레기가 잔뜩 널린 테이블이 남겨졌다. 오직 시장만이 사다리꼴 모양 머리에 곰의 털 같은 머리카락이 달린 어부와 함께 남아 있었다. 시장이 그 어부에게 귓속말을 하는 동안, 어부는 테이블 위에 팔꿈치를 대고서는 술을 홀짝이며 이따금 그의 말에 고개를 끄덕였다. 두 남자는 마침내 자리에서 일어서더니 오랫동안 악수를 나눴다.

다음 날인 일요일, 잠에서 깨긴 했지만 여전히 잠옷 차림으로 침대에 누워 있던 경찰은 누군가 창문을 두드리는 소리를 들었다. 커튼을 열자 시장의 모습이 보였다. 그는 옷도 제대로 챙겨 입지 않은 채, 문을 열고는 시장에게 들어오라고 말했다. 시장은 문턱에 서 있는 편을 택했다. 경찰은 침대 옆 탁자 위에 있던 위스키병을 집어 한 모금을 마시더니 그걸로 가글을 하듯이 입안을 헹군 뒤 삼켜버렸다.

"시장님, 지금 시간이 몇 시입니까. 저에게는 너무 이른 시간입니다. 저는 밤이 만든 존재란 말입니다. 제가 미리 말씀을 드렸어야 했는데."

"사건이 중대하지 않았다면, 이렇게 불편을 끼쳐드리는 일은 없었을 겁니다."

"중대한 사건이라고요? 벌써 흥분되는군요! 존재하지도 않는, 겨우 존재하는 시장님의 섬에서 중대한 사건이라니! 정말 궁금하군요. 설명을 좀 해주시겠습니까?"

"저의 집무실로 같이 가시는 편이 좋겠습니다. 그들이 그곳에서 우리를 기다리고 있습니다."

"누구 말씀이십니까?"

"증인들이죠."

경찰은 의자 위에 아무렇게나 널브러져 있던 옷을 집어 들었다. 그는 사각팬티를 입기 시작했다.

"제가 왜 이 일을 하는지 아십니까? 당연히 모르시겠죠. 절대 맞힐 수 없으실 겁니다. 제가 이 직업을 택한 이유는 살인을 하고 싶었기 때문입니다. 그런데 이 이야기에서 가장 재밌는 부분은 그동안 일을 하면서 살인을 거의 못 해봤다는 거죠."

경찰은 속옷과 씨름 중이었다. 원래 하얀색이었을 속옷은 오래 입었거나 세탁을 잘못해서 군데군데 누렇게 변색되어 있었다.

"길을 잘못 선택한 겁니다. 가업이었던 야만적인 범죄를 택했더라면, 아마 저의 꿈에 더 근접했을지도 모르겠습니다. 무지막지한 악당이었던 저의 아버지에게 당신의 전문 분야였던 온갖 종류의 갈취와 강도 짓을 이어받지 않고 미술사 공부를 하고 싶다고 말했을 때 그 얼굴이 얼마나 가관이었는지. 아버지는 그 후 얼마 있지 않아 세상을 떠났습니다. 나는 아버지의 죽음에 책임이 있기를 바라고 있죠."

경찰은 바지를 입었다. 그는 양말에 코를 대고 킁킁거리더니 결국 그대로 신었다. 구두를 신고 끈을 묶었다. 그의 빛나는 벗겨진 머리가 시장의 눈에 들어왔다. 드릴이 있다면 머리에 구멍을 뚫어서 경찰의 뇌 속이 어떻게 생겼는지 들여다보고 싶었다. 시장은 여전히 문턱에 서서 바다와 새의 울음소리를 들었다. 동시에 이상한 냄새를 맡았다. 그는 카페 주인이 객실로 개조한 공간에 제대로 환기가 되지 않아 나는 냄새라고 생각했다. 거기서 잠을 잔 사람의 몸에서 나는 냄새일 수도 있었다. 하지만 아마 그 냄새는 그가 출처를 알지 못하는, 밖에서 들어온 냄새였을 것이다.

"자, 가봅시다. 준비됐습니다. 증인들을 기다리게 해서는 안 되지요. 이번 일요일은 정말 멋진 하루가 될 것 같은 느낌이 듭니다."

경찰은 윗옷 주머니에 위스키 한 병을 챙겨 넣고는 시장을 따라나섰다.

증인들은 시청의 비서실 맞은편 의자에서 그들을 기다리고 있었다. 비서실은 일요일이라 비어 있었다. 경찰은 바닥을 보고 있는 허리 굽은 남자가 전날 저녁 시장과 이야기를 나누던 어부라는 것을 눈치챘다. 그의 머리는 거대했고, 인조 모피로 만들어진 그의 가발은 마치 곰 인형이 뒤집어쓰고 있는 털 같았다.

어부의 옆에는 열 살쯤 되어 보이는 여자아이가 있었다. 남자의 몸이 굽은 만큼 아이는 꼿꼿한 자세였다. 앞쪽 데스크를 응시하고 있던 아이는 커다란 초록색 눈을 갖고 있었다. 가냘프고 새하얀 얼굴에 큰 눈을 부릅뜬 모습이 루카스 크라나흐의 몇몇 초상화에 나오는 인물을 연상시켰다. 가늘고 비정상적으로 긴 두 손을 무릎 위에 포갠 채 앉은 아이는 큼직한 빨간색 면 치마에 파란색 체크무늬 블라우스 차림이었고, 굽 낮은 천 신발을 신은 발끝이 겨우 바닥에 닿아 있었다. 포니테일로 묶은 빨강 머리는 볼록 나온 이마를 돋보이게 했다. 경찰은 아이가 지나치게 근엄하다고 생각했다. 놀라운 지능 아니면 심각한 저능을 의미하는 근엄함이었다.

시장은 자신의 집무실 문을 가리켰다. 사람들은 안으로 들어가 의자에 앉았다. 하지만 경찰은 책상 한구석에 한쪽 엉덩이만 걸치고 있는 편을 택했다. 소녀는 그의 앞에 놓인 의자의 가장자리에 걸터앉았다.

"자, 말씀해보시죠." 경찰이 말했다.

소녀는 어부를 바라봤지만 그는 화산암으로 된 바닥을 덮고 있던 카펫에 고집스럽게 시선을 내리꽂고 있었다. 아이는 이번엔 시장의 눈을 바라보았지만, 그는 더더욱 도움이 되지 못했다. 아이는 경찰 쪽으로 몸을 돌렸다.

"얘야, 내게 하고 싶은 말이 있다고? 이름이 뭐니?"

"밀라예요."

"몇 살이니?"

"열한 살이요."

"자, 밀라야, 얘기해보렴."

"선생님이 그랬어요."

"선생님이 뭘 어쨌다는 거니?"

"어떤 행동을 했어요."

"행동?"

"나를 만졌어요."

"너를 만졌구나."

"네."

"너의 어디를 만졌니?"

아이는 허벅지 안쪽을 가리켰다.

"선생님이 너의 그곳을 만졌다는 거니?"

밀라는 커다란 초록색 눈으로 경찰의 눈을 뚫어져라 바라보며 끄덕였다. 그는 소녀를 응시하며 호기심이 커져가는 것을 느꼈다.

"너를 손으로 만졌니?"

"네. 그리고 손가락으로도요."

"손가락으로?"

"네. 손가락을 집어넣었어요."

경찰은 안절부절못하며 압지를 잘게 찢고 있는 시장을 돌아보았다. 잘게 찢긴 분홍색 종이 더미가 그의 책받침 위에 쌓여가고 있었다. 시장은 생각에 잠겨 그를 바라보고 있던 경찰을 향해 고개를 들었다. 난처한 시장은 그의 시선을 오래 견디지 못했고 마구잡이로 찢어놓은 압지로 다시 눈길을 돌렸다. 그때 다시 소녀의 목소리가 들렸다.

"제게 그것도 집어넣었어요."

"그것?"

"남자들이 갖고 있는 거요. 제 거기에 그것도 집어넣었어요."

"선생님이?"

"선생님이요."

그 순간 소녀의 아버지는 발작적인 기침을 해댔고, 그러느라 가슴팍이 요동치고 커다란 머리가 흔들렸다. 끊임없이 쉰 소리를 내는 탓에 그가 피를 토하거나 질식하는 건 아닌가 싶을 정도였다.

"방금 네가 한 이야기가 전부 사실이라고 맹세할 수 있니?" 경찰은 손으로 아이의 얼굴을 잡아 자신을 바라보도록 하며 물었다. "나한테 맹세할 수 있니? 네가 방금 한 이야기는 정말 심각한 거란다."

"맹세해요." 소녀는 망설임 없이 대답했다. "사실이에요. 맹세해요."

경찰이 아이에게 등을 돌리고 다시 시장을 응시했을 때, 시장은 여전히 고개를 숙인 채, 새 압지를 반으로 가르고 있었다. 경찰의 얼굴은 커다란 미소와 함께 환해졌다. 몇몇 성인이나 광신자들을 그린 그림에서 보던 미소였다. 그 순간 그는 무한한 행복을 담은 얼굴을 하고 있었다. 심지어는 주머니에 넣어둔 위스키병도 잊어버렸다. 갑자기 불필요한 부속품이 되어버린 것이다. 그는 애초에 이런 사건을 기대하지도 않았고, 이것 때문에 이 섬에 온 것도 전혀 아니었다. 하지만 술이 이미 오래전부터 그에게 허락하지 않은 도취를, 이 순간 인생은 그에게 허락해준 것이었다.

17

 의사가 문을 열었을 때, 그는 평소와 같은 리넨 정장 차림이었다. 하지만 바짓단을 발목이 반쯤 드러나게 걷어 올린 탓에, 구불구불한 혈관이 여기저기 부풀어 올라 붉어진 굵은 발이 두드러져 보였다. 문턱에 선 모든 사람의 시선이 바닥에 축축한 흔적을 남긴 의사의 발로 향했다. 그리고 의사는 자신을 찾아온, 진실로 기이한 조합의 방문객들을 바라보았다. 시장, 경찰, 탈모를 가리기 위해 수년 전부터 보풀이 가득한 천 쪼가리를 기워 쓰고 다니는 어딘가 좀 모자란 어부 푸뤄르* 그리고 그의 부인이 겨우 몇 개월 된 아기를 두고 육지에서 온 남자를 따라 떠나는 바람에 그가 쭉 혼자 키워온 그의 딸 밀라가 함께였다.

 "자네의 도움이 필요하네." 시장이 말했다.

 약간 놀란 의사는 책을 들고 있던 오른손으로 집 안쪽을 가리켰다. 모두가 안으로 들어갔다. 시장이 선두에 서서 대기실로 향했다.

 "일단 경찰과 내가 먼저 자네에게 이야기를 해야겠네. 푸뤄

---

 * 프랑스어로 '모피', '털가죽'이라는 뜻.

르 자네는 밀라와 여기서 기다리고 있도록 하게."

어부와 그의 딸은 대기실에 앉았다. 아이는 낮은 테이블 위에 지저분하게 널려 있던 잡지와 신문 사이에서 그림이 많은 책 한 권을 집어 들었다. 아버지는 다시 그의 습관적 자세를 취했다. 어깨를 앞으로 기울인 채, 엄청나게 큰 머리가 어마어마한 무게 때문에 바닥에 부딪혀 박살이 날 것처럼 고개를 푹 숙였다.

그의 서재는 경찰이 이런 미개인들의 섬에서 찾아볼 수 있으리라고는 차마 생각지 못했던 세련미를 품고 있었다. 상당한 양의 책들이 벽을 채우고 있었고, 우아한 장정의 상태로 미루어 보아 희귀 고서임이 분명한 책들이 책장에 자리 잡고 있었다. 도안과 고색을 신경 써 만든 책장은 붉은빛이 도는 나무로 조각되었는데 아마도 호두나무였을 것이다. 왁스 칠을 해서 번지르르한 광택이 돌았다.

시장이 상황을 간단히 설명했다. 경찰은 개입하지 않고 그가 말하도록 두었다. 의사는 일요일이라 염색을 하지 않은 탓에 회색 털의 광채가 도드라지던 콧수염을 쓰다듬으며 그의 이야기를 들었다. 그는 피아노 건반 위에서 멜로디를 연주하듯 책상 아래로 발가락을 움직였다. 시장은 소녀의 말을 그대로 옮겨야 하는 불편함을 피해 갈 수 없었고, 이시는 미소를 머금은 뚱뚱한 얼굴로 그 이야기를 들었다. 시장이 이야기를 마치자, 의사는 주머니에서 손수건을 꺼내 이마의 땀을 닦았다.

"그래서 나보고 아이를 진찰해달라는 건가?"

"제대로 이해하셨군요." 경찰이 끼어들었다. "아이가 진술한 내용을 확증하기 위해서는 의학적 확인이 필수입니다. 만약 아이가 주장한 것처럼 정말 반복적인 강간이 있었다면, 진찰을 통해 확인이 가능할 테니까요."

"물론입니다."

"우리의 이야기가 별로 놀랍지 않으신가 보군요. 혹시 이미 의심을 하고 계셨던 건가요?"

"전혀요. 하지만 저는 이제 그렇게 젊지 않으니, 모든 일을 굳이 속속들이 알지 않더라도 인간의 본성이 어떤 일을 할 수 있는지 충분히 알고 있습니다. 자, 이제 두 분은 나가주시죠. 아이에게 들어오라고 해주세요."

의사는 자리에서 일어나 어떤 문으로 가더니 그 문을 열었다. 경찰은 문 안쪽에 진찰실이 있는 것을 보았다. 진찰대, 몇 가지 기구, 유리문이 달린 철제 수납장, 신장계, 체중계 그리고 세면대가 있었는데, 의사는 이미 그곳에 서서 손에 꼼꼼하게 비누칠을 하고 있었다. 그런 뒤 물을 틀어 세심하게 손을 헹구더니 깨끗한 수건에 물기를 닦았고, 다 쓴 수건은 즉시 키가 큰 금속 휴지통으로 던져버렸다. 그가 서재로 돌아오자 밀라와 그녀의 아버지가 나란히 서서 그를 기다리고 있었다.

"푸뤄르, 자네는 나가주게. 나는 자네의 딸과 단둘이서 진찰을 해야 하네."

어부는 안도한 것 같았다. 그는 다시 대기실로 나가며 문을 닫았다. 아이는 의사를 보고도 겁을 먹은 것 같지 않았다. 물론 아이는 모든 섬사람들과 마찬가지로 오래전부터 그에게 진료를 받았고, 길에서 마주치기도 했었다. 하지만 이 상황에서 아이가 보여주었던 차분함과 감정이 없는 듯한 태도에 의사는 놀랐다. 그는 아이에게 자신이 무엇을 하려는지, 또 왜 그렇게 해야만 하는지에 대해 세심하게 단어를 골라가며 설명했다. 아이는 아무런 질문도 하지 않았다. 그는 아이에게 진찰대에 누워서 치마를 올리고 속옷을 벗으라고 말했다. 그는 다리 받침을 설치하고 그 길이를 가장 짧게 조정했다. 밀라는 구체적으로 어떻게 해야 하는지 설명을 듣기도 전에 마치 자주 해본 일인 것처럼 그곳에 다리를 올렸고, 그 모습을 본 의사는 당황했다. 허벅지를 벌린 아이는 진찰실 천장을 향해 고개를 들고는 눈을 감았다. 의사는 진찰을 시작했다.

18

섬에는 경찰서가 없었고, 사정이 그러하니 독방은 말할 것도 없었다. 교사를 구금할 장소를 찾아야만 했다. 곰곰이 생각하던 시장은 경찰에게 시청 아래에 보일러실로 쓰고 있는, 거의 빈 거나 다름없는 커다란 지하실이 있다고 알려주었다. 견고한 문으로 폐쇄된 공간이었다. 창살 달린 총안이 광장의 지면 가까이에 나 있었고, 그곳을 통해 빈약하게나마 빛이 들어왔다. 경찰이 직접 가서 살펴보았다. 완벽한 공간이었다. 시장은 스파동을 시켜서 매트리스, 물통, 대야, 변기통을 가져오게 했다. 가스보일러는 웅웅거리며 천천히 작동 중이었고, 지하실의 습기를 말리기에 충분했다. 스파동은 아무것도 묻지 않고 시장이 시킨 일을 수행했다. 그는 모르고 있는 게 가장 좋았다.

두 남자는 그곳으로 교사를 데려왔다. 그는 전혀 저항하지 않았다. 경찰이 밝힌 혐의에 대해 교사가 무죄를 주장하고 몸부림치며 그들을 따라가길 거부할 것이라 생각했던 시장은 그 모습에 깜짝 놀랐다. 반대로 그는 완전히 넋을 잃고 맥이 풀리더니, 잘못을 저지르다 들킨 아이처럼 곧 오열할 것만 같았다. 그는 두 남자가 하는 대로 내버려두었다. 체포의 이유를 들었을 그의 부인과 쌍둥이 딸들이 서로를 끌어안은 채 문턱에 나타나 세 남자가 멀어지는 모습을 바라보고 있었지만 교사는 가족에게 인사조차 하지 않았다.

경찰은 그날 바로 피해자와의 대질심문은 하지 않기로 했다. 그는 침묵과 고독의 하룻밤이 평온한 삶에서 갑자기 끌어내어져 벽을 마주하게 된 사람의 마음속에서 어떤 작용을 할 수 있는지를 알고 있었다. 문득 위스키의 존재가 떠오른 경찰은 술병을 꺼내더니 크게 한 모금을 마셨다. 시장에게도 내밀었지만 그는 거절했다. 두 사람은 함께 시장의 집무실로 올라갔다.

"시장님께 사과와 감사의 말씀을 드려야 할 것 같군요." 경찰이 말했다. 탈모가 온 머리는 아침에 일어날 때보다 더 반짝여 보였다. "이 섬에 오면서 저를 위해 이런 진수성찬이 차려져 있을 거라고는 생각지도 못했습니다. 제가 마침 좋은 때에 온 것 같군요!"

"무슨 말이 하고 싶으신 겁니까?" 시장이 본심을 감추고 물었다.

"제가 도착을 하니 사건이 생겼다는 거지요."

"그래서 놀라셨습니까?"

"딱히 그렇진 않습니다. 범죄가 있어서 법이 생기는 게 아니라, 법이 있기 때문에 범죄가 생긴다는 것이 저의 한결같은 견해입니다. 약간 '닭이 먼저냐, 달걀이 먼저냐'와 같은 문제인데, 더 복잡하죠. 무슨 뜻인지 이해하십니까?"

"그런 것 같습니다."

"만약 제가 이 섬에 오지 않았다면, 그 아이는 아마도 침묵 속에서 자신이 견뎌온 일을 불평도 없이 계속 겪어야만 했을 겁니다."

"하지만 경찰관님은 다른 건으로 오신 게 아닙니까. 제게 사진들을 보여주셨죠."

"일단 그 건은 잠시 넣어둡시다. 교사 건이 훨씬 더 흥미롭거든요."

경찰은 술병을 다 비우고는 시장의 쓰레기통으로 던졌다. 병이 바닥에 부딪혀 산산조각 났다.

"실패네요! 항상 성공할 순 없죠. 그럼 내일 뵙죠, 시장님. 안녕히 주무십시오."

그러고는 유리 조각들을 모아 쓰레기통에 버릴 생각도 하지 않고 집무실을 나가버렸다.

의사가 아이를 진찰한 그 즉시 시장과 경찰에게 설명한 결론은 의심의 여지 없이 명백했다. 아이는 처녀가 아니었다. 아이의 질 주름이 손상된 지 어느 정도 시간이 흘렀다는 것과, 잦은 삽입의 흔적이 진찰을 통해 밝혀졌다. 아이는 침착하게 진찰을 견뎌냈다. 의사는 그런 아이의 모습에 무척 놀랐다고 말했다. 계속 천장을 바라보고 있던 아이는, 그가 진료를 끝냈다고 말하자 다리 받침에서 다리를 빼더니 속옷을 입고 치맛자락을 내렸다. 의사가 손을 씻는 동안 아이는 진찰대 가장자리에 걸터앉았다.

"그러니까 교사가 너한테 그랬다는 거니?" 그가 아이에게 등을 보인 채 물었다.

"네, 의사 선생님."

"맹세할 수 있니?"

"네, 의사 선생님."

"언제 시작된 거니?"

"1년 전이요."

"그런데 왜 아무 말도 하지 않았니?"

"저를 협박했거든요."

"뭘로 협박했는데?"

"나쁜 점수를 주겠다고요."

"그래서 나쁜 점수를 한 번도 안 받았니?"

"네, 한 번도요. 늘 좋은 점수만 받았는걸요."

경찰은 의사에게 진찰 기록과 그로부터 얻은 결론을 작성해달라고 요청했다. 그 일은 의사가 예상했던 것보다 오래 걸렸다. 자신의 진찰에 불확실한 부분이 있어서는 아니었다. 일단 아이는 순결을 잃었고, 그 일은 바로 전날 일어난 게 아니었다. 그는 이 점에 대해 확신했다. 병변이나 찢긴 상처는 전혀 보이지 않았다. 게다가 형태가 바뀐 질의 상태가 아이가 아마도 정기적으로 여러 번 관계를 가졌다는 사실을 뒷받침해주고 있었다. 이 점에 대해서도 그는 확신했다. 의사가 신경 쓰이던 부분은 바로 아이가 굉장히 침착하게 그 일을 털어놓았다는 것이며, 전혀 불안해

하거나 동요하지 않았다는 점이었다. 만약 아이가 길에서 넘어져 무릎을 소독하러 왔던 거라면, 아이는 다른 모습을 보였을 것이다. 도대체 어떻게 어린아이가 그런 폭력을 당하고도 충격을 받지 않는단 말인가? 그는 아이의 잔잔하고 침착한 얼굴은 아마도 겉으로 보이는 모습일 뿐이고, 사실 그 뒤에 자리 잡은 거대한 혼란이 아이를 폐허로 만들고 있을 거라 생각했다.

교사는 깜깜한 지하실에서의 첫날 밤을 어떻게 보냈을까? 도대체 무슨 생각을 할 수 있었을까? 어떤 감정이 그를 지배했을까? 경악? 분노? 환멸? 격분? 두려움? 절망?

아침이 되자, 복사한 지하실 열쇠를 갖고 있던 시장이 그에게 커피 한 잔과 빵을 가져다주러 왔다. 그는 교사가 매트리스 위에 앉아 맞은편의 벽을 멍하니 바라보고 있는 것을 보았다. 시장은 그의 발치에 커피와 브리오슈를 내려놓았다. 교사가 시장 쪽으로 몸을 돌렸다.

"제가 결백하다는 걸 잘 알고 있지 않습니까!"

"저는 아이가 얘기한 것밖에 모릅니다."

"그 아이는 거짓말을 하고 있어요!"

"그건 선생님 생각이겠죠."

"당신은 정말 역겹군요! 아이에게 거짓말을 하라고 시킨 건 당신이잖아요!"

"지금 선생님 상황이 매우 안 좋습니다."

"얼마 안 갈 겁니다. 두고 보시죠! 그런 일은 불가능해요!"

"얼마든지 그렇게 생각하시죠."

"대질심문을 하면 아이가 진실을 말하는 건 시간문제입니다. 아주 착한 아이거든요. 훌륭한 학생이고요."

"그야 두고 보면 알겠죠."

"이 모든 건 음모라고요! 그렇다 한들, 경찰에게 내가 작성한 보고서를 전달하는 일을 막지는 못할 겁니다. 당신은 쓰레기예요!"

시장은 지하실을 나서며 열쇠를 두 번 돌려 문을 잠갔다. 반대편에서 원망하는 소리가 커지는 것이 들려왔다. 아마도 오열하는 소리였을 것이다.

19

사람들은 개를 잡고 싶을 때, 광견병에 걸렸다며 애먼 개를 몰아세운다. 고대의 방법은 그 진가를 발휘해왔으며 언제나 잘 통한다. 그때의 상황에 맞게 적절하게 써먹으면 그만이다. 교사가 자신의 혐의에 대해 결백하든 결백하지 않든 그건 중요한 문제가 아니다. 중요한 사실은 그에게 혐의가 씌워졌다는 것이다. 이 사건이 어떻게 종결되든지 간에, 어찌 보면 악행은 이미 저질러진 것이나 다름없다. 그 사실은 변함없을 것이고 그 어떤 것도 그 사실을 씻어낼 순 없을 것이다.

교사가 받은 혐의가 비밀로 지켜졌더라면, 그로 인한 영향은 거의 없었을 것이다. 하지만 월요일 아침, 등교를 했던 아이들이 얼마 뒤 다시 집으로 돌아오면서 학교가 문을 닫았고 선생님이 안 계신다고 말하자, 어른들은 무슨 일인지 궁금해졌다. 학생들의 어머니 몇 명이 교사의 집으로 찾아가 문을 두드렸다. 아무런 응답이 없었다. 그리고 얼마 뒤 출처가 어디인지는 모르겠지만 누군가의 입으로부터 교사가 푸뤼르의 딸을 강간했다는 소식이 퍼졌다.

그러자 이번에는 훨씬 더 많은 수의 질겁한 어머니들이 자신들의 아이를 옆에 꼭 끼고 푸뤼르의 집으로 달려갔다. 밀라가 집 앞으로 나왔고, 몇몇의 이야기에 따르면 아이는 마치 어린 수녀 혹은 성녀처럼 침착하고 꼿꼿한 자세로, 품격 있고 냉정하게, 화를 찾아볼 수 없는 온화한 목소리로 소문을 직접 확인해주었다. 그렇다, 교사는 아이를 성폭행했다. 아이는 그 이상 아무 말도 덧붙이지 않고 집으로 들어갔다. 사람들은 모두 넋을 잃었다. 그런 뒤 비명을 지르기 시작했다. 어머니들뿐만 아니라, 떠들썩한 소동에 놀라 밖으로 나왔다가 소식을 듣게 된 남자들까지 삼삼오오 모이기 시작했다.

군중 속을 떠돌던 분노는 교사의 집으로 향했다. 사람들은 소리를 지르고 욕설을 내뱉었다. 교사가 시청의 지하실에 갇혔다는 사실을 아직 모르는 이들은 밖으로 나오라고 소리쳤다. 사람들은 창문으로 돌을 집어 던져서 유리창을 깼다. 발길질과 칼질로 나무 문을 박박 찢어놨다. 벽에는 욕설을 갈겨썼다. 창가에 아무도 모습을 드러내지 않자 사람들은 조금 진정했다. 집이 비었다는 걸 깨달은 것이다.

여자들은 아이들을 데리고 돌아갔다. 남자들은 다른 남자들에게 소식을 전하러 뛰어갔다. 한 시간도 안 되어, 이 소식은 희귀하고 독한 술처럼 섬 전체에 스며들었다. 이 술에 취한 사람들은 한층 강해진 역겨운 냄새를 알아차리지 못했다. 악취는 보이지 않는 휘발성 용암처럼 브라우의 사면으로 흘러내리는 것 같았다. 아주 좁은 골목길까지 침범한 악취는 벽과 지붕의 틈새를 찾아서 집 안으로 들어와 방마다 샅샅이 살펴본 뒤, 불편해하는 집주인을 아랑곳하지 않는 뻔뻔한 손님처럼 그곳에서 진득하게 오래 지낼 작정을 하고 제집처럼 자리 잡았다.

노파는 산책을 마치고 해변에서 돌아오는 길에 어머니들의 무리가 왔다 간 지 얼마 안 된 교사의 집 앞을 지나게 되었다. 길에서 마주친 아메리크한테 푸뤼르의 딸에 관한 이야기를 이미 전해 들었다. 노파는 증오로 가득 찬 말들을 읽었고, 아직 마르지 않아 흘러내리고 있던 페인트에 손가락을 가져다 대보기도 했다. 깨진 유리 조각들을 발끝으로 밀어내며 노파는 차가운 눈빛으로 미소를 지었고 땅에 침을 뱉었다.

때는 9월 말, 파랗지도 않고 회색빛도 아닌, 글라시 기법으로 거무스름한 색을 덧칠한 듯한 하늘이 마치 쉰 버터를 바르듯 태양을 뭉갠 뒤 윤곽을 흐리게 만들어서 들쭉날쭉한 모양의 반죽처럼 만들어버렸다. 갈매기, 제비갈매기, 독수리, 앨버트로스, 검은머리물떼새 같은 바닷새들은 기이한 방식으로 날아다녔다. 평소처럼 물결 위와 해안 근처를 날아다니거나, 어망에 깊게 배어 절대 사라지지 않는 물고기 냄새에 흥분해 항구에 정박한 선박들 근처를 날아다니는 게 아니라, 원을 그리면서 브라우 사면 주변을 날카로운 소리로 시끄럽게 울어대며 날아다녔다. 그렇게 날개와 깃털, 부리, 울음소리로 이루어진 고리 모양의 난데없는 원형의 생명력이 죽은 화산에 활기를 불어넣고 있었다.

그리고 악취가 났다. 이제 냄새에서 묘하게 끌리는 구석은 전혀 찾아볼 수 없었고 불확실한 구석도 없었다. 섬을 점령한 이 냄새는 시체 썩는 냄새가 분명했다. 모든 냄새 중에서도 단번에 알아챌 수 있는 냄새였다. 상처 입은 짐승이 들어와 죽음을 맞이하는 숲에서 나는 냄새 같은 것이었다. 그곳에서 짐승의 사체는 며칠간 썩어간다. 원래의 형태를 잃고 파리, 벌레, 구더기가 꼬이면서 몸체가 가스로 부풀어 커지다가 허물어지고 터져버린다. 부패하며 생긴 모든 액체가 빠져나오면서 시커먼 개울처럼 흘러내린다.

브라우의 배 속으로 빠진 시체들을 떠올리지 않기란 어려운 일이었다. 지하 수십 미터, 아니 아마도 수백 미터에 이르는 곳에 파묻힌 시체 세 구가 부패하며 발생한 악취로 섬 전체의 공기를 가득 채우기란 불가능한 일이었다. 하지만 이 지독한 냄새는 그들의 존재를, 분노를, 원한을 표현하는 것만 같았다. 이 악취는 가차 없는 속도로 벌어지게 될 복수의 서막이었다. 망자들은 산 자들에게 그들의 무심함에 대한 대가를 치르게 할 것이다. 그들은 형제와도 같은 인간의 시체를 동물의 사체처럼 처리했다. 그들은 발언 대신 침묵을 택했다. 그들은 벌을 받을 것이다.

경찰은 대질심문을 서두르지 않았다. 심문은 월요일 오후 회의실의 숨 막히는 분위기 속에서 열렸다. 그들은 광장에 삼삼오오 모여드는 군중을 향해 가림막을 설치하고, 섬과 섬 주민들을 가장 높은 끓는점까지 데려가려고 작정한 것 같은 태양으로부터 보호하기 위해 커튼을 쳤다.

시장은 이미 한 시간 전부터 대기 중이었다. 시장으로부터 일찍 와달라는 부탁을 받은 의사도 함께였다. 경찰은 마치 결혼식에 가는 사람처럼 차려입고 나타났다. 그는 얇은 하얀 줄무늬가 들어간 파란색 정장에 베이지색 비단 셔츠를 입고 빨간색 넥타이를 매고 에나멜 구두까지 챙겨 신었다. 얼마 남지 않은 머리카락은 반짝거리는 포마드를 발라 뒤쪽으로 바짝 붙였다. 갓 면도를 한 탓에 날것 그대로 드러난 그의 푸르스름한 안색은 보잘것없는 그의 건강 상태를 증명했다. 하지만 이번에는 술병 때문에 주머니가 불룩 튀어나와 있지는 않았다.

"자, 이렇게 모였군요. 이제 때가 되었습니다!"

"제가 나가 있는 게 낫겠습니까?" 향수를 뿌린 더럽고 커다란 손수건으로 목덜미의 땀을 닦으며 의사가 물었다.

"그러실 필요 없습니다." 방 안을 돌며 모든 요소들을 유심히 살펴보던 경찰이 대답했다. "잔칫집엔 사람이 많을수록 좋은 법이니까요!"

그러더니 갑자기 두 남자를 향해 돌아서며 흥분이 가득한 눈초리로 이렇게 말했다.

"밖에 사람들 보셨나요? 활시위가 당겨졌다고요! 저는 군중이 저렇게 흥분으로 가득 차 있을 때가 좋습니다. 예측할 수 없어지거든요! 그럼 어떤 일이 생길지 모르는 겁니다. 자, 이쪽으로 오셔서 저들을 한번 감상해보시죠. 구덩이 속에서 고기 배급을 기다리는 짐승들과 다를 바가 없답니다. 그 누구도 고기를 놓치고 싶어 하지 않고, 모두가 자신의 몫을 챙기길 바라죠. 정말 장관이지 않습니까."

그는 광장으로 난 창문 한쪽의 커튼을 걷었다. 시장은 마지못해 자리에서 일어났다. 의사도 그를 홀로 두지 않기 위해 뒤를 따랐다. 또한 기질을 짐작컨대 신경질적이고 정신이 불안정해 보이는 경찰의 심기를 건드리지 않기 위해서이기도 했다. 그렇게 세 사람 모두 광장을 바라보며 섰다.

"자, 어떠십니까? 극장에 온 것 같지 않으십니까?"

시장은 놀란 기색을 숨기지 못했다. 의사는 미소를 지어 시장과 같은 감정을 숨기려 했으나 거칠게 이마의 땀을 닦는 모습이 그가 당황했다는 점을 증명하고 있었다. 아래에는 여자, 아이, 남자 할 것 없이 수백 명의 사람들이 한데 모여 어두운 광장을 가득 채웠고, 밀집한 군중은 벌 떼처럼 웅성거리고 있었다. 군중의 목소리로 만들어진, 정신을 몽롱하게 만드는 음악은 매혹적인 콧소리로 넓게 감싸안는 원시적인 노래가 되어, 온몸을 울리는 왱왱대는 소리로 귀에 닿아 머리까지 올라간 뒤 뇌를 괴롭혔다.

그때 갑자기 영문 없이 소리가 잦아들더니 이내 멈춰버렸다. 그와 동시에 광장의 끝, 시청의 맞은편에 있는 교회 남쪽으로 뻗은 골목길 쪽으로 나타난 어떤 움직임이 군중을 동요시키더니, 인파가 흩어지며 마치 외과용 메스로 자른 듯 둘로 갈라졌다. 조금씩 둘로 갈라지는 예리하게 벌어진 틈으로, 시장과 의사, 경찰은 밀라의 가녀린 실루엣이 나타나는 것이 보였다. 새하얀 옷을 입은 아이는 두 손을 모은 채 커다란 양초를 들고 있었다.

왜 양초를 들고 있으며, 또 누가 아이에게 그런 생각을 알려 준 것일까?

어쨌든 양초와 의상이 어떤 효과를 불러일으킨 것은 사실이 었다. 군중은 조용해졌다. 사람들은 움직이지 않고 아이와 그 뒤를 따르던 아이의 아버지인 푸뤼르를 가만히 응시했다. 그는 양초를 든 건 아니었지만 두 손을 모으고 있었고, 머리에 곰의 털 가발을 비스듬히 뒤집어쓴 채, 늘 그러하듯 술에 취했는지 조금씩 비틀대고 있었다.

아이가 지나가자 마치 약속이라도 한 듯이 남자들은 모자를 벗었고 여자들은 성호를 그었으며 심지어 무릎을 꿇는 이들도 있었다. 이 모든 건 여전히 유효한, 두려움과 신성한 표상의 오래된 유산에서 비롯된 일이었다. 우리가 부정하고 무시하는 이 유산은 그럼에도 불구하고 늘 존재하고 있다가, 필요한 순간이 오면, 우리가 무기력함을 느낄 때, 알지 못할 때, 더 이상 모르겠을 때 오래된 고개를 든다.

마치 양초를 그리스도의 육신인 것처럼 손에 든 아이는 주변의 군중은 신경도 쓰지 않고 먼 곳만을 응시한 채, 의연하고 진중한 자세로 앞만 보고 천천히 나아갔다. 아이는 시청 안으로 들어갔다. 푸뤼르도 아이와 함께 안으로 사라졌다. 문이 그들 뒤로 다시 닫혔고, 군중은 여전히 침묵했다.

"정말 굉장하지 않습니까!" 경찰이 소리쳤다. "아무도 모르는 곳에 처박힌 당신들의 섬에도 드디어 즐길 거리가 생긴 겁니다!"

20

  잠시 뒤, 소녀와 아버지는 따뜻한 밀랍의 향과 술 냄새를 풍기며 들어왔다. 밀라는 이제 한 손으로 쥐고 있던 양초를 꺼버렸다. 시장이 커튼을 닫고 그들에게 의자를 가리켰다. 아이가 의자에 앉자, 푸뤼르도 하품을 하고 가발을 고쳐 쓰면서 아이의 옆에 앉았다. 경찰이 상황을 주관했다.

  "이제 잠시 뒤면 선생님이 이 방으로 올 거란다. 그리고 그를 네 앞자리에 앉힐 거야. 너에게 해를 가하지 못하도록 충분히 거리를 두면서도, 네가 그를 잘 볼 수 있고 그 또한 너를 잘 볼 수 있도록 적당한 거리를 조정할 거란다. 나는 여기에 있을 거다. 우리 모두 그로부터 너를 보호할 테니 너는 전혀 겁먹을 필요가 없단다. 나는 너에게 질문을 던질 거고, 네게 대답을 요구할 거고, 저번에 네가 이미 했던 대로 무슨 일이 있었는지 이야기해달라고 할 거야. 선생님이 소리를 지르고, 화를 내고, 너를 위협하고, 네게 애원할 수도 있단다. 너는 그가 하는 행동이나 하는 말에 흔들리면 안 되는 거야. 네가 신경 쓸 것은 진실밖에 없단다. 알겠니?"

  "네. 진실이요. 알겠어요."

  "좋습니다. 자, 시장님, 이제 용의자를 데려와주시겠습니까?"

시장은 당황한 것 같았다. 그는 급조된 감옥에서 교사를 데려올 임무를 맡은 사람이 경찰이라고 생각했던 걸까? 시장은 의사에게 애원하는 눈길을 보냈고, 그걸 눈치챈 경찰이 그의 의도를 이해했다.

"그래야 안심이 되신다면, 함께 다녀오시죠."

두 남자는 회의실에서 지하실까지 가는 길이 그렇게 멀게 느껴질 수가 없었다. 섬의 모든 건물이 그렇듯, 시청 또한 소인국에서나 볼 법한 규모였다. 하지만 이날, 시장과 의사는 공간이 확장되고, 복도는 마치 물렁해서 늘일 수 있게 만들어진 것처럼 길어지고, 계단은 단이 늘어나 끝없이 내려가야 하고, 교사가 갇혀 있는 지하실은 모든 것이 태어나고 모든 것이 죽는, 모든 상반되는 힘들이 생겨나고 소멸되는 지구의 정확한 중심에 위치해 있는 것 같았다.

주머니에서 열쇠를 꺼낸 시장은 잠시 망설이며 의사를 바라보았다. 땀으로 얼굴이 반짝이는 의사는 그에게 태연한 미소를 선사했다.

교사는 매트리스 위에 누워 있었다. 성당에 안치된 횡와상을 연상시키는 높이였다. 마치 죽은 사람 같았다. 의사는 즉각 그가 숨을 쉬고 있는 것을 확인했고 시장에게 안심하라는 손짓을 했다. 교사는 팔꿈치를 괴고 몸을 일으켰다. 그리고 두 남자를 바라보았다. 짙은 슬픔이 담긴 미소가 그의 입가를 스쳤다.

"의사 당신마저! 부끄럽지도 않으신가요……?"

의사의 미소가 살짝 달라졌지만 그렇다고 사라지진 않았다.

"아이와의 대질심문을 진행할 겁니다." 시장이 곧바로 말을 꺼냈다. "우리를 따라오시죠."

"그러죠. 이제 끝냅시다."

그가 힘겹게 일어났다. 안락함이라고는 전혀 찾아볼 수 없고 견디기 힘든 공간에서 하루를 보낸 교사의 몸짓은 늙은이처럼 변해 있었다. 그는 시장과 의사에게 눈길조차 주지 않고 그들을 스쳐 지나갔다. 의사는 그의 몸에서 시큼한 땀 냄새가 난다는 걸 눈치챘다. 병원 입원실에서 밤새도록 고열에 시달리며 흠뻑 젖은 시트 속에서 몸을 뒤척인 사람들의 침대 위에서 아침이 되면 둥둥 떠다니는 냄새였다.

교사는 회의실로 들어오며 밀라에게 미소 지었고, 그녀의 아버지에게 이름을 부르며 인사했다. 하지만 푸뤼르는 대꾸하지 않았다. 그는 경찰에게도 인사를 건넸다. 아직 패배자로서 회의실에 들어선 것은 아니었다. 충격을 받고 약해지긴 했지만, 그럼에도 불구하고 대질심문의 결과와 아이가 밝혀줄 진실에 대한 믿음이 있었다.

경찰은 고개를 숙여 인사했고, 푸뤼르도 그렇게 했다. 아이는 그를 '선생님'이라고 부르며 인사했는데, 그 점이 교사를 기쁘게 했다. 그는 이것을 존경의 표시라 여겼고, 만약 아이가 얘기한 내용이 사실이라면 그런 존경의 마음은 생겨날 수 없는 것이라 생각했기 때문이다. 하지만 그를 제외한 모든 이들은, 아이의 입에서 나온 말과 아이가 그 말을 내뱉은 방식에 소름이 돋았다. 그것은 교사가 아이에게 행사했던 무한한 영향력과 권위를 드러냈기 때문이었다. 바로 그것을 이용해 아이에게 최악의 짓을 요구하고 원하는 것을 얻어냈으리라.

그 이후에 벌어진 일에 대해 어떻게 요약하면 좋을까? 교사는 익사했다. 남들이 그가 죽도록 도울 필요도 전혀 없었다. 그는 완전히 혼자서 해냈다. 발이 바닥에 닿지 않게 되자, 그는 이 상황이 완벽히 잘 짜인 함정이며, 그리하여 그에게는 어떠한 기회도 남아 있지 않음을 느꼈다. 그의 목소리는 탄식이 더해졌고 약해졌고 떨렸고 공허해졌다.

아이의 기억은 모든 면에서 완전했다. 경찰이 아이에게 무슨 일이 있었는지 빠짐없이 말해달라고 요청하자, 아이는 고운 목소리로 모범생답게 그 요청에 따랐다. 아이는 교사가 자신의 훌륭한 성적에 대해 자주 칭찬해줬다는 말로 시작했다. 같은 반 학생들 앞에서 그는 아이의 성실함과 실력을 칭찬하면서, 본받을 만하고 재능이 풍부하며 뛰어난 아이라고 말하곤 했다. 그뿐만 아니라 예의 있고 품행이 바르며 상냥하고 예쁜 아이라고도 했다.

경찰이 잠시 아이의 말을 끊더니, 교사를 돌아보고는 이 모든 진술이 사실인지, 그가 직접 한 말들이 맞는지 물었다. 교사는 그렇다고 대답했다.

"그렇다면 반 전체 학생들 앞에서 어떤 학생에 대해 이렇게 말하는 일이 자주 있나요?"

교사는 그렇지 않다고, 흔한 일은 아니라고 대답했다. 하지만 이 경우에는 아이를 격려하고 싶었다고 했다. 밀라는 분명한 재능을 갖고 있었지만 그를 도와줄 수 있는 환경에서 살고 있지 않았기에, 더더욱 그런 격려를 받을 만했다고 덧붙였다.

"아이의 가정환경에 대해 하고 싶은 얘기가 있습니까?"

사람들의 시선이 푸뤼르 쪽으로 향했으나 그는 아무런 반응이 없었다. 아마도 사람들이 자기 이야기를 하는 줄 모르는 것 같았다. 그는 테이블을 멍하니 바라보고 있었다. 머리에 뒤집어쓴 가발과 짐승처럼 큰 눈 때문에, 동물원에서 탈출했다 해도 믿을 노릇이었다.

"밀라는 아버지와 단둘이 살고 있는데, 아버지는 자주 배를 타고 나가는 걸로 알고 있습니다. 자신의 나이에 맞는 아이다운 삶을 누리지 못하고 있었죠. 아이는 의지할 곳이 없었습니다. 저는 그런 아이에게 친절하고 싶었습니다."

"친절이요?" 경찰은 목을 꽉 죄고 있던 넥타이 매듭을 풀며 되물었다. 마치 누군가 그의 목을 조르려고 한 것처럼 그의 노란색 목은 붉게 변해 있었다.

교사는 아무런 대꾸도 하지 않았다. 경찰은 아이에게 계속 얘기하라고 말했다.

"선생님이 책상 사이를 걸어가다 이따금 제 곁에서 멈춰 서곤 하셨어요. 제가 뭘 쓰고 있는지를 들여다보셨죠. 몸을 숙이고 제게 아주 가까이 다가오셨어요. 저는 선생님의 숨결과 향수 냄새까지 느낄 수 있었죠. 선생님의 체온까지도요. 저에게 밀착하셨어요. 저는 계속 글을 쓸 수가 없었어요. 선생님 앞에서 잘못 쓸까 봐 그리고 그걸 선생님이 보실까 봐 겁이 났거든요. 하지만 선생님은 아무 말씀도 하지 않으셨어요. 그렇게 잠시 머물며 제 머리를 쓰다듬기도 하고 제 어깨에 손을 올리기도 하셨지요. 그럼 저는 더더욱 몸이 굳어졌어요."

"그러니까 선생님이 너를 만졌다는 거구나."

"네, 선생님이 저를 만졌어요."

"이에 대해 하실 말씀이 있으십니까, 선생님? 사실인가요?"

교사의 머리가 복잡하게 돌아가는 것이 느껴졌다. 그의 얼굴에는 마치 경련이 일어난 것처럼 갑작스럽고 혼란스러운 긴장과 당황의 기색이 역력했다. 그는 더 이상 서른 살이 아니었다. 그에게 더 이상 나이란 없었다. 그는 조금씩 희생양이 되어가고 있었다.

"저는 다른 학생들에게도 밀라에게 하는 것처럼 똑같이 했습니다."

"다른 학생들이요?"

"네, 하면 안 되는 일인가요?"

"아이를 만지는 일이요?"

"만진다는 말을 써서 악의적인 의미를 부여하시는군요. 그건 친근감과 격려의 표시일 뿐입니다. 아이들을 칭찬하는 방법이지요. 우리는 기계가 아니며, 기계와 함께 일을 하는 것도 아닙니다."

"자, 그럼 얘야." 경찰이 물었다. "선생님이 너를 그렇게 만질 때 너의 기분은 어땠니?"

아이가 한 치의 망설임 없이 대답했다. 경찰이 그 속도에 놀랄 정도였다.

"난처했어요. 부끄러웠고요. 너무 불편했지만 감히 그렇게 얘기할 수 없었어요."

"계속 얘기하렴."

"어느 날 저녁, 선생님이 제게 수업이 끝나고 남으라고 말씀하셨어요. 다른 친구들은 모두 나가고 저만 남았지요. 우리는 전날 아주 중요한 시험을 봤는데, 저는 좋은 점수를 받을 수 있을지 자신이 없었어요. 저는 걱정이 됐어요. 선생님은 제가 학년 초부터 받았던 점수들에 대해 얘기하셨어요. 제가 자랑스럽고 정말 훌륭한 학생이라고 거듭 말씀하시면서, 학업을 통해 좋은 직업을 갖게 되어 섬을 떠날 수 있을 거라고 하셨어요. 그리고 시험에 대해 얘기하셨지요."

아이는 잠시 말을 멈췄다. 갑자기 당황하며 매우 감정적인 상태가 된 것 같았다. 아이는 제 아버지 쪽으로 고개를 돌렸지만, 푸뢰르는 계속해서 모르는 척했다. 이번에는 시장을 바라봤지만 그는 고개를 돌렸고, 그 뒤 의사를 바라봤지만 그는 갑자기 매우 중요한 것을 찾아야 한다는 듯 주머니를 뒤지기 시작했다. 경찰은 돌연 공간을 채우는 불편함을 느꼈다. 그는 교사에게 아이가 방금까지 말한 학업과 성적, 그리고 다른 아이들은 모두 하교시킨 채 혼자 남게 한 일에 대한 진술이 모두 사실인지 물었다.

"사실입니다."

"다른 사람도 없이 교실에 아이와 단둘이 남아 있는 게 불편하지 않으시다는 거군요."

"저는 단 한 번도 나쁜 생각을 해본 적이 없습니다."

"선생님께서는 아름다운 영혼의 소유자시군요. 속세를 떠나 사시는 분이네요. 어떻게 보면 운이 좋으신 겁니다. 밀라, 계속 얘기해보렴." 경찰은 지금껏 그 누구에게도 보여준 적 없었던 상냥한 태도로 말했다.

아이는 말이 없었다. 아이의 눈은 더 반짝였다. 갑자기 방이 줄어드는 것 같았다. 산소가 부족해졌다. 더위는 모든 이들의 겨드랑이 아래에 커다랗고 축축한 얼룩을 그려놓았다. 의사는 쉬지 않고 이마의 땀을 닦고 있었다. 창문을 막고 있는 무거운 커튼은 절대 그 방을 빠져나갈 수 없으며 그곳에서 질식해 죽을 것만 같은 느낌을 주었다. 아이의 눈에서 눈물 한 방울이 또르르 떨어지더니 이윽고 한 방울이 더 떨어졌다. 아이는 조용히 울기 시작했다. 움직임 없이 여전히 꼿꼿하고 바른 자세였다.

"잠시 쉬는 게 좋겠니?" 경찰이 물었다.

아이는 부정의 고갯짓을 한 뒤, 눈물을 머금은 눈으로 얼이 빠져 있는 교사를 바라봤다.

"그날 저녁, 선생님은 제가 시험을 망쳤다고 말씀하셨어요."

"말도 안 돼!"

"입 다무세요! 아이가 말하게 두십시오!"

"제가 나쁜 성적을 받게 될 거라면서, 하지만 좋은 성적을 받을 수 있는 방법이 있다고 하셨죠."

"왜 거짓말을 하는 거니, 밀라? 왜 이상한 소리를 하는 거야?"

교사는 의자에서 일어나 아이에게 몸을 숙였고, 아이는 겁을 먹은 것 같았다.

"당장 자리에 앉으십시오. 그러지 않으면 당신을 의자에 포박하겠습니다. 그걸 원하는 겁니까? 앉으십시오!"

교사가 그의 말에 복종하기까지 경찰은 몇 초간 기다려야 했다. 그는 옷 보따리처럼 의자에 털썩 주저앉았다.

"자, 계속 말해보렴."

"선생님이 저를 교무실로 데려가셨어요. 제 머리와 뺨을 어루만지셨죠. 어쩌다 나쁜 성적을 받는 건 그렇게 심각한 일이 아니라고 하시면서, 저는 정말 우등생이고, 이번에 시험을 망친 건 어쩌다 우연히 일어난 일이라고 말씀하셨어요. 그러고는 저를 무릎에 앉히셨어요."

"말도 안 돼! 거짓말이잖아!"

"저는 그러고 싶지 않았어요. 하지만 저를 억지로 앉히셨죠. 선생님은 저를 계속 쓰다듬으면서 말씀하셨어요. 그리고 선생님의 손이 제 허벅지 위로 올라왔어요."

"아이가 거짓말을 하고 있다고요!"

"선생님은 제가 예쁘다면서, 저더러 착하게 굴어야 한다고 했어요. 제 치마를 들어 올렸고 속옷을 어루만졌어요."

"그만! 왜 그런 말을 하는 거니?"

"저는 더 이상 움직일 수가 없었어요. 마치 죽은 것 같았죠. 선생님은 제 속옷 안으로 손을 집어넣었어요. 여러분도 아시는 제 그곳을 어루만지셨죠. 선생님은 제 다른 손 하나를 잡더니 자기 바지 속으로 넣었어요. 선생님의 그것이 단단해진 것이 느껴졌어요."

"맙소사! 도대체 왜 거짓말을 하는 거니, 밀라?"

"선생님은 제게 강제로 거길 만지게 하셨어요. 나쁜 점수를 좋은 점수로 바꿔주겠다고 하셨죠. 그날 저녁 저는 집에 돌아와 토를 했어요. 열이 났고요. 다시는 학교에 가고 싶지 않았어요."

아이는 입을 다물었다. 교사는 숨을 헐떡이며 정신 나간 눈빛으로 사람들을 쳐다보았다. 그때 갑자기 땅속 깊은 곳에서부터 나는 것 같은 우르릉 소리가 흔들리는 벽을 타고 올라오면서 회의실을 무르게 만들었다. 모든 이들은 발아래에서 척추를 비트는 지진파를 느꼈다. 마치 거대한 뱀 한 마리가 아주 오래전부터 자신을 짓눌러 죽이려 하는 삼지창의 갈퀴 아래에서 몸부림치는 것 같은 진동이었다. 우지끈하는 소리, 덜컹거리는 소리, 삐거덕거리는 소리가 났다. 큰 테이블마저 벌벌 떨며 도망치고 싶어 하는 것처럼 보였다. 브라우가 울부짖고 있었다. 아이가 한 말 때문에 화가 난 것만 같았다. 이러한 상황이 익숙하지 않았던 경찰만 불안에 떨고 있었다.

"아무것도 아닙니다. 화산이에요." 이런 갑작스러운 상황이 딱히 불만스럽지는 않았던 시장이 말했다.

다시 안정이 찾아왔다. 벽은 평정을 되찾았고, 큰 테이블은 다시 조용히 굳어버렸다. 사람들은 교사에 대한 징벌을 이어갈 수 있었다.

"그럼 그 시험에서 너는 몇 점을 받았니?" 경찰이 물었다.

"최고점이요." 아이는 여전히 뺨으로 흘러내리던 커다란 눈물을 손등으로 닦으며 대답했다.

21

그 뒤 무거운 침묵이 이어지는 몇 분 동안 이미지들이 그려졌다. 아이가 방금 이야기한 장면과, 아이에게 말해달라고 차마 요청할 수 없었던, 그 뒤로 이어졌을 장면이었다. 아이의 마지막 말에는 혐오스럽고 천박한 세계가 고스란히 담겨 있었다. 그 말은 혼란스러울 정도로 뚜렷하게, 마치 영화관의 스크린 위에서 펼쳐지듯 각자의 상상력이 그려내는 수치스럽고 비열한 행위들을 담은 그릇이 되었다. 다른 말을 덧붙일 필요가 전혀 없었다.

교사는 더 이상 눈물을 참지 못했다. 그는 의자에 웅크린 채 울기 시작했다. 그리고 이후 대질심문이 계속되는 동안 내내 그는 더 이상 아무런 개입도 하지 않았다. 심지어 경찰이 그에게 발언권을 주거나 질문을 할 때도 반응이 없었고, 밀라가 교사와의 잦은 만남에 대해 말하거나 그가 아이를 강간한 방식, 그러니까 어디에서, 어떤 상황에서, 어떤 방법으로 일어났는지에 대해 말한 내용을 사실로 인정하는지 묻거나 반박하라고 요구할 때에도 그는 침묵을 지켰다. 그는 계속 울면서 이따금 아이를 뚫어져라 바라봤지만, 아이는 그 시선을 불편해하지 않는 것 같았다. 아이는 촉촉이 젖은 눈망울로 견디기 힘든 이야기를 들려주었다. 아이도 계속 울고 있기는 했지만, 그 눈물 때문에 아이의 또렷한 목소리가 흔들리는 법은 없었다.

"신들린 아이 같았어요." 나중에 그 현장에 대한 설명을 듣기 위해 문을 두드리며 찾아온 노파에게 의사는 이렇게 말했다. "뭔가에 씐 것 같았죠. 어떤 미지의 존재가 아이를 통해 말하는 것 같았어요. 저는 철저한 물질주의자로서, 어떠한 형태의 초월적 존재도 믿지 않는 사람입니다만, 정말 혼란스러웠습니다. 그뿐만 아니라 아이는 자신이 해야만 했던 말들을 하면서 모든 힘이 빠져나가는 듯했고 금방이라도 실신할 것 같았지요."

노파는 말이 없었다. 의사는 노파에게 작은 잔으로 술을 권했지만, 그녀는 손도 대지 않았다. 그는 시가를 거칠게 만지작거리고 있었다. 노파는 그가 방금 자신에게 들려준 모든 얘기들을 곰곰이 생각해보고 있었다. 밤이 되었고, 그토록 오랫동안 시청 광장을 메우고 있던 군중이 흩어진 거리는 한산했다. 의사의 집에서는 죽은 개에게서 나는 냄새가 진동했다. 그는 집 안의 창문 틈마다 물을 적신 천을 두어 바깥의 공기가 안으로 들어오지 못하도록 했지만 아무 소용이 없었다. 그는 노파와 함께 있는 동안에도 커다란 손수건을 코 밑에 갖다 대고 있었다. 그가 천에 뿌려둔 베르가모트 향수도 악취를 완전히 쫓지는 못했다.

"왜 그러는 건가? 감기?"

"아니요. 아무 냄새도 안 나세요?"

"냄새라니?"

"이틀 전부터 섬 전체에 진동하고 있는 이 시체 썩는 냄새 말입니다."

노파는 비쩍 마른 머리를 살짝 흔들면서 어이없다는 듯 그 얘기를 무시해버렸다. 그녀의 희멀건 눈은 한없이 깊은 두 개의 구멍 같았다.

소녀가 증언을 마치자 경찰은 자리에서 일어섰고, 푸뢰르는 그제야 잠에서 깨어나는 것 같았다. 폐쇄된 공간에서 아이의 이야기를 듣고 있자니 마치 커다란 손이 자신의 입과 코를 막는 것 같아서 숨을 쉬기 힘들었던 시장은 더 이상 견디지 못하고 창가로 갔다. 커튼을 걷고 창문을 열기 위해 손잡이를 잡은 순간, 잠시 잊고 있었던 군중의 모습이 그의 눈에 들어왔다. 그는 어찌할 바를 모른 채 몸이 굳어져버렸다. 위쪽을 향한 수백 개의 눈이 그를 지켜보고 있었다. 그는 다시 커튼을 닫았다. 군중의 성난 소리가 밖에서 올라왔다. 마치 거대한 보일러를 막 작동한 것 같았다.

아이와 아버지를 보내주기로 했다. 밀라는 양초를 다시 손에 쥐고 시선을 바닥으로 향한 채 회의실을 빠져나갔다. 푸뢰르는 뭔가 명령을 기다리는 듯 시장을 바라보았다. 당황한 시장은 그에게 나가라는 신호를 보냈다. 시청의 문이 열리고 아이의 모습이 보이자, 몇 시간 전 아이가 광장에 도착했을 때 그랬던 것처럼, 웅성이던 소리가 갑자기 잦아들었다. 사람들은 다시 아이에게 길을 터주었다. 아이는 양초를 손에 든 채 꼿꼿한 자세로 위엄 있게 걸었다. 아버지는 볼품없는 늙은 개처럼 아이의 뒤를 따랐다.

사람들은 아이가 지나가는 모습을 바라보았다. 푹푹 찌는 날씨에도 불구하고, 그토록 마르고 창백하고 연약한 아이가 한 걸음씩 내딛는 모습을 보자 사람들은 갑자기 으슬으슬해졌다. 아이는 광장의 반쯤 걸어가 정확히 군중의 한가운데에, 즉 모든 것의 중심이 되는 두 대각선이 완벽히 교차하는 지점에 섰을 때 갑자기 멈춰서더니 손을 가슴과 목에 가져다 댔다. 아이와 가장 가까운 곳에 있었던 사람들은 아이의 창백한 눈꺼풀이 파르르 떨리고 눈이 뒤집히는 것을 보았다. 그러더니 마치 낫의 날 아래 스러지는 한 송이의 아마꽃처럼, 아이는 시커먼 포석 위로 새하얀 꽃잎이 되어 그대로 쓰러졌다.

군중으로부터 절규가 터져 나왔다. 못처럼 뾰족하고 면도칼처럼 날카로운, 독을 품은 소리의 분출이었다. 그 절규 안에는 복수가 완수되는 걸 지켜보겠다는 사람들의 요구가 고스란히 담겨 있었다. 절규는 광장으로 갈기갈기 뻗어나가 건물들의 정면을 때리고 귀먹은 교회의 정문을 두드리더니 마침내 시청의 창문에 부딪혀 부서져버렸다. 창문 뒤에 서 있던 시장과 경찰, 의사는 마치 따귀를 맞은 듯 얼얼해졌다. 하지만 그때에도 여전히 자리에 앉아 있던 교사는 이제 무슨 일이 생기더라도, 그가 무슨 일을 하거나 무슨 말을 하더라도 가망이 없다는 사실을 깨달은 것 같았다.

22

대질심문이 끝난 뒤, 교사는 죽어갈 수밖에 없었다. 어떤 식으로든 말이다. 아무도 그런 말을 한 건 아니었지만, 모두가 그걸 느낄 수 있었다.

밀라가 정신을 잃고 쓰러지자, 사람들은 아이를 마치 성물 다루듯 팔을 쭉 뻗어 들어 올려 집으로 데려갔다. 그리고 성호를 긋거나 기도문을 암송하기 시작했다. 푸뤼르도 눈물을 머금은 채 그 뒤를 따랐다. 사람들은 아이를 눕혔다. 여자들이 아이를 진정시키고, 정신이 돌아오도록 물에 적신 수건으로 아이를 닦아주었다. 아이에게 묽은 수프를 끓여주고, 곁에서 아이를 간호했다. 그때 부엌에서는 푸뤼르가 계속 훌쩍거리며 갈색 나일론으로 된 가짜 머리카락을 손으로 움켜쥐고 있었다. 그러면서 시청에서 벌어진 일을 들어보려는 다른 어부들이 그에게 따라주는 술을 들이마셨다.

마치 약속이나 한 것처럼 광장에는 사람들이 모여 있었다. 군중 전체가 아니라, 백여 명쯤 되는 사람들이 서로 뚜렷한 지시를 주고받지 않으면서 돌아가며 보초를 서듯이 계속 교대했다. 사람들은 시청의 불 켜진 창문을 뚫어져라 바라보았다. 자신들이 이미 그 지위를 박탈하였고 이제는 괴물이라고 부르는 자가 나오기만을 기다리고 있었다. 사람들은 그가 밖으로 나오길 기다리거나 혹은 그가 밖으로 나오는 걸 막기 위해 그 자리에 있는 것이었다. 그러나저러나 어차피 매한가지였다.

그 장면을 직접 목격한 경찰과 시장 그리고 의사는 앞을 내다볼 줄 아는 사람들이었다. 역사는 피를 요구하는 눈먼 군중으로 가득 차 있다는 것을 그들은 알고 있었다. 또한 대개의 경우 군중이 틀렸다 하더라도 그들은 자신들이 요구하는 것을 얻어내고야 만다는 사실 또한 알고 있었다.

교사는 경찰과 단둘이 이야기를 하게 해달라고 요청했다. 시장과 의사는 더 이상 숨 쉬기도 어려워진 공간에서 나갈 수 있게 되어 기뻤다. 그렇기는 해도 당장 건물 밖으로 나가는 것은 현명한 일이 아닐 거라고 판단했다. 사람들에게 말을 해야만 했기 때문이다. 아직 그들의 물음에 답할 때는 아니었다. 두 사람은 시장의 집무실로 들어가 문을 닫았다.

"그가 도대체 무슨 말을 하려는 걸까?" 의사가 물었다.

"상관없네. 모든 걸 말하겠지. 시체 세 구, 우리가 그걸 가지고 한 일, 자기가 한 실험들, 그리고 그 결론까지. 경찰이 그의 이야기를 듣기야 하겠지만, 그걸 가지고 뭔가를 하지는 않을 걸세. 이제 그에게는 더 구미가 당기는 일이 있으니까."

"나도 자네처럼 그렇게 확신할 수 있었으면 좋겠군."

"보통 걱정하는 건 나고, 그런 나를 안심시키는 건 자네인데."

"시대가 변하고 있어. 난 우리가 하는 일이 마음에 들지 않는다네."

"도대체 무슨 생각을 하는 건가? 그건 나도 마찬가지야. 하지만 그렇게 해야만 했네. 그리고 걱정 말게. 중요한 건 그가 이곳에서 멀리 떠나게 된다는 거야. 그게 다라고. 내일이면 그 아이는 자기가 했던 말을 번복하게 될 거고, 그럼 그의 결백이 밝혀지겠지. 자네는 진단이 잘못되었다고 말하면 되는 거고. 아무것도 확신할 수 없다고, 자네는 법의학자도 아니고 부인과 의사도 아니라고 말이야. 하지만 결국 이 요란한 소동이 어떤 순풍을 만나는 것보다 더 확실하게 그를 육지로 쫓아내줄 거라네. 그자를 떨쳐낼 수 있는 거지. 그러고 나면 우리는 드디어 진짜 문제에 대해 생각해볼 수 있을 거야."

경찰은 포도주 세 병과 브랜디 한 병을 가져오게 했다. 카페 주인이 직접 배달했다. 사람들은 그가 지나가는 것을 바라보았다. 그는 마치 자신이 매우 중요한 임무를 부여받았거나 금을 운반하는 것처럼 신중하고 진지하게 술을 날랐다. 경찰은 그가 안으로 들어오지 못하게 하면서 술을 문 앞에 두고 가도록 했다. 그는 교사를 보지도 못한 채 돌아갔으면서, 밖으로 나서자마자 교사의 모습에 대한 묘사를 늘어놓기 시작했다.

"알아보지도 못하겠더군. 이제 그의 얼굴에서 악이란 악은 다 뿜어져 나오더라니까. 세상에, 그런 자에게 우리 아이들을 맡겼었다니! 매일 아침 달리기를 나가는 그를 보며 나는 늘 악의 없이 인사를 건네곤 했었는데 말이야! 쓰레기 같은 자식! 의자에 앉아 게슴츠레한 눈을 하고는 입매는 축 늘어져 있더군. 경찰 앞에서 손을, 손가락을, 그 역겨운 커다란 손을 테이블 위에 올려두고 말이야. 그 추잡한 꼬락서니하고는! 경찰이 그 자리에 없었다면, 나는 화를 주체하지 못하고 그 더러운 자식의 얼굴을 후려갈겼을 거라고!"

경찰은 두 개의 잔에 포도주를 따랐다. 그는 미동도 없는 교사 앞에 한 잔을 두고는 자신의 술잔을 단숨에 비워버렸다. 그는 피곤하다는 듯 넥타이를 풀어서 멀리 테이블 위로 던져버린 뒤, 윗옷을 벗고는 셔츠의 단추를 끌러 소매를 걷어 올렸다. 그는 교사의 곁으로 와서 본인이 좋아하는 방식대로 이번에도 엉덩이 한쪽만 테이블에 걸친 채 앉았다. 그는 포도주를 한 잔 더 따라 홀짝홀짝 마시면서 교사를 유심히 바라보았다. 마치 슬픔에 잠긴 아픈 짐승을 살피는 것 같았다. 교사는 길게 숨을 들이쉬고는 말을 꺼냈다.

"드릴 말씀이 있습니다."

"아이가 이야기를 지어내는 재주가 참 좋더군요." 경찰이 아주 가벼운 말투로 말했다.

교사는 갑자기 환영이라도 본 것처럼 그를 바라보았다.

"방금 뭐라고 하셨습니까?"

"아이의 상상력이 참 풍부하다고 말씀을 드렸습니다. 선생님도 알고 계신 거 아닙니까?"

교사의 입이 떡 벌어졌다. 그는 너무 놀라 어쩔 줄을 몰랐다. 바람의 방향이 바뀌고 있었다. 경찰은 잔을 비우더니 다시 술을 따랐다.

"정말 엄청난 더위군요! 도대체 이런 고장에서 어떻게 사시는 겁니까? 술은 안 드시나요?"

교사는 그렇다는 신호를 했다. 그는 도무지 입에서 말이 나오지 않았다. 그의 머릿속에서는 수많은 상반된 생각들이 소용돌이치고 있는 게 분명했다. 악몽 같던 밤, 혼란, 아이의 이야기, 이 모든 것으로 녹초가 되었던 그는 방금 경찰로부터 자신이 제대로 이해한 건지 확신할 수 없는 말을 들었다.

"선생님이 틀렸습니다. 술 말고는 인생을 살면서 자주 어울리며 알아갈 가치가 있는 게 뭔지 저는 도통 모르겠습니다. 어쨌든 인간은 아닙니다. 우리는 방금 그들의 역겨움을 증명하는 훌륭한 표본을 또 한 번 보았지 않습니까."

"그럼 아이가 한 이야기를 전부 믿지 않으신다는 겁니까? 저를 믿으신다는 건가요? 그러니까 저는 아무것도 하지 않았고 결백하다는 제 말을 믿으신다는 겁니까?" 교사가 떨리는 목소리로 물었다.

경찰은 가엾은 남자를 잠시 물끄러미 바라보았다. 그의 입장이 되고 싶진 않았다. 그는 어깨를 으쓱하더니 자리에서 일어나 손에 술잔을 든 채 세 개의 창문 중 하나로 향했다. 커튼을 살짝 걷으며 밖을 가리켰다.

"내가 당신의 말을 믿든 아니든 그런 건 전혀 중요하지 않습니다. 당신이 결백하다는 것도 마찬가지입니다. 중요한 건 저 아래 있는 사람들이 믿는 것입니다. 구덩이 속에 갇힌 하이에나들 같은 존재이지요. 혹시 동물원 좋아하십니까? 저는 싫어합니다. 어릴 적 어른들을 따라 놀러 간 적이 있지요. 나무에는 먼지가 수북하고, 숲이랍시고 꾸며놓은 곳에는 배설물과 쓰레기로 가득 차 있는 정말 형편없는 곳이었죠. 똥 냄새와 상처에서 나는 피 냄새가 사방에서 진동을 했고, 동물들은 죽어가고 있었지요. 바로 저기 아래에서 기다리고 있는 사람들처럼요."

"하지만 사람들에게 얘기하실 수 있잖아요! 설명하실 수 있지 않습니까!"

"저들에게 뭘 설명하라는 겁니까? 아이가 강간을 당했다고요? 의사가 진찰을 통해 입증하지 않았습니까. 그가 거짓말을 한 게 아니라면 말이죠. 물론 그랬을 가능성도 배제할 순 없습니다. 이 섬엔 사기꾼들이 넘치니까요. 아이가 애먼 당신을 지목하며 거짓말을 했다고 할까요? 아이가 시나리오를 외운 거라고요? 아이를 강간한 건 아마 덜떨어진 그 아비이거나 혹은 그자와 똑같이 저능한 삼촌이거나 사촌이라고요? 그러니까 당신은 아무 상관이 없다고요? 아이가 연기를 한 거라고요? 이이에게 시나리오를 가르친 거라고요? 누군가 아이에게 압력을 행사한 거라고요? 꾸며낸 이야기를 그대로 말하지 않으면 아버지를 감옥에 보내겠다고 아이를 협박했거나, 아이에게 돈이든 뭔가를 주었다고요? 누가 제 말을 믿겠습니까?"

"하지만 그게 진실이잖아요!"

"아니, 도대체 누가 진실에 관심이 있답니까, 선생님? 모두들 진실 따위는 신경 쓰지 않는다고요! 그들이 원하는 것은 바로 당신의 머리입니다. 왜 당신의 머리를 원하겠습니까? 그건 당신을 체포하고 당신을 여기로 데려오고 당신을 그 아이와 마주 보게 함으로써, 마치 그들에게 이미 약속이나 한 것처럼, 당신의 꽉 차 있는 훌륭한 머리를 저 모든 이들의 텅 빈 머리에 넘기는 것이기 때문이죠. 그들로부터 당신의 머리를 다시 빼앗는다고 할 때 그들이 느낄 실망감을 한번 상상해보십시오! 황홀해하며 정신없이 뼈다귀를 뜯고 있는 개에게서 그걸 다시 빼앗으려 해본 적 있으십니까?"

몇 초 전만 해도 다시 피어오르는 희망을 느끼던 교사는 정신이 나간 사람처럼 눈알을 굴리고 있었다. 그는 숨이 막힐 지경이었다. 경찰이 그의 곁으로 돌아와 테이블 위에 앉았다. 그는 포도주병을 집었다.

"게다가 당신이 강간범인 것이 저들로서는 만족스러운 겁니다. 왜냐하면 당신은 저들과 같지 않기 때문이죠. 당신은 섬사람이 아니니까요. 당신은 달라요. 저들의 섬에서 당신은 이방인인 겁니다! 만약 제가 아이를 강간한 사람이 저들 중 하나라고, 자기들과 똑같고, 똑같이 행동하는, 같은 종류의 사람이고, 자기들처럼 생긴 사람이라고 말한다면, 저들이 그 애길 반기거나 받아들일 수 있을 거라고 생각하십니까? 인간에게 거울로 자신의 추잡함을 비춰주면 그들이 좋아할 것 같나요? 우리는 있는 그대로의 자신의 모습을 결코 보려 하지 않습니다. 외면해온 스스로의 모습을 발견하는 것만큼 못 견딜 일도 없죠! 열한 살짜리 여자아이를 만지고 강간한 것이 그들 중 하나라고, 이 고장의 토박이라고, 여기 섬사람이라고 저들에게 알리는 게 기분 좋은 발상이라고 보시나요? 저들이 그 생각을 받아들일 것 같습니까? 아니요, 당신은 저들에게 매우 유용한 존재입니다, 선생님. 저들은 당신을 놓아주지 않을 겁니다."

공황이 교사를 덮쳤고, 증상이 빠르게 퍼져나갔다. 그는 사지를 벌벌 떨고 있었다. 침을 삼키려 했지만 그럴 수 없었다. 그는 얼굴을 찡그렸고, 헐떡대며 공기를 들이마셨다. 경찰이 그에게 다시 술잔을 내밀었다.

"마시세요."

교사가 그의 말을 따랐다.

"그들은 저를 희생양으로 삼고 있어요. 그들이 감추고 싶어하는 일을 제가 알고 있거든요. 제가 보고서를 작성해두었습니다. 제가 목격자예요. 직접 실험도 했죠. 그들에게 유일하게 중요한 것은 그들의 평온입니다. 그러니까 온천 사업이죠. 제가 나 말씀드릴 수 있습니다. 그 자리에 있었거든요. 저는 곧 알게 되었습니다. 제가 알고 있다는 걸 그들이 알고 있습니다. 제가 알아냈다는 걸 말입니다. 배. 불법 거래. 시장. 의사. 노파. 스파동과 아메리크. 모두. 저는 그들을 해변에서 만났어요. 그리고 신부도요. 나중에. 바로 이 자리에서요. 그리고 냉동 창고. 그들이 그곳에다 시체들을 두었어요. 생선이랑 같이요. 파란 덮개 아래에요. 그런 뒤 화산 구덩이, 거기로 시체들을 밀어 넣었어요. 그러고서는 더 이상 아무것도 없었어요. 침묵뿐. 그 뒤 당신이 온 거죠!"

경찰은 교사의 말을 멈추느라 애를 먹었다.

"당신 지금 미친 사람처럼 말하고 있다는 걸 알고 있는 겁니까? 저한테 무슨 말을 하는 건지 하나도 못 알아듣겠다고요. 진정하세요. 화를 내봤자 아무 소용이 없다니까요? 너무 늦었습니다. 너무 늦었다고 이미 말씀드렸지 않습니까. 당신에겐 주도권이 없습니다. 게다가 어쨌든 저도 당신을 위해 할 수 있는 일이 아무것도 없습니다."

"어쨌든 당신은 경찰 아닙니까!"

"지금 그것도 잘못 알고 있는 겁니다."

"무슨 말을 하는 겁니까?"

"당신이 착각하고 있다는 말입니다."

"경찰이 아니라는 겁니까?"

"모든 사람이 그러길 바랐을 뿐이죠. 물론 그건 제 잘못입니다. 제가 그 역할을 받아들인 겁니다. 그렇게 하면 제가 여기 온 목적을 달성하기 더 쉬웠으니까요. 하지만 제가 경찰이라면 당신은 술집 댄서도 될 수 있습니다. 저는 그저 연기를 하고 있는 겁니다. 젊었을 때 대학에서 연극을 좀 했었습니다. 재능이 있다는 소리를 들었죠. 이곳 사람들은 모두 저를 경찰로 보고 싶어 하더군요. 저는 그들을 실망시키지 않으려고 했죠. 저는 언젠가 죽은 사람에게서 주워 온 카드를 시장의 코앞에 들이밀었습니다. 그러자 시장은 만족했죠. 그것이 그에게 도움이 되는 것 같았습니다. 모든 사람이 거짓말을 합니다. 인생은 한 편의 희극입니다. 방금 전의 장면은 정말 훌륭한 코미디였습니다. 아이는 자신의 역할을 익혀왔고, 그 모든 비열한 짓거리들이 부끄러움도 없이 펼쳐졌죠. 하지만 저는 그것 때문에 여기 있는 것이 아닙니다. 그리고 제게는 시간이 얼마 없습니다. 당신은 저 없이 알아서 하셔야 할 겁니다."

23

정말 이상한 일은 그날 저녁 경찰이 의사를 찾아왔다는 것이다. 의사가 집에 돌아온 지 얼마 되지 않았을 때 누군가 문을 두드렸다. 의사는 경찰이 자신의 집으로 찾아올 것이라고 생각지 못했다. 지금껏 그를 상대해온 건 시장이었다. 그런데 왜 그를 찾아왔단 말인가?

"그걸 말하는 게 뭐가 중요합니까? 제가 여기 왔다는 게 중요하죠. 제 얘기를 들어줄 누군가를 찾고 있습니다. 제가 할 이야기를 똑같이 전해줄 수 있는 사람을요. 당신네 시장은 너무 신경이 과민합니다. 쉽게 분노에 휩싸이고 그 속에 갇혀버리죠. 물론 당신 앞에서 그 사람에 대해 아는 척하려는 건 아닙니다. 저보다 훨씬 더 잘 아실 테니까요. 저는 그를 끝까지 밀어붙여서 겁주는 게 참 재밌었습니다. 하지만 금방 싫증이 나네요. 저는 쥐를 갖고 노는 고양이처럼 게임하는 걸 즐기지만 쉽게 질립니다. 게다가 그 사람은 제가 해야 할 말을 정확히 이해하지 못할까 봐 걱정도 되고요. 그런데 계속 이렇게 복도에 서 있을 겁니까? 오늘 하루가 너무나 길었답니다."

의사는 열려 있던 서재의 문을 가리켰다. 그러자 경찰은 안으로 들어가 소파에 털썩 주저앉았다.

"제가 별로 심각해 보이는 사람은 아니지만, 제가 당신네 섬에 온 이유는 심각한 사건 때문입니다. 저를 여기 보낸 사람들은 농담을 싫어합니다. 그들은 그것 말고도 싫어하는 게 참 많죠. 좋아하는 건 오직 일을 잘 완수하는 것뿐입니다. 그런데 그런 그들의 일을 방해하고, 저지하고, 심지어는 가로채려는 시도가 있었죠. 제가 당신에게 모든 걸 설명하겠습니다. 당신을 유심히 관찰할 기회가 있었죠. 차분한 사람이더군요. 어리석어 보이지도 않습니다. 물론 다른 이들처럼 손을 더럽히긴 했죠. 당신도 남들과 다를 바 없는 비열한 인간입니다. 당신을 평가하려는 게 아닙니다. 저 또한 그런 인간이니까요. 그중에서도 최악이죠. 저와 비교하면 당신은 어린양이죠. 하지만 털이 얼룩진 양이라고나 할까요. 제 얘기가 불편하신가요? 그런데 왜 코 아래 계속 손수건을 대고 계시는 거죠?"

경찰은 이 역겨운 시체 썩는 냄새를 맡지 못하고 있는 것 같았다. 냄새는 사라지기는커녕 시간이 흐를수록 더 짙어지고 있었다.

"당신들 모두 정신이 나간 것 같군요. 그게 아니라면 당신들만의 이 폐쇄된 세상에서 빙빙 도느라 이미 오래전부터 정신이 나간 거겠죠. 그렇다 해도 별로 놀랄 만한 일은 아닙니다. 이제 정말 저는 떠나야 합니다. 그리고 앞으로 다시는 이곳에 돌아오지 않을 겁니다. 그런데 혹시 실례가 안 된다면, 마실 것 좀 있으신가요? 그리고 지금 피우고 계신 시가와 비슷한 게 있으시다면 사양하지 않겠습니다. 저는 늘 그런 걸 피우면 심오한 생각이 피어나는 것 같았거든요."

의사는 시트론 술병과 작은 잔 두 개, 시가 상자를 가지러 갔다. 그가 술잔을 채우는 동안 경찰은 상자를 유심히 살펴보더니, 몇 가지 종류의 냄새를 맡아보고 엄지와 검지 사이에 끼워 물렁한 정도를 확인했다. 결국 로부스토를 택한 그는 그것을 우아하게 자른 뒤 시가의 모든 면이 고르게 타도록 천천히 돌려가며 시간을 들여 불을 붙였다. 그러고는 첫 몇 모금을 빨아 입안에서 연기를 우물거린 다음 입 밖으로 나온 연기가 회색 층이 되어 공중에 머물러 있는 모습을 바라보았다. 그는 만족한 듯 보였다. 그런 뒤 술잔을 입가에 가져가서는 단숨에 비워버렸다. 그는 얼굴을 찌푸리며 술잔을 다시 내려놓았다.

"끔찍한 맛이군요! 이 형편없는 술을 직접 만드신 겁니까? 법으로 금지해야 할 것 같은데요."

말은 그렇게 해놓고 그는 허락도 구하지 않고 또 술을 따라 마셨다.

"희한한 체스 경기를 상상하셨더군요. 그렇게 그 판을 승리할 거라 믿으셨을 텐데, 예상치 못한 복병을 만났고 그래서 크게 당황하신 거고요. 말 하나를 희생하기로 누가 결정했는지 모르겠습니다만, 물론 이 경우에 말은 그 불쌍한 교사겠죠. 해괴한 강간 이야기를 꾸며내서 말입니다. 하지만 그걸로 득을 볼 일은 전혀 없을 것이며, 당신들은 절대 이 상황을 빠져나갈 수 없을 겁니다. 제 경험을 믿어보시죠. 당신들은 이길 수 없을 겁니다. 심지어 크게 잃게 될 가능성이 큽니다. 그건 당신의 생각이었나요? 아니면 시장? 어쨌든 그런 건 이제 중요하지 않습니다. 당신들은 모두 쓰레기입니다. 전문가로서 드리는 말씀입니다.

제가 하고 싶은 말은 이제 당신들은 돌이킬 수 없을 거라는 겁니다. 어떻게 끝날지는 모르겠습니다만, 아마도 나쁜 결말이겠죠. 어쨌든 당신들끼리 깨진 조각들을 가지고 알아서 해결해야 할 겁니다. 저는 이제 멀리 떠날 것이고 당신들을 아주 빨리 잊게 될 겁니다.

당신들 모두 비열한 인간들이라고 제가 말씀드렸죠. 하지만 저처럼 그 어떤 일에도 개의치 않을 만큼 충분히는 아닙니다. 골고다 언덕에서의 사건 이후로 죄와 용서에 대해 설파하며 큰 성공을 거둔 그 우스꽝스러운 기독교적 본성이 당신들에게 조금 남아 있는 것 같아서 말입니다. 바로 그게 당신들에게 독이 될 겁니다. 당신들은 충분히 떨어져 나오지 못했습니다. 당신들의 더러운 야망에 걸맞은 정신적인 수단을 갖추지 못하고 있죠. 악마의 노예가 되고 싶다면 불을 사랑해야 하고 그 불길에 온몸이 그을리는 걸 두려워해서는 안 됩니다. 당신들은 애매한 중간에 서 있는 겁니다. 영혼은 더럽지만 용기는 없기 때문이죠. 어설프게 비열하다고나 할까요. 그 결과를 감당해야 할 겁니다. 후회하고 속죄하며 죽어가게 될 겁니다. 저는 그렇게 확신합니다."

경찰은 술잔을 다시 채웠다. 그는 얼굴을 찌푸리며 술을 들이켰다. 벽 쪽으로 시선을 돌린 그는 킥킥 터져 나오는 웃음을 간신히 참으며 말했다.

"여기 있는 책들을 다 읽으신 건가요?"

"대부분 읽었죠."

"뭘 얻으시려고요?"

"주변을 이해하는 데 도움을 받았습니다."

"어떤 걸 말씀하시는지 알 수 있을까요?"

"인간들이죠. 삶. 그리고 세상에 대해서요."

"고작 그것뿐이라고요? 거만하시군요! 그걸로 기껏 그런 어설픈 사기극을 꾸며내신 건가요? 책은 당신에게 도움이 되지 못했군요. 그런 말도 안 되는 강간 이야기라니. 기다렸다는 듯 그 이야기를 덥석 믿어버린, 완전히 흥분한 백치들을 광장에 한데 모은 것 말고 무슨 효과가 있었죠? 저는 당신을 만나러 오기 전에 아이와 그 아비의 집을 먼저 다녀올 수도 있었습니다. 따귀 세 대면 충분했을 거고, 그럼 아마 제게 다른 진술을 내놓았겠죠. 따귀 한 대를 맞은 아이는 제 아버지가 시켜서 거짓말을 했다고 말했을 겁니다. 따귀 두 대를 맞은 그 천박한 아비는 수개월 전부터 자신이 아이를 주무르고 강간했다고 제게 자백했을 겁니다. 배나 다른 어딘가에서 그 모습을 우연히 목격한 시장에게 들키게 되었고, 그 죄를 사해주는 대신 교사에게 뒤집어씌우라고 본인에게 요구했다고 말입니다. 그런 뒤 저는 눈물범벅이

된 그 둘을 남겨두고 떠났겠지요. 그 못된 계집아이와 거세를 하고 두 손을 자르고도 모자랄 그 오스트랄로피테쿠스를요.

당신들은 그 불쌍한 교사가 말하지 못하도록 협박하려 했겠죠. 해변으로 밀려온 시체 세 구를 가지고 당신들이 꾸민 일과 그 이후 교사가 배를 타고 나가서 알아낸 사실에 대해 제게 말할 수 없도록 하려고요. 실패하셨습니다. 더 강력한 방법을 찾으셨어야 했어요. 그런 얼굴 하지 마세요. 그가 제게 모든 걸 말해줬습니다. 그런데 어쨌든 저는 사실 이 망할 섬에 발을 내딛기 전부터 그 사건에 대해 더 많은 것들을 알고 있었답니다."

갑자기 말을 중단한 그는 불이 꺼진 자신의 시가를 유심히 바라보더니 킁킁대며 냄새를 맡았고, 그러다 다시 킁킁거리며 자신의 주변을 냄새 맡기 시작했다.

"냄새가 난다더니 당신 말이 맞네요. 그런데 그 냄새는 당신에게서 나는 것 같군요!"

24

시트론 술 한 병과 시가 한 대를 끝낸 경찰의 이야기를 듣고 있던 의사는 도대체 어떤 끈이 이 미치광이를 삶에 묶어두고 있는 건지 궁금했다. 무관심, 완벽히 끝낸 일에 대한 애착, 냉혹함, 인간에 대한 혐오, 시장에게 고백했던 살인에 대한 충족되지 않는 갈증, 파괴하는 기쁨?

그는 의사가 시장처럼 쉽게 감정에 휘둘리지 않고 자신의 말을 잘 전달해줄 수 있는 사람이기에 이곳을 찾아온 것이라 했다. 하지만 의사는 그의 방문이 오히려 협박 전략의 일환이라는 것을 눈치챘다. 그에게 중요한 것은 공포를 조금씩 흩뿌리는 것이었다. 마치 벌어진 고기에 소금을 뿌려 물을 나오게 해서 얼마 뒤 부드러워진 고기가 잘 익고 쉽게 잘리길 기대하는 것처럼 말이다.

경찰은 교사가 자신이 알아낸 사실에 대해 설명할 때 반박하지 않았다고 했다.

"저는 그가 갖고 있지 않던 정보들까지 알려주었지요." 그는 재떨이와는 아무 상관도 없는 작은 접시에 시가의 재를 툭툭 털며 말했다.

"저는 막대한 경제적 이권을 소유하고 있는 사람들을 위해 일하고 있습니다. 그들의 사업 중 일부는 해운업에 관계되어 있죠. 저의 고용주들은 사고 되팔 수 있는 모든 제품들을 취급합니다. 수십 년이 넘은 사업입니다. 원자재, 과일과 채소, 자동차, 담배, 그 외 소비재 같은 것들이죠. 그들은 세계 경제활동에 편입되고, 당신도 잘 알다시피 계속 변화하는 시장에 적응하려고 많은 노력을 기울이고 있습니다.

각국의 법은 지나치게 엄격합니다. 시장의 규칙이나 제약과는 전혀 맞지 않아요. 그래서 저의 고용주들은 그 법에 맞게 최대한 조율을 해서 고객들을 만족시키기 위한 방법들을 찾고 있죠. 그것이 바로 그들이 비밀을 좋아하는 이유입니다. 비밀 없이 성사되는 일은 아무것도 없습니다. 그리고 그들은 이 비밀을 유지하기 위해서 모든 걸 할 수 있는 사람들이고요. 제 말을 이해하시겠지요?"

경찰은 은행원이나 회계사 혹은 정치인처럼 말했다. 어쩌면 그는 사실 이 모든 걸 다 합친 사람 아니었을까? 경찰의 이야기를 듣고 있노라면, 그는 자신이 하는 말을 확신하고 있다고 생각할 수밖에 없었다. 또한 그의 완벽한 중립적 어조에도 불구하고 모든 단어 아래 숨어 있는 위협을 느낄 수 있었다. 마치 **브라우** 아래 나 있는 몇몇 오솔길의 모든 돌멩이 아래에 전갈이 숨어 있는 것처럼 말이다.

"그런데 세계가 대혼란을 겪으면서 새로운 수요가 발생하고 있습니다. 최근 몇 년간 불안정한 상황, 내전, 부의 불공평한 재분배, 기근과 같은 문제들이 남반구에서 북반구로의 거대한 이주 흐름을 재촉했죠. 그리고 인류의 고통에 무관심하지 않은 저의 고용주들은 공식적인 국제단체들의 역량으로는 이 문제를 해결하는 데 역부족이라는 걸 깨닫게 되었습니다. 그리하여 그들은 아이들을 포함한 수천 명의 남녀가 그들에게는 새로운 약속의 땅으로 여겨지는 곳에 닿을 수 있도록 최대한 힘을 쓰기로 합니다. 사람들은 흔히 이 점을 간과하고 있습니다. 저의 고용주들이나 그들과 비슷한 유의 사람들을 움직이게 하는 건 오직 돈만이 아니라는 사실 말입니다. 그들의 목적은, 감히 말씀드리자면, 무엇보다 **인도주의적**이기도 합니다. 제 얘기에 놀라신 것 같군요. 하지만 당신에게 제 말을 믿어달라고 요구하지 않겠습니다. 당신의 의견이나 당신이 어떻게 생각하는지는 제 알 바가 아닙니다. 저는 그저 당신의 이해를 돕기 위해 사실을, 어떤 관점을 제시하는 것일 뿐입니다. 사람들은 저를 고용하는 이들이 경쟁자나 일부 방해자들을 처리하는 방식을 두고 비난을 퍼붓죠. 때로 너무 신속하게 일을 처리하는 것은 사실입니다. 하지만 이 모든 건 자본주의와 급진적 자유주의로 인해 죽어가는 수많은 사람들에 비하면 아무것도 아닙니다.

아시다시피 세상은 장사판이 되었습니다. 더 이상 지식이 오가는 장이 아닙니다. 학문이 얼마간 인류를 인도해왔을지도 모르겠습니다만, 이제 중요한 건 돈밖에 없습니다. 돈을 소유하고 지키고 획득하고 돌게 하는 일이 가장 중요하죠. 저의 고용주들은 인도주의적 목적에 따라 움직이기는 하지만 동시에 사업가이기도 합니다. 그들은 대개 서로 거리가 먼 희망 사항들을 조율하려고 노력합니다. 하지만 사람들이 끊임없이 훼방을 놓는다니까요! 예를 들어 국경을 한번 보십시오. 목숨이 달린 일에 국경에서 얼마나 어리석은 소동이 일어나고 있는지! 동의하시겠죠? 그래서 저의 고용주들은 비밀스러운 해상 경로를 생각해낸 겁니다. 행정적인 트집에 시달리지 않고 그 불쌍한 자들이 최대한 많이 약속의 땅에 이를 수 있도록 하기 위해서요."

술잔을 다시 채운 그의 목소리가 갑자기 달라졌다. 그의 언어는 질척거렸고 속도도 더 느려졌다.

"얼마 전까진 모든 게 순조롭게 진행되고 있었습니다. 그러다 몇 가지 문제가 생겼죠. 별거 아닌 것처럼 보일 수 있는 문제지만, 어쨌든 나의 고용주들이 상상해온 아름다운 조화를 깨트리고 신용에, 특히 미래의 고객에게 심어줄 수 있는 신용에 금이가게 만들었죠. 그리고 당신도 상상할 수 있듯이 그들은 이런 문제를 상당히 나쁘게 받아들입니다.

간단히 말하자면, 그들과 같은 경험이나 노하우, 진지함이 전혀 없는 사람들이 그들과 똑같은 서비스를 제안하려고 했던 겁니다. 나를 여기 보낸 사람들은 처음에는 미미하더라도 갈수록 커져갈 게 분명할 손해를 입었고, 특히 최근 발생한 몇 가지 **사건**이 결정적인 계기가 되었습니다. 해변에서 당신들이 발견한 시체 세 구가 그것을 증명하죠. 아주 유감스러운 일입니다. 그런 사건 이후에 어떻게 고객으로부터의 신뢰를 지킬 수 있겠습니까? 안 그렇습니까? 그리고 어떻게 최대한 비밀스럽게 일을 지속할 수 있겠습니까? 비밀이라는 것은 생리적으로 저 윗선에 있는 이들에게 떼려야 뗄 수 없는 것인데 말입니다. 저는 그저 당신들에게 경고를 하기 위해 이곳에 온 겁니다. 우리가 알고 있다는 사실을 말해주려고요. 이제 그만두라는 말을 하기 위해서요."

25

사실, 의사는 이해를 한 것도 하지 못한 것도 아니었다. 그는 협박을 당하고 있다는 것만큼은 이해하고 있었다. 경찰이 그들의 이름을 결코 언급한 적은 없었지만, 그가 이타적인 자질에 대한 자랑을 끊임없이 늘어놓던 그의 고용주들이 누구인지 짐작이 됐다. 이 섬을 비롯한 그 어떤 곳의 누구도 그들의 앞길을 가로막고 계획을 방해해서 좋을 게 없다는 사실을 의사는 알고 있었다.

남들처럼 그 역시 그들의 방식과 권력을 익히 잘 알았다. 그들은 국가 안에 국가를 만들고, 수많은 사람들을 고용한다. 그러면서 방해가 되는 수많은 다른 이들을 거리낌 없이 제거한다. 그리고 그것은 너무나 야만적인 환경에서 이루어지기에, 충격을 받은 사람들 사이에는 일종의 학습 효과까지 생겨난다.

사람들은 그들의 조직을 흔히 문어에 비유하는데, 그것이 항상 의사의 마음을 슬프게 했다. 왜냐하면 문어야말로 가장 유순하고 우아한 동물이기 때문이다. 문어는 다른 해양 생명체들과 원만히 지내면서 삶의 대부분의 시간을 깊은 구멍 속에 들어가 누구의 눈에도 띄지 않고 아무런 해도 끼치지 않은 채 은둔하며 지낸다.

하지만 도무지 이해되지 않는 점이 있었다. 왜 이 가짜 경찰은 이 섬을 그를 보낸 자들이 실현하고자 한 사업 구조의 훼방꾼으로 보는 것일까? 시체 세 구가 해변으로 밀려온 사실이 왜 자신들을 그가 꼭 제거해야 할 경쟁자로 만든 걸까?

"당신이 바보이거나, 아니면 당신은 모든 것을 알고 있다고 생각하지만 사람들이 당신에게 무언가 숨기고 있는 거겠죠. 그리고 만약 당신에게 무언가 숨기는 게 있는 거라면, 그건 사람들이 당신을 바보로 보고 있기 때문입니다."

경찰은 마지못해 술잔을 내려놓고는 발치에 놓여 있던 닳아해진 가죽 서류 가방을 집었다. 그러고는 그 안에서 서류 뭉치를 꺼내 의사의 책상 위에 올려놓았다.

"제가 시장에게 남기고 간 사진들은 이미 돌려보셨을 걸로 생각이 됩니다만? 자, 이건 다른 사진들입니다. 사진의 품질과 정확도에 놀라실 겁니다. 그 유명한 신의 눈이죠. 하지만 이제 신은 수없이 많은 눈을 갖고 있습니다. 그리고 항상 눈을 뜬 채 쉬지 않고 우리를 지켜보고 있답니다. 그 눈으로 무엇을 보았는지 수집하려면 적절한 곳을 찾아가기만 하면 됩니다. 나의 고용주들은 수많은 인맥을 자랑하죠. 그들에게 이런 건 어려운 일이 아닙니다. 자, 한번 천천히 살펴보시죠."

그는 다시 뒤로 기대더니 술병을 집어 다시 술을 따랐다. 그는 단숨에 술잔을 비우고는 미소를 지었다.

사진은 두 종류였다. 절반의 사진에는 시체를 발견했던 문제의 그날 아침의 장면이 담겨 있었다. 누군지 쉽게 식별 가능한 인물들이 등장하는 다양한 순간들이 찍혀 있었다. 덮개 주변으로 둥글게 선 사람들은 마치 즉석에서 마련한 제단을 둘러싸고 기도를 올리는 것 같았다. 다음 사진은 노파와 개, 교사, 의사, 아메리크, 스파동이 차례로 떠나는 모습이었다. 이어서 스파동이 수레를 끌고 돌아오는 사진, 그리고 스파동과 시장이 덮개를 걸어서 시체를 수레에 싣는 사진이 보였다.

나머지 절반의 사진에는 한 편의 비극 영화가 네 컷으로 흘러가고 있었다. 중간중간 장면이 생략된 탓에 전개가 빨랐고 그 덕에 아찔함은 배가되었다.

첫 번째 사진은 어떤 배 위에 수십 명의 흑인들이 빽빽이 서 있는 모습이었다. 갑판도 조타실도 구분할 수 없을 정도로 촘촘히 있어서 무슨 배인지 전혀 알아볼 수 없었다. 두 번째 사진에는 그들이 배의 뒤쪽으로 몰려 있는 모습이 보였다. 그러면서 뱃머리와 갑판의 일부가 확연히 드러났고, 첫 번째 사진에서는 온통 파랗던 해수면에 배 앞쪽 주변으로 검은 점들이 찍혀 있었다. 세 번째 사진에서는 물속에 찍힌 검은 점의 수가 두세 배는 늘어났고, 배의 갑판 위에는 이제 두 백인 남자뿐이었다. 그때 진분홍색 갑판이 의사의 눈에 들어왔다. 섬의 모든 배는 이 진분홍색으로 칠하기 때문에 이 색상은 섬의 배를 알아볼 수 있는 표지이자 자긍심의 상징으로서, 섬 소속이라는 인증이나 다름없었다. 갑판 위에 서 있던 두 백인 남자는 손에 장총이나 막대기 혹은 작살의 일부처럼 보이는 것을 들고 있었다. 마지막 사진에서는 완전히 항로를 바꾸기 위해 배가 방향을 튼 탓에 선미밖에 보이지 않았고, 나머지 부분은 프레임 밖으로 벗어나 있었다. 푸른 바다에는 여전히 많은 수의 검은 점들이 찍혀 있었고, 그중 일부는 멀어지는 배를 향해 팔을 뻗고 있었다. 팔을 뻗고 있는 사람들이었다. 이제 그 팔들은 그 사진을 유심히 들여다보고 있는 자를 향해 뻗어 있었다. 배를 알아본 의사는 갑판 위의 두 남자가 이 섬의 어부라는 것을 짐작할 수 있었다.

경찰은 새로 잔을 채워 의사에게 내밀었다.

"저보다는 당신한테 더 필요할 것 같군요. 지금 완전히 창백해지셨거든요. 10분 전에 제게 당신이 읽은 책들에 대해 뭐라고 말씀하셨죠? 책을 통해 세상과 삶, 인간에 대해 배웠다고 하셨던가요? 그렇다면 제대로 된 책을 읽으신 것 같진 않네요. 연세가 그렇게 드셨으면서 아직도 배울 게 많으신 것 같군요."

의사는 술잔을 들이켰다. 들이켠 술에 목구멍이 타오르는 것 같았다. 그는 멀리하면 자신이 본 것이 사라지기라도 하는 것처럼 사진들을 밀어냈다. 머리가 어지러웠다. 경찰은 사진들을 정리해서 자신의 가방에 집어넣었다.

"어획물을 미련 없이 바다에 던져버리는 어부들이라니 정말 희한하지 않습니까. 이 모든 게 대체 무엇 때문인지 아십니까? 소형 보트 한 척을 아마도 해안 감시선으로 착각했나 봅니다. 실은 담배 밀수선이었는데 말이죠. 저는 그걸 알 수 있는 위치에 있습니다. 그저 겁을 주려고 그들을 조금씩 쫓아갔나 봅니다."

경찰은 시가를 빨고는 이글이글 타오르는 불과 자신이 천천히 내뱉는 연기를 가만히 바라보았다.

"이 얼마나 큰 낭비입니까! 착각 때문에, 고작 담배 밀수 때문에 그렇게 많은 사람들이 죽다니요!"

그는 자리에서 일어섰다.

"이만 가보겠습니다. 저는 이제 짐을 싸야 할 것 같군요. 저의 임무를 완수했습니다. 저는 내일 떠납니다. 이제 당신들의 보잘것없는 섬에 더는 볼일이 없습니다. 이곳에서 천 년은 머무른 것 같은 느낌이군요. 여기서는 아무것도 흐르지 않습니다. 특히 시간이 그렇더군요. 이제 당신들끼리 한번 잘 해보시죠. 할 일이 있으시지 않습니까. 당신들 일이니 직접 해결하십시오. 그 두 얼간이를 찾는 건 당신들에게 그리 어렵지 않을 겁니다. 이제 저와는 상관없는 일입니다. 하지만 저나 저와 비슷한 누군가를 이 섬에 다시 오게 만들지 마십시오. 우리의 인내심엔 한계가 있습니다. 최근까지 아무도 당신네 섬을 알지 못했습니다. 다시 그렇게 되도록 하십시오."

경찰은 사람들 눈에 잘 띄지도 않고, 살면서 짙은 흔적을 남기는 유형도 아니었다. 그의 존재의 불확실성은 그가 떠나고 얼마 되지 않아 더욱 강해졌다.

사람들은 그가 화요일 아침에 페리선에 타는 것을 보았다. 카페 주인을 비롯한 몇몇 목격자들이 그가 배에 올라타는 것을 분명 보았다고 맹세했다. 당시 모터 중 하나에서 기름이 새는 바람에 분주했던 선장도 그들만큼 확신하지는 못했지만 어쨌든 그 얘기에 동조했다.

그런데 의심의 여지 없이 확실한 사실은 경찰이 육지에 내리지 않았다는 것이다. 마치 자신이 피우던 시가 연기처럼 운항 중에 증발해버린 것이다. 그가 하늘로 날아올랐든, 배 밖으로 던져졌든, 혹은 그가 수차례 강조한 것처럼 비밀을 그토록 중시하는 그의 고용주들에 의해 제거된 것이든, 사실상 그건 전혀 중요하지 않다. 섬의 주민들에게 그는 단 며칠밖에 존재하지 않았다. 그 전에는 존재하지 않았다. 그 후에도 더 이상 존재하지 않았다.

찰나와 같았던 경찰의 존재는 해변으로 밀려온 시체 세 구의 존재와 닮아 있었다. 아이러니하게도 시체로 떠밀려 온 이들에게는 죽음의 순간이 그들을 존재하게 했다. 그리하여 그들은 흐르는 모든 시간 속에서 끊임없이, 소름 끼치는 고발자로 남게 되었다.

26

시장은 의사 앞에 서 있었다. 둘 다 말이 없었고, 둘 다 가만히 서 있었다. 의사의 얼굴에 미소는 사라지고 없었다. 시장은 의사의 그런 모습을 거의 본 적이 없었다. 의사는 더 이상 웃지 않았고, 우스꽝스러운 콧수염 염색도 하지 않았으며, 우아하지만 지저분한 리넨 정장도 입지 않았다. 화요일 아침이었다. 7시도 되지 않은 시각이었다. 의사는 발목과 소매 밖으로 튀어나온 녹색 파자마 위에 후줄근한 바지와 낡은 스웨터를 입고 있었다. 시장은 회색 가운을 걸치고 있었다. 그의 머리카락도 회색, 그의 피부도 회색, 그의 눈도 회색이었다.

시장의 집, 벨 피에스 안에서 두 동상은 나란히 서 있었다. 그들 사이를 가르던 미미한 간격이 드러내지 못하는 거대한 공백이 둘 사이에 존재하고 있었다.

"그래서 갑판에 있던 두 남자를 알아보겠던가?"

"아니."

"확실해?"

"확실하다네."

"그 쓰레기 같은 자식이 분명 다른 사진도 갖고 있을 텐데. 그들이 누군지 알 수 있는 사진 말이야."

"당연하네."

"그런데 왜 그 사진을 보여주지 않은 거지?"

"의심을 완전하게 하기 위해서지. 아무도 용의 선상에서 빠져나갈 수 없도록 말이야. 그 두 남자는 누구나 될 수 있지. 자네일 수도 있고, 자네 이웃일 수도 있어. 이 섬사람 모두일 수 있다네. 나라고 왜 아니겠는가. 그는 바로 이런 걸 원한 거야. 우리의 나날을 망치고, 우리의 삶을 망쳐버리는 거. 모두가 서로를 바라보면서 누가 그런 짓을 했는지 서로 의심하는 것 말일세."

"개자식 같으니!"

"누가 개자식인지 헷갈리지 말게."

"이제 우리는 어찌해야 하지?"

의사는 대답을 하기 전 곰곰이 생각했다. 그리고 마침내 그의 입에서 나온 말은 그렇게 넋이 나간 아침에 생각해냈다고는 믿기 어려울 만큼, 너무나 잘 다듬어지고 너무나 강렬하며 진실된 것이었다. 마치 책에서나 찾아볼 수 있는 그런 대답이었다. 아마도 그는 도무지 잠을 이룰 수 없었던 지난밤 동안 내내 그 말을 다듬었으리라.

"우리 모두는 이제 이 의심과 함께 살아가야 할 것이며, 그건 죽는 순간까지 계속될 걸세."

시장은 그 말을 곱씹어보았다. 그는 바닥을 향해 눈을 내리깔았다. 그러더니 작은 목소리로 말했다.

"하지만 자네는 내가 어떤 사람인지 잘 알잖나. 나는 그런 끔찍한 짓을 할 수 있는 사람이 아니라는 걸 말일세. 그 불쌍한 사람들을 바다에 던져버리다니!"

"나는 자네를 알지." 의사가 말했다. 이것은 상반된 해석이 가능한 모호한 답변이었다. 하지만 시장은 의사의 말을 자신에게 유리한 쪽으로 해석해서 받아들이며 만족했다. 그는 사면을 바랐던 것이다. 의사가 다시 말을 이었다.

"하지만 자네가 교사에게 한 짓은 뭐라고 부를 텐가?"

지난밤, 브라우는 또다시 인간들의 기억을 소환했다. 산은 거의 끊김 없이 아주 오랫동안 우르릉거렸다. 급기야 발바닥과 아픈 허리를 진정해주는 기계로 마사지를 받는 것 같은 느낌마저 들었다.

어안이 벙벙했던 이날 아침, 시장과 의사가 그렇게 말없이 서 있는데, 브라우가 다시 울부짖기 시작했다. 하지만 이번엔 조급한 느낌이었다. 짧게 터져 나오는 고함 소리에 벽과 가구들이 흔들리고 문이 삐걱거리더니, 식기장에서 그릇 세 개가 바닥으로 떨어졌다. 그릇은 똑같은 실내화를 신고 있던 두 남자의 발 사이에서 산산조각 나버렸다. 그들은 깨져서 흩어진 자기 조각들을 바라보았다. 갑자기 햇빛을 받은 날카로운 귀퉁이와 새하얀 얇은 조각이 반짝이며 빛을 발했다. 그런 뒤 그들은 서로를 바라보았다. 두 사람 모두, 방금 그들 사이에도 돌이킬 수 없는 무언가가 깨져버린 것이 아닌가 하는 생각이 들었다.

사람들은 교사와 그가 마땅히 감내해야 할 운명에 대해 다시 이야기했다. 그들은 결코 쉽게 끌 수 없는 심지에 불을 붙인 것이다. 광장에는 아직도 수십 명의 사람들이 남아 잠을 자고 있었다. 스스로를 죄수의 주인이자 판사라고 여기는 급조된 감시원들은 교사가 갇힌 지하실로 난 통풍창을 통해 끊임없이 욕설을 퍼붓고 있었다.

"자네가 아이를 진찰하고 쓴 보고서를 고칠 수 있겠지?"

"나는 진실만을 적었네. 아이는 오래전에 순결을 잃었어."

"그 사실은 나도 자네만큼이나 잘 알고 있네. 하지만 교사는 그 일에 아무 상관이 없다는 것도 알고 있지."

"자네 도대체 아이에게 뭘 약속한 건가?"

"아무것도. 아이는 교사를 증오하고 있어. 아이의 집에서는 찾아볼 수 없는 걸 그는 모두 갖고 있거든. 상냥함, 애정, 친절함 같은 것들 말이야. 아이는 자신이 그의 딸이길 꿈꿨겠지만, 현실은 푸뤼르의 딸이지. 삶은 제비뽑기 같은 거라네. 모두들 그걸 알고 있지 않나. 그것만으로 충분히 악행을 저지르고 싶은 맘이 들지. 일부는 그 시작이 빠른 거고. 어린 시절이라는 게 항상 꽃이 만발한 정원은 아니라네."

"이제 자네가 진실을 말하도록 아이를 설득해야 하네. 이 지경을 만든 건 자네니까."

"난 모두를 위해 그렇게 한 거야."

"아무도 자네에게 그렇게 하라고 요구하지 않았네. 하지만 그렇게 생각해야 편하다면 그렇게 하게. 어쨌든 여기엔 자네가 무슨 행동을 하건 무슨 말을 하건 계속 교사가 유죄라고 믿는 사람들이 항상 있을 것이네. 그는 여길 떠나야 해. 최대한 빨리. 이 섬은 이제 그를 받아줄 수 없어. 그게 바로 자네가 원하던 것 아닌가?"

"섬은 한 번도 그를 받아준 적이 없었다네. 우리에게도 이미 섬은 별로 그런 존재가 아니야."

시장은 몸을 숙이고 깨진 접시 조각들을 줍기 시작했다.

"그걸 다시 붙이려고?"

"왜 그런 바보 같은 소릴 하는 건가?"

교사에게 가서 서둘러 그를 풀어줘야 했다. 의사는 동행해달라는 시장의 요청을 받아들였다. 그들은 잠시 시간을 내어 씻고 옷을 갈아입었고, 또한 시장은 푸뤼르의 집을 방문하여 아이와 이야기를 나눴다. 그런 뒤 그들은 시청 맞은편 교회 앞에서 다시 만났다. 해가 뜬 지 얼마 되지 않았는데도 이미 찌는 듯한 더위가 내려앉아 있었다. 하늘은 높이 뜬 매끄러운 구름들로 이루어진 납빛 배경 속으로 사라져버렸다. 태양은 모습을 드러내지도 않고 구름들을 데웠다. 그때 영원히 경찰을 데리고 항구를 떠나는 페리선의 기적 소리가 들렸다.

광장에 진을 치고 있던 사람들은 시장과 의사의 모습이 보이자 그들에게 다가왔다. 증오로 지새운 밤은 그들의 얼굴을 구겨진 종이처럼 만들어버렸다. 남자들의 더러워진 볼에는 거뭇하게 털이 올라와 있었다. 여자들의 피부는 설거지할 때 나오는 구정물 색깔처럼 변해 있었고, 충혈된 눈과 바짝 마른 입술은 추상적인 모양을 그려냈다. 그들 모두 죽음을 갈구하는 똑같은 열기에 사로잡혀 있는 것이 느껴졌다. 아마도 예전에 단두대에서 목이 떨어져 나가며 피가 솟구치는 장면을 목격한 군중에게 그들의 삶이 얼마나 가혹한지에 관해 갑작스레 일깨우는 동시에 한모금의 권력과 쾌락의 맛을 선사하며 전율케 했던 것과 같은 열기였을 것이다.

시장의 이야기는 그들을 별로 진정시키지 못했다. 어떻게 보면 이미 그들의 존재 이유가 된 것을 몇 시간 만에 빼앗은 것이나 마찬가지였다. 훔친 것이나 마찬가지였다. 그들의 주머니를 턴 것이다. 아이의 이야기를 잘못 이해한 것이고, 의사는 더 이상 아무것도 확인할 수 없으며, 경찰이 직접 그의 결백을 밝혔다는 것을 알게 되었다고 한들 그것이 그들에게 무슨 대수겠는가?

어떤 말들은 다른 말로는 결코 무너뜨릴 수 없는 벽을 쌓는다. 시장은 그들에게 집으로 돌아가라고 말했다. 하지만 집에는 권태롭고 반복되는 일상만이 그들을 기다리고 있을 뿐이었다. 그들이 매일 되풀이하는 뻔하고 단조로운 일상은 구역질이 났다. 하지만 광장에서는 갑자기 다른 것을 느낄 수 있었다. 꿈에서 깨는 것은 쉬운 일이 아니다.

두 사람이 시청 안으로 들어오자마자 시장은 만일의 경우를 대비해 열쇠로 문을 잠갔다. 그는 중앙 계단을 천천히 오른 뒤

집무실로 들어가 커피를 준비했다. 의사는 그 모습을 지켜봤다. 두 사람 모두 아무 말이 없었다. 두 사람의 머릿속은 온통 경찰이 심어둔 이미지들로 가득했다. 그런 뒤 여전히 아무 말도 없이 두 사람은 지하실로 향했다. 시장은 한 손에는 커피 잔을 들고 다른 한 손에는 열쇠 꾸러미를 들고 있었다. 의사는 아직 불을 붙이지 않은 그의 첫 시가를 거칠게 만지작거리고 있었다. 크고 둥근 얼굴에 늘 떠나지 않던 미소는 아직도 돌아오지 않았다. 게다가 그는 콧수염을 염색할 생각도 하지 않았다. 그것이 역설적이게도 그를 더 젊고 연약하게 보이게 했다.

시장은 지하실의 문을 두드렸다. 들어오라는 허락을 기다리기 위한 것이라기보다는 그에게 아마도 옷매무새를 정돈할 시간이 필요할 거라 생각했기 때문이다. 그는 열쇠를 넣고 자물쇠를 열었다. 인사를 건넬 준비를 하며 문을 열었지만, 그 말은 입에서 영원히 나오지 않게 되었다. 임시로 만든 침대에 교사는 눈을 감은 채 파래진 얼굴로 누워 있었다.

누가 봐도 죽은 이의 모습이었다.

27

부끄러움이란 무엇이며, 얼마나 그것을 느꼈는가? 인간을 인간답게 하는 것은 부끄러움인가? 아니면 부끄러움은 그저 인간들이 인간다움으로부터 돌이킬 수 없을 만큼 멀어졌다는 것을 돋보이게 하는 것일 뿐인가?

그들은 교사를 죽였다. 이것만큼은 꼭 말해야 한다. 물론 그들의 손으로 직접 죽인 것은 아니지만, 그들은 차례차례 돌을 올려 벽을 쌓듯 그의 죽음을 만들어냈다. 모두가 각자 돌을 가져오거나 회반죽을 준비하거나 손수레를 끌고 오거나 물이 든 양동이를 나르거나 흙손을 쥐거나 아직 묽은 시멘트에 조금씩 모래를 부었다.

그의 죽음은 공동의 작품이었다.

진상을 알게 된 그의 부인은 밤이 되자, 고통과 경악으로 밤을 지새우며 두 주먹으로 섬의 모든 집 문을 두드리고 다녔다. 그것은 문을 열라는 외침이라기보다, 굳게 닫힌 문 뒤에 죄인이 숨어 있다는 것을 알리기 위한 것이었다. 그러면서 그녀는 한 집도 빼놓지 않고 문에 침을 뱉었다. 섬의 모든 길을 누비며 늑대처럼 울부짖었고, 말이 아닌, 죽어가는 사람처럼 헐떡이는 소리로 이루어진 언어로 분노를 터뜨렸다. 그녀의 두 딸은 서로의 손을 잡은 채, 비통에 잠긴 호위대처럼 새하얗고 차분한 얼굴로 조용히 그녀의 뒤를 따랐다.

딱 한 집의 문이 열렸다. 노파의 집이었다. 교사의 부인과 마주 선 노파는 아무런 말도 없이 그녀를 바라보았다. 노파는 그녀가 얼굴에 침을 뱉을 때에도 아무런 말이 없었고, 따귀를 다섯 대 연속으로 때릴 때에도 아무런 말이 없었다. 주먹질이나 다름없는 강도로 따귀를 맞은 노파는 몸이 휘청거리기는 했지만 넘어지지는 않았다. 이마와 뺨에는 침이 묻고, 관자놀이와 광대뼈는 시뻘겋게 달아오르고, 눈꺼풀은 부어오르면서 보랏빛으로 변한 노파는 그렇게 선 채로 가만히 있었다. 교사의 부인과 두 딸은 그 누구도 말릴 수 없는 행렬을 이어갔고, 밤은 그들을 쓴 우유처럼 들이마셨다.

노파는 속죄 의식으로 문을 열었던 걸까? 그렇게 혼자서 섬 자체가 되려고? 모든 사람을 대표하려고? 그렇다면 그녀는 모두를 위해서 분노와 구타에 스스로를 내맡긴 것이다. 그들을 대신해서, 그들의 이름으로. 하지만 노파는 자기 자신 말고는 그 무엇도 신경 쓰지 않는 사람이다. 그녀의 행동에는 어떠한 고귀함도 깃들어 있지 않았다. 노파가 문을 연 것은 자신이 멀쩡히 살아 있다는 것을 보여주기 위해서였다. 그렇게 꼿꼿하게 서서 자신의 행동을 전혀 후회하지 않은 채, 자신은 땅에 두 발을 붙이고 잘 살고 있으며, 교사 부인의 소동쯤은 자신에게 아무런 영향을 끼치지도 않고 삶을 방해하지도 않는다는 것을 말하기 위해서였다.

의사가 허겁지겁 교사 곁으로 달려갔을 때, 그는 그의 몸이 차갑게 굳어졌음을 확인할 수 있을 뿐이었다. 교사가 사망한 지 이미 오랜 시간이 흐른 뒤였다. 그의 곱슬거리는 금발이 피부색과 대조를 이뤘다. 그의 피부는 창백하다기보다 옅은 푸른빛을 띠었고 여기저기에 청색 반점이 올라와 있었는데, 이것을 본 의사는 그가 질식사했다는 것을 알 수 있었다.

이 일의 원인을 제공한 것이 시신 바로 옆에 자리 잡고 있었다. 거대한 직육면체가 금속 코르셋을 두른 교만한 자태로 불꽃이 이는 목을 드러내며 입을 벌리고는 밀폐된 지하실의 좁은 공간 안에 무색무취의 일산화탄소를 조금씩 뿜어내고 있었다.

상황을 파악한 시장이 서둘러 통풍창으로 가보았으나, 그곳은 두꺼운 덮개와 비닐봉지로 완전히 막혀 있었다. 아마도 교사는 마치 자신의 귀로 퍼붓듯 쏟아지는, 밖의 군중이 내뱉는 욕설을 그만 듣고 싶어서 그렇게 했으리라. 그는 어리석은 사람이 아니었다. 그는 보일러의 존재와 가스의 위험성을 충분히 알고 있었다. 하지만 그가 그런 방식으로 죽는 것을 택하며 의식적으로 그렇게 했다는 것은 믿기 어려운 일이다. 그의 심신은 매우 지쳐 있었다. 더 이상 명확한 사고를 할 수 없었을 것이다. 그와 같은 상황이라면 누군들 그렇지 않았겠는가? 그는 죽기를 바라지 않았다. 자신이 한 행동의 결과를 미처 가늠하지 못했던 것뿐이었다.

의사가 문을 활짝 열었다. 보일러에서 새어 나온 유독가스가 곧바로 빠져나갔다. 시장은 믿을 수 없다는 듯 어쩔 줄 몰라 하며 시신을 바라보았다. 아마도 그는 교사가 죽어서 살아 있을 때보다 훨씬 더 골치 아픈 존재가 되었다고 생각하고 있었으리라. 사실상 교사의 승리였다. 왜냐하면 사람들이 뭐라 하든 죽은 자들은 항상 옳기 때문이다.

춤을 추러 가는 사람처럼 짙은 화장을 하고 향수를 뿌린 채 막 시청에 도착한 비서에게 그들은 신부를 데려오라고 했다. 신부가 필요하다는 말 이외에는 아무 말도 덧붙이지 않았다. 그는 곧바로 도착했다. 이상하게도 벌은 한 마리도 따라오지 않았다. 그는 놀란 것 같지는 않았지만 깊이 슬퍼했다. 신부는 침대로 옮겨둔 시신 앞에서 눈을 감고 그를 애도했다. 그는 기도를 하지도, 성호를 긋지도, 교사의 시신을 두고 축복을 빌지도 않았다. 길고 무거운 시간이 흐른 뒤에 그는 의사와 시장에게 몸을 돌렸다.

"이제 그가 느껴지십니까?"

"누구 말씀이십니까?" 시장이 물었다.

"이자 말입니다." 신부가 죽은 자를 가리키며 말했다. "당신들의 새로운 세입자입니다. 그는 여기에 있죠." 그는 검지로 자신의 머리를 북북 지며 말했다. "당신들 모두의 머릿속에 말입니다. 그는 막 그곳에 자리를 잡았죠. 이제 거기서 나가지 않을 겁니다. 이제부터 당신들은 죽는 날까지 그에게 자리를 내어주게 될 겁니다. 밤낮없이요. 그리 소란을 피우지는 않겠지만 당신들은 결코 그를 쫓아내지 못할 겁니다. 그것에 익숙해져야 할 거예요. 건투를 빌겠습니다."

그는 신부복으로 두꺼운 안경알을 닦고는, 부동산 철학자의 말을 곱씹고 있는 두 사람을 우뚝 세워둔 채, 지난밤 사이에 남편과 아버지를 잃은 줄도 모르고 있는 사람들에게 이 사실을 알리러 떠났다.

28

모든 주민들이 떠나고 텅 비어버린 도시를 그린 러시아 소설이 있다. 사람들이 이 도시를 빠져나간 이유는 알 수 없다. 작가는 아리송하게 군다. 전쟁 때문인지, 질병 때문인지, 원전 사고 때문인지 알 길이 없다. 결코 알 수 없을 것이다. 시대도 특정되어 있지 않다. 도시는 온전한 상태로 텅 비어 있다. 집들의 문은 잠겨 있지 않다. 우리는 그 안으로 들어갈 수 있다.

작가는 다소 지루할 수 있는 장황한 묘사를 통해 그 집들을 방문한다. 마치 되밀려오는 파도에 휩쓸려 간 것처럼 삶은 도시에서 완전히 빠져나가버렸다. 집 안의 주방이나 거실에 식탁이 놓여 있다. 빵이 올려져 있다. 단지에는 물이 담겨 있다. 불이 꺼진 레인지 위에 놓인 냄비 안에는 음식이 담겨 있다.

마치 방금 전에 사람들이 빠져나간 것처럼 음식물은 썩지 않았다. 이따금 의자가 뒤집어져 있거나 옷장의 문이 열려 있다. 둘 다 사람들이 급하게 떠났음을 증명한다.

소설의 첫 부분은 이런 식으로 전개되면서 독자를 수많은 길로 인도하고 수많은 집 안으로 안내한다. 그렇게 마치 꿈속에 있는 것 같은 기이한 분위기가 펼쳐진다. 기분 좋은 꿈인지 기분

나쁜 꿈인지 헷갈리는 그런 요상한 꿈 말이다.

독자는 문득 자신이 졸고 있다는 사실을 깨닫는다. 하지만 백여 페이지에 걸친 방문이 계속된다. 작가의 안내로 어떤 건물의 복도를 걷다가 갑자기 한 남자를 발견한다. 그는 편지함을 여는 일에 열중하고 있다. 독자는 강렬한 충격을 받는다. 지금껏 모든 것은 장식이나 생기 없는 사물에 불과했는데, 돌연히 한 남자가 나타난 것이다. 편지함을 여는 것 같은 일상적인 일에 열중한 남자 말이다.

하지만 남자는 편지함을 여느라 애를 먹고 있다. 그에게는 열쇠가 없다. 아마도 그가 편지함을 착각한 것 같다는 생각이 든다. 하지만 그는 끈질기게 매달린다. 그래도 열지 못했다. 결국 그는 포기하고 계단을 올라 첫 번째 아파트로 들어가서 안을 둘러본다. 그런 뒤 두 번째 아파트로 간다. 그런 식으로 그의 방문이 계속된다.

그가 누구인지 그리고 도대체 뭘 하는 건지 갑자기 궁금해진다. 도둑은 아니다. 물건이나 천으로 된 것들을 자주 만지고, 액자를 집어 들고, 사진을 가만히 들여다보기는 하지만 아무것도 훔치지는 않는다. 그의 얼굴엔 어떠한 표정도 드러나 있지 않다.

건물을 나와 다른 동으로 들어가던 그는 또 다른 남자를 발견한다. 보다 정확히 말하자면 독자가 그 두 번째 남자를 발견했다고 해야 할 것이다. 왜냐하면 첫 번째 남자는 그를 보지 못하는 것 같고, 두 번째 남자 역시 첫 번째 남자를 보지 못하기 때문이다. 그들은 서로 스치며 지나간다. 하지만 서로 못 본 척을 한다.

그리고 소설은 계속된다. 여자들이, 아이들이, 노인들이, 또다른 남자들이 나타난다. 도시는 이 새로운 사람들로 채워진다. 그들은 조용하고 말이 없다. 그들의 특징은 서로에게 완전히 무관심하며, 서로에게 보이지 않는다는 점이다. 오직 독자만이 그들을 본다.

그제야 독자는 깨닫는다. 정확히는 작가가 독자를 깨닫게 한다. 그가 깨닫게 한 사실은 이들이 모두 죽은 자들이라는 것이다. 아무도 서로를 보지 못한다. 도시는 죽은 자들의 도시가 된 것이다. 혹시 어딘가에 아직 살아 있는 자들이 있는지는 알 수 없다. 하지만 있든 없든 간에 이 도시는 이제 그들을 위한 곳이 아니다. 오직 망자들을 위한 곳이다. 망자들은 이곳에서 살기로, 혹은 적어도 자주 드나들기로 결정한 것이다. 그렇게 이곳은 끔찍한 도시가 된다. 아무도 살 수 없는 도시이다. 독자는 섬뜩함을 느끼며 책장을 덮는다.

교사의 죽음 뒤에 찾아온 밤, 이 작은 도시에 사람이라고는 전혀 찾아볼 수 없었다. 주민들은 모조리 빠져나갔다. 숨어버렸다. 사라져버렸다. 각자 집의 두꺼운 벽 속으로 녹아버렸다. 남편을 잃은 여인이 울부짖으며 굳게 닫힌 문을 두 주먹이 부서져라 두드리고 있었다.

그리고 오늘날 섬은 그 러시아 소설에 나온 도시가 되었다. 대지는 브라우가 쏟아낸, 작열하는 토사물 아래 생명을 잃었고,

바다도 생명을 잃어 난파선의 잔해만 떠다닐 뿐이었다. 시간도 생명을 잃어 이제 어떤 기쁨도 희망도 품지 못한다. 이제는 오직 죽은 자들만이 길에서, 집 안에서, 광장에서, 항구 근처에서 편하게 자리 잡는다. 교사, 익사한 세 흑인, 그리고 배 밖으로 떠밀려 파도에 삼켜진 셀 수 없이 많은 이들이 그들과 함께 있다. 그들 모두에게 이 도시는 너무 작다. 이 섬은 너무 작다. 그들은 물에 젖은 채 침묵 속에서, 증오도 분노도 없이 거리를 걷는다. 그들은 다른 이들을 무시하지만 다른 이들은 그들을 본다. 그들은 다른 이들에게 자신들이 누구인지를, 그런 존재가 되고 싶지 않았음을 상기한다.

페리선이 교사의 시신을 넣은 관과 그의 부인, 두 딸을 싣고 떠났다. 배는 기적을 울리지 않았다. 교사의 부인과 쌍둥이 딸은 관을 둘러싸고 서서 항구를, 도시를, 화산을, 섬을 뚫어져라 바라보았다. 그들은 돌 같은 눈으로 이 모든 것을 응시했다. 모든 집의 문은 굳게 닫혀 있었고, 주민들은 없었다. 보이지 않았다. 오직 신부만이 항구에 나와 그들을 배웅했다. 그는 그 자리에 서서 페리선이 떠나가는 모습을 바라보았다. 고요한 페리선의 선미에 남편을 잃은 여인과 아이들 그리고 관이 보였다. 관 속에는 인간이라는 이름에 합당한 삶을 살고자 했던 남자의 시신이 들어 있었다.

사람들이 아무렇지 않은 척 다시 지내기까지 며칠의 시간이 걸렸다. 일상의 흐름을 되찾고자 했다. 각자가 할 줄 아는 행동을 되풀이했다. 아무 의미 없는 말들을 주고받았다. 그들은 이제 교사에 대해 일절 언급하지 않았다. 하지만 그에 대한 생각을 단 한 순간도 떨쳐버릴 수 없었다. 신부가 시장과 의사에게 했던 말이 소름 끼치도록 정확했다는 것이 드러났다.

마찬가지로 시장과 의사 사이에서도 그 배에 대한 언급은 결코 다시는 나오지 않았다. 인공위성이 사진으로 남긴, 배에 실렸던 사람들의 죽음에 대해서도 말이다. 두 사람은 암묵적으로 그 일에 대해 더 아무런 말도 하지 않고, 더 알려고 하지도 않기로 결정한 것이었다. 사진에 찍힌 배와, 그 배에 타고 있던 두 남자를 찾아내지 않기로 한 것이다. 신부는 혼자 그 사실을 알고 있었지만, 고해의 비밀을 지켜야 한다는 의무를 지켰다. 이제는 아마도 신을 비롯해 그 어떤 것도 믿지 않는 그는 침묵의 맹세를 지키며 시장이 자신에게 털어놓은 이야기를 누구에게도 말하지 않았다.

그렇다. 이야기를 털어놓은 사람은 시장이었다. 부러지지 않는 막대기처럼 보이는 사람이었지만, 그는 정기적으로 신부를 찾아가 자신의 영혼을 비워낼 필요를 느끼곤 했다. 그것은 신부를 통해 어떤 용서를 구하기 위해서가 아니라, 인간의 단순한 마음으로는 그곳에서 분비되며 또 그곳으로 쏟아져 들어오는 악으로부터 결코 모든 것을 지켜낼 수 없기 때문이다. 그뿐만 아니라 이렇게 정기적으로 방출을 해야 잠시라도 안정을 얻고, 스스로를 견디고 세상을 견딜 수 있었다.

어쨌든 결국 계속 살아나가야 하기 때문이었다. 자신의 공동체 안에 노예상이, 인신매매업자가, 꿈의 밀매상이, 희망 도둑이, 살인자가 있다는 사실을 알고서도 살아야만 했다. 누군가에게 쫓긴다고 생각되자 망설임 없이 개의 **침**의 바닷물 속으로 자신들과 똑같은 수십 명의 인간들을 떠밀어 모두를 익사시킨 자들이었다. 다른 인간들을 죽인 이들이 아주 가까이에 있었다.

29

페리선이 교사의 시신과 그의 부인 그리고 쌍둥이 딸을 싣고 떠난 지 열흘쯤 지났을 무렵, 비셉스*는 아주 느린 걸음으로 부두 끝에 있는 벤치로 향했다. **스튜넬라** 벤치였다.

비셉스는 어부들 중 가장 연장자였다. 그는 거짓말을 조금 보태 자신이 백 년 넘게 살았다고 말하고 다녔지만, 그의 실제 나이와 그리 큰 차이가 나지는 않았을 것이다. 그가 비셉스라고 불리는 이유는 젊은 시절에 사람들의 요청이 있을 때마다 대단한 근육을 뽐냈기 때문이라고 한다. 그 일을 기억하는 사람은 아무도 없었고, 이제 비셉스는 금방이라도 부러질 듯한 뼈들의 가느다란 조합에 말라비틀어진 살이 조금 붙어 있고 주름투성이 피부를 가진 노인에 불과했다. 자신의 포도밭에서 뽑은 포도나무 그루로 만든 지팡이가 사실상의 다리 역할을 하고 있었다. 그는 이제 앞도 잘 보이지도 않고, 달팽이처럼 느릿느릿 걸었다. 하지만 머리는 아직도 비상했다.

비셉스는 벤치에 앉아 기다렸다. 잠시 뒤 페를, 시에스트, 퀴

* 프랑스어로 '이두근'이라는 뜻.

세크*가 합류했다. 별명에 대한 설명이 굳이 필요 없는, 이 늙은 어부 셋은 비셉스보다는 조금 더 잘 걷긴 했지만, 모두 아흔을 막 넘긴 나이였다. 그제야 비로소 토론회가 열릴 수 있었다.

회의는 한 시간 조금 넘게 진행되었다. 네 노인은 바다를 마주하고 앉아서 바다를 읽고 바다를 예측하고, 남쪽에서 올라온 대규모 참치 떼가 깊은 바닷속에 있는지, 섬 근처에 와 있는지, 배와 어망에 닿을 거리에 있는지 가늠해보았다. 예언은 매년 이렇게 이루어졌다.

마침내 그들이 자리에서 일어나 항구 쪽으로 돌아오는 모습이 보였다. 비셉스가 선두에 섰다. 그는 걷는다기보다는 길 위를 미끄러지듯 움직였다. 얼마간은 건전지로 잘 작동하다가 이내 버벅대고 마는, 크리스마스에 아이들이 선물로 받는 장난감 로봇 같았다. 나머지 세 노인은 공경의 표시로 그를 앞지르지 않았다. 십여 분이 흐르자 그들은 마침내 항구에 도착했다. 그곳에는 어부들이 모자를 벗어 손에 쥔 채 소리 없이 그들을 기다리고 있었다.

비셉스가 숨을 가다듬더니, 그렇게 낡아빠진 몸에서 나오는 것이라고는 믿기 어려운 우렁찬 목소리로 의례에 따른 문장을 외쳤다.

"자, 이제 스튜넬라의 시간이 왔도다. 어부들이여, 승선하라. 그

---

* 프랑스어로 각각 '진주', '낮잠', '술잔을 단숨에 비우다'라는 뜻.

리고 그대들, 어머니, 부인, 아이들은 이들을 위해 기도하라!"

보통은 이 문장과 함께 기쁨의 함성과 음악이 울려 퍼진다. 사람들은 즐거워한다. 술병을 열고 음악을 연주하며 축배를 든다.

이번 해에는 그런 것이 전혀 없었다. 문장은 침묵 속에서 울려 퍼졌다. 그래서 비셉스는 아무도 자신의 말을 듣지 못한 것이라고 생각했다. 그리하여 그는 다시 한번 외쳤다. 하지만 이번에도 침묵만 흐를 뿐이었다. 어부들은 다시 모자를 쓰고 흩어졌다. 그들은 배에 올라 모든 장비가 갖춰졌는지 확인한 뒤, 출항 전 가족과 함께하는 마지막 식사를 위해 집으로 향했다. 모두가 일찍 잠자리에 들었다. 다음 날 동트기 전에 바다로 나가야 했다.

굳이 이름까지 기억하지는 못하더라도 많은 사람들이 **스튜넬라**에 대한 이야기는 들어본 적이 있다. 아마 관련 사진들 또한 많이들 접했을 것이다. 그중 가장 유명한 것은 어선들이 둥글게 원을 그리고 있고, 그 원 안에 광분한 수천 마리의 참치들이 보이는 이미지이다. 사람들은 참치들을 작살로 찌르고 갈고리로 찍어 배 위로 끌어 올린다. 그러는 동안 바다는 피로 물든다. 갑자기 진홍색으로 변한 바다는 어부들의 맨다리와 상반신 그리고 얼굴까지 빨갛게 물들이고 만다.

스튜넬라는 고기잡이라기보다 사냥에 가깝다. 그 기원은 아득히 먼 옛날의 전설로 거슬러 올라간다. 그것은 육지에서 야생 물새를 사냥감으로 삼고 살던 민족의 초기 사냥 기술이었다. 그런데 돌발적인 사건과 전쟁, 기근 때문에 그들은 바다 쪽으로 밀려나 살게 되었고, 거기서 자신들의 사냥 기술을 이어나갔던 것이다.

세계의 다른 어떤 곳에도 존재하지 않는 이처럼 독특한 고기잡이가 시작되면, 배들은 커다란 사냥감을 잡을 때 몰이를 하는 순서와 동일한 순서로 배치된다. 순록이나 오록스, 들소를 사냥할 때와 유사하다. 모든 배 위에서 어부들은 **카핀**이라고 불리는, 끝부분이 바다에 잠겨 있는 나무 파이프를 통해 고함을 지르고, 작살의 손잡이로 선체를 두드린다. 목적은 이렇게 소동을 부려 참치 떼에게 겁을 줘서 미리 정해둔 구역으로 그들을 모는 것이다. 그리고 모든 배들은 뒤편으로 무거운 추를 매단 어망을 끌면서 그 구역을 향해 모인다.

이것은 며칠이 걸리는 일이다. 그때 사람들은 **바다를 친다**고 말한다. 가장 노련한 어부들은 소동에 시달리는 바다의 반응을 감지할 수 있다. 그때 사람들은 이 어부들이 바다로부터 알아낸 바에 따라, 무엇보다 커다란 포탄의 모습을 한 참치라는 물고기의 움직임으로 짐작한 바에 따라, 바다가 **곤두서 있다**고, **등을 돌렸다**고, **떨고 있다**고, **숨었다**고, **격노했다**고, **꾀를 부리고 있다**고, **서로에게 바짝 달라붙어 있다**고 말한다. 참치는 그 자체로 상징이며 제왕이다. 물고기 그림을 그리려고 할 때 연필 아래 바로 나타나는 물고기다. 어린아이의 순수한 그림처럼, 완벽한 손놀림으로 한 치의 오류도 편차도 없이 물고기의 정령을 구현하는 확실한 선이 그려진다.

참치의 껍질에는 비늘이 전혀 없다. 또한 방추형의 몸통을 갖고 있어서, 반으로 가르면 마치 나무를 자른 것 같다. 참치는 사람의 눈을 하고선 당신을 심판한다. 촘촘한 육질은 전사의 근육을 떠올리게 한다. 참치가 입은 상처는 위엄 있다. 죽음은 느리게 다가온다. 참치가 해류를 타고 수백 마리씩 반투명한 깊이로 미끄러지듯 헤엄쳐 들어가고, 햇빛이 바다의 배 속을 가능한 한 멀리까지 파고들려고 할 때, 그것은 참치의 회색 등에 부딪히고 만다. 꽁치나 갈치 혹은 창꼬치 떼는 빛을 마치 악기처럼 다루면서 이따금 먼 곳에서 들려오는 멜로디를 만드는 수중 오르간처럼 연주하지만, 그들과 달리 참치는 햇빛을 흡수해서는 절대로 다시 돌려주지 않는다. 참치는 쟁기로 밭을 갈듯 깊은 바다를 가로지른다. 저 멀리 보이지 않는 대포에서 발사된 참치는 완벽한 궤적을 그리며 소리 없이 바다를 가로지른다.

스튜넬라는 참치를 향한 인간의 숭배와 참치의 장엄한 죽음을 동시에 구현한다. 여러 날과 여러 밤이 지나고 마침내 배들이 그들 앞에 거대한 참치 떼를 몰고 한데 모여 원형경기장이 만들어지면, 이제 그곳에서 피날레가 펼쳐진다.

덫에 걸린 커다란 물고기들은 서로 부딪히며 바다 위로 튀어오른다. 하늘을 향해 솟구치는 그들은 스스로 날아오를 수 있다고 착각하는 듯하다. 배에 탄 인간들이 던진 작살은 촘촘한 육질 속에 박힌다. 어떨 때는 단단하고 빛나는 껍질에 상처조차 내지 못하고 쓱 미끄러져버린다. 마치 최초의 인류가 동굴 벽에 그림으로 남겨놓은 원시의 한 장면을 보는 것 같다.

고대 행위와의 유사성을 더욱 강화하는 것은 마지막 원을 그릴 때 어부들이 **뤼넬로**라고 하는 하얀 면으로 된 헐렁한 짧은 바지만 입는 풍습이다. 이것은 옷이라기보다 허리에 두르는 천에 가까운데, 기다란 천 한 장을 허리에 몇 번 감은 뒤 다리 사이로 통과시켜 입는 것이다. 참치들이 작살에 찍혀 배 위로 올려지고 그들의 피가 솟구칠수록, 어부들의 몸과 바다에 그려진 원은 하얀색과 파란색이 완전히 사라질 정도로 붉어진다.

그들의 구원은 깊은 잠수에 있다는 것을 생각지도 못하는 거대한 물고기들은 어마어마한 바다의 포말을 만들어낸다. 죽음을 예고하는 이 포말은 심해에서 거대한 불이 붙어 끓어오르는 게 아닌가 싶을 정도이다. 그런 뒤, 피와 죽음을 촉발하는 폭력적인 도취가 일어난다.

어부들은 정신이 혼미한 상태로 몇 시간 동안 참치를 죽인다. 그들은 자신들이 기계적으로 반복하는 행위에 사로잡히고 힘을 내기 위해 내지르는 함성 소리에 취한다. 지느러미가 요동치는 소리는 그들의 머릿속으로 들어가 모든 생각과 모든 의식, 모든 감정을 깨부숴버린다.

그렇게 참치는 차례차례 죽어간다. 커다랗고 무거운 몸통에서 이제는 꼬리만 움직인다. 상처 입지 않은 눈동자는 어부의 눈과 마주치지만 이제 그들을 볼 수는 없다. 어부들의 거친 숨소리와 함께 끌어 올려진 100킬로그램에 달하는 사체들은 마치 벌

목된 숲에서 아직 따뜻한 수액이 흐르는 수천 개의 통나무가 쌓이듯 배 위에 쌓여간다.

움직이는 것은 배의 선체뿐이고 무심한 너울이 다시 온화하게 일렁이고 모든 것이 고요해지면, 녹초가 되어 피와 땀으로 얼룩진 어부들은 하늘을 향해 어마어마한 함성을 내지른다. 그러고 나면 잡은 어획물의 수를 세어 가장 많은 참치를 실은 배가 선단을 이끄는 기함이 되어 섬으로 돌아간다. 그 배는 육지에 남아 있던 모든 이들의 박수갈채를 받으며 가장 먼저 입항하게 될 것이다.

하지만 그 전에 의식의 마지막 단계로 그 배의 선장은 레 될 스튜넬라로 선포된다. 그에게 수여되는 포상 같은 건 전혀 없지만, 그를 위한 일종의 세례식이 진행된다. 그는 전장으로, 피의 바다로 뛰어들어 시뻘겋고 진득거리는 물속에 몸을 담그고 그곳에서 오랫동안 헤엄친다. 박수갈채를 받으며 물 밖으로 나오는 그는 야만적인 존재로 탈바꿈해 있다. 피부는 강렬한 붉은색으로 변해 있고, 머리카락에는 피떡이 져 있으며, 기진맥진한 눈에서 희번덕이는 유백색의 두 점과 새하얀 이빨 덕에 몸 중에서 유일하게 얼굴만 알아볼 수 있다.

전통에 따라 레 될 스튜넬라는 씻지 않고 고귀한 승리의 피를 뒤집어쓴 채 뱃머리에 서서 항구로 돌아온다. 마찬가지로 다른 어부들도 허벅지와 팔에 묻은 그들의 용맹함을 증명하는 전투의 흔적을 그대로 남겨 온다.

언젠가 어부들이 그런 모습으로 돌아오는 장면을 본 이들의 머릿속에는 고대 서사시에서 튀어나온 것 같은 이미지가 새겨진다. 이것은 인간에게 원시적인 힘, 생명의 위력, 죽음의 엄숙함, 그리고 이따금 자신을 가리던 장막을 살짝 걷어주곤 하는, 세상이라는 거대한 극장 가운데서 그가 차지하고 있는 미미한 부분에 대한 감미롭고 묘한 감정을 느끼게 한다.

하지만 침울했던 그해, **레 될 스튜넬라**는 없었다.

승리도 없었기에 왕도 없었다.

심지어 전투도 없었다.

30

어선들은 항구를 떠난 지 열흘 만에, 떠날 때와 똑같이 선창이 텅 비어 있는 상태로 돌아왔다. 선원들의 몸에 핏자국은 전혀 보이지 않았고, 대신 그들의 얼굴은 완전히 넋이 나가고 심각해져 있었다. 주요 식량원인 그 몸집 큰 물고기들은 그들을 끊임없이 피해 다녔다. 어부들은 항해를 하는 동안 내내 단 한 번도 그들이 내는 소리를 듣지도, 번득이는 빛을 얼핏 보지도 못했다.

그들은 아무런 말 없이 배에서 내렸다. 그러고는 믿을 수 없다는 듯 커다란 침묵에 빠진 군중을 헤치고 나아갔다. 그들은 수치스러움을 느끼며 돌아가 집 안에 틀어박혔다. 브라우가 마치 자신의 치욕을 표현이라도 하듯 약간 우르릉거렸다.

인간의 기억 속에, 그런 일은 단 한 번도 겪어본 적이 없었다.

사람들의 입에서 즉시 저주라는 말이 흘러나왔다. 어떤 일을 이해하지 못할 때, 사람들은 쉽게 마력이나 초자연적인 힘에 기댄다. 마녀의 눈빛을 가진 교사의 딸들이 섬을 저주했다는 둥, 남편이 죽고 나서 그의 부인이 찾아온 그날 밤 모든 집에 복수와 불행의 주문을 걸어두었다는 둥 사람들은 말을 만들어내며 수군댔다. 그의 시신을 넣은 백양목 관과 함께 부인과 아이들이 페리선을 타고 섬을 떠나면서 바다의 모든 물고기를 불러내 매혹해서, 무형의 그물로 그것들을 다른 섬으로, 다른 어부들에게로, 다른 어선으로 데려갔다고 말하는 사람들도 있었다.

사람들은 아무 말이나 해댔다.

하지만 어선들이 물고기 한 마리 잡지 못하고 돌아온 것만이 진실이었다. 시장이 아무리 참상의 원인을 설명하려 애쓰고, 어부들을 다그치고 들들 볶고, 쓸모없는 인간들이라며 몰아세워도 아무 소용이 없었다. 아무리 해상 지도를 들여다보고, 비셉스를 비롯한 노인들과 몇 시간 동안 얘길 나눠보고, 옛 기록을 뒤져보고, 모든 어부들을 집합시켜봐도 아무런 소득이 없었다. 모든 신비를 이해할 수 있고 모든 문제를 해결할 수 있다고 생각하는 인간이란 참으로 순진하고 오만하기 그지없다.

의사는 이제 손수건을 코에 갖다 대지 않고는 돌아다니지 못했다. 악취가 더욱 강해졌던 것이다. 그것은 단순히 냄새로만 머물지 않고 맛으로도 느껴졌다. 그는 이 악취를 코로 들이마시는 것뿐만 아니라 항상 씹고 있는 것처럼 느꼈다. 다른 이들은 시체 썩는 냄새도 부패한 고기 냄새도 맡지 못했다. 노파는 그런 그를 마주치면 어깨를 으쓱했고, 시장은 그가 냄새에 대한 얘기를 하려고 할 때마다 검지를 관자놀이에 갖다 대는 몸짓을 했다. 그는 거의 밖에 나가지 않게 되었다.

잠에 들면 익사한 세 젊은이가 찾아와 그에게 등을 맞대고 눕거나 침실 구석에 우두커니 서 있었다. 그들의 바지 아래로 물이 흘러내려 마룻바닥에 얼룩으로 번졌다. 물웅덩이는 점점 더 커져갔다. 물은 벽을 타고 올라갔고, 천장까지 들어차 온 방을 가득 채웠다. 의사는 그 안에서 죽지 못한 채 죽어갔다. 그는 둥둥 떠다녔다. 젊은 흑인들이 그를 깊은 바닷속으로 데려갔다. 거기서 교사를 만났다. 그의 금발은 해면동물처럼 보였다. 그는 시체를 발견한 뒤 시청에서 열렸던 비밀회의 다음 날처럼 그에게 슬픈 미소를 지어 보였다. 그는 그때 교사를 길에서 마주쳤었다. 아침이었다. 교사는 달리기를 하고 돌아오는 길이었다. 그는 멈춰서 약간 숨이 찬 상태로 의사에게 말했었다.

"어제저녁에 저를 별로 도와주지 않으시더군요."

의사는 어깨를 들썩였다.

"당신은 그래도 현명한 분 아니십니까. 저는 당신을 믿었어요. 그리고 당신은 선한 인간이라고 확신합니다."

"저는 비겁한 인간이랍니다." 의사가 대답했다.

"비겁한 인간이라고요?" 교사가 생각에 잠긴 채 말을 이었다.

"거의 중복 어법 아닌가요?" 의사는 이 대답과 함께 대화를 끝냈었다.

그날 밤, 여행은 먼바다로 계속 이어졌다. 그는 또 다른 익사자들과 빈정거리는 눈빛을 한 수천 마리의 참치들과 함께 표류했다. 그들 모두는 결국 어선들이 만든 원 한가운데, 커다랗고 시커먼 그물 속으로 들어가게 되었다. 사람들이 작살로 찍어대기 시작했다. 그는 뾰족한 작살 끝이 옆구리로 들어오더니, 몸

이곳저곳을 관통하고, 척추 위에서 튕겨져 나가고, 뼈를 산산조각 내고, 내장을 터뜨리는 것을 느꼈다. 하지만 아프지는 않았다. 그런 뒤 그는 배 위로 끌어 올려졌다.

그때 그는 아르튀르 랭보가 죽기 전 마지막으로 쓴 구절을 떠올리며 잠에서 깼다. 이 19세기의 프랑스 시인의 작품은 그가 늘 침대 머리맡에 두고 읽는 책이었다. 다리 하나가 잘린 채로 마르세유 항구에서 멀지 않은 병원에서 죽어갈 때, 랭보는 아비시니아*로 돌아가기 위해 승선하려 했던 배의 선장에게 짧은 편지를 썼다. 편지는 이런 문장으로 끝이 난다.

"내가 몇 시에 배에 올라타야 하는지 알려주오."

이 질문은 언젠가 모두가 스스로에게 던져야 하는 질문이지만, 그럼에도 모두는 삶이 계속되는 척을 한다.

의사와 시장은 온천 사업 서류 작업을 끝마쳤지만, 마음은 이미 떠나 있었다. 서로 한 번도 터놓고 얘기한 적은 없었어도, 그들은 사업이 절대 빛을 보지 못하리라는 걸 알고 있었다. 섬을 덮친 저주를 믿는 것은 아니었음에도, 두 사람 모두 섬과 해안가에 시체가 넘쳐나고 있다는 걸 느꼈다. 망자들의 존재가 산 자들을 짓누르고 있었고, 그들로부터 살아갈 의욕을 앗아 간 것이 아니라, 삶을 사랑하고 삶에서 희망을 가질 의욕을 앗아 가버렸다. 이 모든 것은 마치 즐겨 입던 옷에 묻은 얼룩과 같았다.

* 에티오피아의 옛 이름.

두 사람은 함께 긴 시간을 보냈지만, 그들의 세상과 그들 사이에는 무언가가 망가져 있었다. 브라우는 갈수록 더 자주 자신의 목소리를 들려주었다. 집 안이나 발밑에서 그의 짜증 섞인 진동과 늙은 야수와 같은 으르렁 소리를 듣지 못하는 날은 거의 없었다.

하늘도 심술을 부렸다. 태양은 사라져버렸다. 그럼에도 숨 막히는 더위는 여전했다. 더위는 사람들을 빨래처럼 비틀어 짰다. 그들은 펄펄 끓고 감춰진, 끝나지 않는 계절 속으로 들어가는 것 같았다. 아직 완전히 죽은 자들의 섬은 아니었지만, 이미 죽어가는 자들의 섬이 되어 있었다. 그해 가을, 말려둔 포도들은 잿빛 열매로 바뀌어버렸다. 압착하자 탄 나무 맛이 나는 시커먼 즙이 흘러나왔다. 그걸로 만든 포도주는 형편없었다.

크리스마스가 오기 전, 한 가족이 섬을 떠났다. 빈손으로 돌아온 스튜넬라가 폐인으로 만들어버린 아버지와 어머니 그리고 아이들이었다. 그들이 첫 번째 가족이었다. 이후 많은 가족이 그들의 뒤를 따랐다.

수확도 전에 불타버려 모든 포도밭을 잃은 아메리크는 육지로 취직을 하러 떠났다. 그는 낡아빠진 동물원의 산책길을 관리하게 되었다고 한다. 아마 경찰이 어릴 적 놀러 갔던 동물원인지도 모른다.

어느 날 아침, 스파동은 그가 시장과 함께 익사자들의 시체를 보관했던 냉동실에서 목을 맨 채 발견되었다. 그의 모습은 마치 북유럽 동화책에서 그림으로 보았던, 오두막 지붕 아래 달린 커다란 고드름 같았다. 하지만 고드름에 가까이 다가가보니, 두꺼운 얼음 너머로 그의 튀어나온 눈과 살짝 벌어진 입 그리고 삐져나온 혀가 보였다.

그는 자신의 죽음을 설명하는 간단한 쪽지를 써서 낚싯바늘로 자신의 작업복에 걸어두었다. 하지만 그의 몸을 둘러싸고 있던 얼음이 녹으면서 잉크가 번져, 처음 한마디만 남아 있을 뿐이었다. '나는 누가 그랬는지 알고 있어요.' 이게 전부였다. 그는 알고 있었던 것이다. 그는 **누구**인지 알고 있었다. 그런데 누가 무엇을 어쨌단 말인가? 그게 무슨 대수겠는가. 그것이 그의 목숨을 구하지는 못했다.

노파는 아무에게도 묻지 않고 다시 수업을 맡았다. 교실 창문을 통해 그녀의 칼처럼 가늘고 뾰족한 실루엣과 창백한 시선이 보였다. 아이들은 불편해하고 겁을 잔뜩 먹은 채 그녀의 수업을 들었다. 그녀는 아이들이 전혀 이해하지 못하는 잃어버린 세계에 대해 가르쳤다. 아마도 많은 아이들이 교사를 생각하며, 후회 속에서, 기억 속에 선명히 남아 있는 그의 미소와 온화한 목소리, 그리고 그들에게 가르쳐주었던 모든 지식들을 다시 떠올리고 있었을 것이다. 밀라 역시 그를 떠올리고 있는 것이 분명했다. 의사는 이따금 밀라를 길에서 마주쳤다. 가발을 비딱하게 뒤집어쓴, 언제나 술에 취해 있는 그의 아버지가 손으로 아이를 잡고 가는 모습은 어린 딸과 같이 가는 게 아니라 자기 집으로 여자나 먹잇감을 데려가는 것 같았다. 의사는 시선을 돌려버렸다.

얼마 지나지 않아 대부분의 가족들이 섬을 떠나면서, 더 이상 남아 있는 아이들도 없게 되었다. 학교도 문을 닫아버렸다. 노파는 개와 함께 집에 틀어박혔다. 그녀의 개도 너무 늙어서 앞발로 안뜰을 조금 기어 다닐 수 있을 뿐이었다. 둘 다 그곳에서 무언가를 기다리고 있었다. 그게 무엇인지는 알 수 없었다.

이제 부두에서도 배를 볼 수 없었다. **군도**의 바다는 완전히 죽어버렸다. 그곳의 바다가 오염이라도 된 듯 물고기들은 모두 떠나버렸다. 어부들은 그곳을 떠나 먼 곳으로 물고기 떼를 쫓아가야 했다. 섬에서 멀리 떨어진 곳으로 말이다. 이미 살 만큼 산 가장 늙은 어부들만이 그곳에 남았다.

봄이 되자, **브라우**가 이틀 동안 쏟아낸 느리고 걸쭉한 용암이 강처럼 흐르면서 모든 경작지가 사라졌다. 가장 가까이 있던 집들의 문 앞까지 다다른 용암은 풍경을 바꾸어버렸고, 두껍고 주름진 피부로 모든 걸 덮어 과거의 지형을 전부 사라지게 만들었다.

흘러내리는 마그마를 피한 **로스** 언덕의 몇 안 되는 포도밭과 과수원도 그 후 몇 주 동안 말라버리더니 다시는 푸른빛을 되찾지 못했다. **브라우**가 그들의 수액을 마시고, 뿌리를 새카맣게 태워버리고, 완전히 망가뜨린 탓이었다. 몇 세기 동안 섬의 찬란함과 풍요로움을 이루었던 것 중 남아 있는 것이라고는 민둥산 위에 일렬로 선 헐벗은 포도나무들과 흰개미들이 갉아 먹고 남은 잿빛 그루터기들, 그리고 참새들조차 앉지 않는 앙상한 관목들

뿐이었다. 작은 도시는 시커멓게 굳어버린 높게 쌓인 주름들로 둘러싸였다. 그것은 마치 생기 없고 척박한, 영원히 불모지가 되어버린 또 다른 바다와 같았다.

신부는 그의 벌들이 죽고 난 뒤 죽었다. 벌들은 꿀을 딸 꽃들이 사라지자 폐사하기 시작했다. 그는 매일 아침 벌통 주변에서 찾은, 얇은 날개가 달린 벌들의 말라버린 사체를 신부복의 주머니에 채워 넣었다. 그는 울면서 사제관으로 돌아와, 식탁 위에 죽은 벌들을 올려두었다. 머지않아 가벼운 갈색 더미가 만들어졌다. 그는 키틴질*의 피라미드 앞에서 죽은 벌들의 곁을 지키며 그의 마지막 날들을 보냈다. 그는 벌들의 영혼의 구원을 위해 기도했다. 왜냐하면 사건들 이후로 다시 신을 믿기 시작했기 때문이다. 그는 그것을 섬 주민들을 벌하기 위해 신이 내린 저주의 표시로 해석했다. 그리고 그 벌은 그 누구보다 수년 전부터 올리브산**에 대해 끊임없이 의심하기를 즐겼던 자신을 향한 것이라고 생각했다.

사흘이 지나자, 그는 벌들을 큰 삽으로 떠서 팬에 올린 뒤 화덕에 넣고 불태워버렸다. 이 일을 끝낸 뒤, 옷을 모두 갖춰 입고 침대에 누웠다. 배 위에 미사 경본을 올리고 손에는 묵주를 쥐고, 감은 두 눈 위에 알이 두꺼운 안경을 쓴 채로 그는 한밤중에

---

* 곤충류나 갑각류의 외골격을 이루는 물질.
** 이스라엘 동부에 위치한 산으로, 예수가 여러 차례 기도를 올린 곳이자 최후의 만찬 후 체포된 곳이며 승천이 이루어진 장소로서 성경에서 자주 언급된다. 감람산이라고도 불린다.

죽었다.

그가 여전히 조금은 믿었던 천국에는 아마도 여자 높이뛰기 경기에 할당된 자리가 있지 않을까? 그는 벌 몇 마리와 함께 부드럽게 굽은 경기장의 좌석에 앉아 너무 일찍 날아오른 젊은 여성들의 늘씬한 다리와 가벼운 몸매를 보며 영원히 감탄할 것이다. 그리고 활처럼 휜 우아하고 관능적인 움직임을 통해 죽음을 넘어서 다시 삶에 닿으려는 그들의 시도를 엿볼 것이다.

교회도 문을 닫았다. 그곳은 배의 뼈대만 남은 기이한 방주가 되어 있었다. 하지만 그 방주 안에서는 어떤 동물의 울음소리도 들을 수 없었고, 노아는 항상 부재했다.

하지만 대홍수는 실제로 일어났다.

31

자, 이제 거의 다 왔다. 나는 이 이야기를 하기 위해 깊은 구렁 가까이까지 왔다. 이야기는 이제 끝을 향해 달려간다. 나는 뒤로 기어서 물러날 것이다.

나는 어둠 속으로 돌아갈 것이다.

나는 그곳에서 녹아내릴 것이다.

나는 당신에게 몇 마디 말을 남길 것이다. 나는 침묵을 가져갈 것이다.

나는 사라질 것이다.

나는 당신에게 목소리로만 남을 것이라 약속했었다.

그 외에는 아무것도 되지 않겠다고.

남은 모든 것은 인간의 일이며 당신과 관련된 일이다.

내가 신경 쓸 일이 아니다.

섬에서 시간은 흘러갔지만 아무것도 해결해주지 않았다. 그것은 시간의 역할이 아니다. 오비디우스는 시간이 모든 것을 파괴한다고 했지만, 그가 틀렸다. 파괴하는 것은 오직 인간뿐이다. 인간은 인간을 파괴하고 인간들의 세상을 파괴한다. 시간은 인간들이 만들고 파괴하는 모습을 지켜볼 뿐이다. 시간은 무심하게 흐른다. 3월의 어느 저녁, 브라우의 분화구에서 흘러나와 섬을 시커멓게 덮어버리고 마지막으로 남아 있던 자들을 쫓아버린 용암처럼 말이다.

예전에 상을 당한 사람들이 완장을 찼던 것처럼 이제 대지는 망자들과 그 장례의 색을 띠고 있다. 이것은 수천 년간 지속될 것이다. 어떤 방식으로든 단죄는 이루어져야만 했다.

의사는 고열에 시달리며 몇 주간 몸져누웠다. 그러나 그에게서 질병의 증세가 있던 것은 아니었다. 그는 약간의 정신착란을 일으켰다. 정신이 혼미한 상태였다. 밖에서는 더위가 기승을 부리는데도 그는 벌벌 떨었다. 그는 백리향 차와 설탕을 넣어 데운 화주를 조금씩 마시며 스스로를 돌봤다. 그는 환영으로 가득 차거나, 우주의 빈 공간처럼 시커먼 최면 상태에 빠지곤 했다.

그는 회복했다. 모든 것이 제자리로 돌아왔다. 그의 첫 번째 외출은 시장을 만나기 위한 것이었다. 어느 날 아침이었다.

오랜만에 만난 시장은 달라져 있었다. 그는 순식간에 늙어버렸다. 그의 안색은 노래졌고, 회색 머리카락은 백발이 되어 있었다. 그의 머리 위에 눈이 내린 것 같았다. 그때껏 한 번도 뚱뚱했던 적은 없었지만, 그는 이제 바지와 셔츠 안에서 둥둥 떠다니고 있었다. 그는 배를 모두 팔아버리고 창고 문을 닫았다. 여전히 시장이기는 했지만, 대체 무엇을 위한 시장이란 말인가?

그는 잔에 커피를 따랐다. 의사는 시장의 부인이 옆방에서 식사를 준비하는 소리를 들었다. 그들은 언제나처럼 점심을 먹고 가라고 그를 붙잡겠지만, 그는 언제나처럼 거절한 뒤, 거구를 이끌고 집으로 돌아가 빵 조금과 올리브 그리고 고독을 양식으로 삼을 것이다.

"내가 오늘 아침 무슨 꿈을 꾸다가 깼는지 아나?" 침묵을 메우기 위해 의사가 말을 꺼냈다.

"내가 그걸 어떻게 알겠나? 난 자네 머릿속에 들어앉아 있는 게 아니라네."

"그건 참 자네에게 다행인 일이지. 운이 좋은 거라네."

"그럼 자네가 내 머릿속으로 한번 들어와보겠나?" 시장이 서글픈 도발을 던지며 물었다.

의사 역시 서글픈 미소를 지으며 대답했다.

"완전히 악몽 그 자체인 꿈이었지. 하지만 공포로 가득한 그 꿈이 무섭진 않았어. 자네와 나는 누군가로부터 해변으로 불려나왔지. 그게 누구인지는 모르겠어. 예전에 그 음산했던 아침 같았네. 우리는 함께 그곳에 도착했는데, 자네가 나를 데리러 왔었는지 아니면 그 반대였는지는 기억이 나질 않아. 어쨌든 그건 중요하지 않지. 우리는 뛰어도 보고 우리가 할 수 있는 만큼 최대한 빨리 걸어도 보았어. 우리는 숨이 찼어. 나는 담배를 너무 많이 피우고 너무 뚱뚱하니 발이 아팠지. 그리고 자네는 뼈에 가죽밖에 남질 않았으니 체력이 전혀 없었고. 우리는 해변을 달리는 생뚱맞은 한 쌍이었다네.

날은 잿빛이었어. 하늘엔 구름이 낮게 깔려 있었지. 브라우는 구름 망토에 가려 보이지 않았고, 성이 난 바다에서 이는 짧고 신경질적인 파도는 서로를 후려치며 해안의 자갈에 세차게 부딪히고 있었다네. 뭍으로 밀려와 파도에 흔들리고 있는, 생기 없는 커다란 형태들이 보였지. 넷, 다섯 혹은 여섯, 제대로 보이지가 않았어. 안개비가 내리고 있어서 앞이 잘 보이지 않았고, 화산에서 뿜어져 나온, 주방 하수구 악취를 풍기는 증기도 안개처럼 껴 있었거든.

우리는 서로 말을 할 필요가 없었다네. 상대방이 무슨 생각을 하고 있는지 알고 있었거든. 우리 둘 모두, 자, 또 시작됐다고, 결국 절대 끝나지 않을 거라고 생각하고 있었지. 우리는 다시 걸어서 형태들에 가까이 다가갔어. 애석하게도 우리가 틀리지 않았다는 걸 확인했지. 또다시 익사자들이었던 거야. 처음으로 밀려왔던 세 명의 익사자들과 형제처럼 닮은 흑인들이었지. 그들처럼 젊고, 죽었고, 담담한 모습이었어.

우리는 그들을 기슭으로 끌어냈지. 우리가 도대체 무슨 일을 했길래 이런 일을 겪는 걸까? 아니면 무슨 일을 하지 않았길래? 우리는 울기 시작했어. 나는 자네가 우는 모습을 처음 보았다네. 나 역시도 내가 언제 울어봤는지 기억조차 나지 않았지. 자갈 위에 그들을 모두 눕혀놓고 바다 쪽을 바라보자, 눈에 맺힌 눈물 너머로 수면 위에 다른 시신들이 떠오르는 게 보였어. 그리고 이미 수백 구의 시신이 우리 발치까지 떠밀려 와 있었지. 우리는 다시 시작했다네. 그들을 기슭으로 끌어왔고, 서로의 옆에 차례

차례 눕혔어.

그런데 바다는 계속해서 다른 익사자들을 데려왔지. 끝이 없었어. 우리는 녹초가 되었지. 우리는 여전히 눈물을 흘리고 있었다네. 팔도 아프고 허리도 아팠지. 숨이 가빴고. 그런데 우리 둘만 있는 게 아니었다네. 우리가 눈치채지 못한 사이에 섬의 모든 주민들이 하나둘씩 나와서 모두가 시체를 끌어내고 있었던 거야. 그들 모두 우리처럼 울고 있었다네. 바다는 계속해서 우리의 발치로 수십 구의 시신을 밀어냈어. 아직 죽어서는 안 됐을 나이의 시신들은 하나같이 같은 표정을 짓고 있었지. 마치 우리의 영혼 안으로 들어와서 따져 묻는 듯한, 근엄한 표정이었다네.

시간은 계속 흘러갔네. 아침도 아니었고, 저녁도 아니었지. 밤은 더 이상 오지 않았어. 자네와 나 그리고 모든 섬 주민들에게 바다가 쉼 없이 나르던 익사자들의 시신뿐이었지. 그리고 우리가 시신들을 끌어다 둔 해변은 어느새 자갈은 전혀 찾아볼 수 없었고, 거대한 야외 공동묘지이자 차디찬 유해 안치소가 되어 있었다네. 그리고 우리가 있었지. **개의 군도**의 모든 섬들 중 유일하게 사람이 사는 섬, 비참하고, 어리석고, 늙고, 이기적이고, 파멸하여 눈물을 흘리는 인간들이 사는 바로 이 섬의 주민들 말일세."

시장은 의사의 말을 한 번도 끊지 않고 들었다. 긴 침묵이 이어졌다. 그는 그에게서 눈을 떼지 못한 채 커피 잔을 입가에 가져가더니 미간을 살짝 찌푸리며 커피를 마셨다. 등 뒤에서 나는 시계 소리가 더 크게 들리는 것 같았고, 그것이 그의 머리를 아프게 했다. 그는 의사를 계속 바라보다가, 마치 눈앞의 상대방이 정신이 이상해진 것을 알고 안타까워 가엾게 여기는 것처럼 갑자기 머리를 가볍게 흔들기 시작했다.

"여보게, 친구." 불안에 떨며 그의 말을 기다리고 있던 의사에게 마침내 시장이 우물거리며 말했다. "왜 그걸 꿈이라고 말하는 건가?"

2015년 9월의 어느 날 아침, 터키의 한 해변에서 찍힌 사진이 미디어를 타고 순식간에 퍼지며 전 세계를 경악과 슬픔에 빠트린다. 일상적인 죽음의 위협을 피해 가족들과 바다 건너 유럽으로 가려다 배가 뒤집혀 전날 밤 익사한, 세 살배기 시리아 난민 아일란 쿠르디의 사진이었다. 파도에 밀려온 아이는 해변의 모래에 얼굴을 묻은 채 마치 곤히 자고 있는 것처럼 보였다. 이 끔찍하고 애처로운 사진 한 장은 그때까지 난민 문제에 소극적이던 유럽의 국가들이 저마다 난민 수용 계획을 발표하게 만들었다. 여론도 난민들에게 우호적인 방향으로 돌아섰다. 하지만 아일란의 죽음과 그 사진이 남긴 여파는 거기까지였다. 추모의 물결은 유행처럼 흘러가버렸다. 시간이 흐르며 사람들의 머릿속에서 아일란의 이미지는 조금씩 잊혔고, 국가들은 슬그머니 국경의 빗장을 다시 걸어 잠갔다. 모두가 다시 눈을 감고 귀를 막게 되었다. 그러는 동안 브로커에게 전 재산이나 다름없는 돈을 쥐여주고 올라탄 허술한 배가 침몰하며 수없이 많은 난민들이 바다에서 비극적인 생을 마감했다. 그 이전부터 그래왔고 또 앞으로도 끝을 장담할 수 없는 시간 동안 하릴없이 그렇게 되리

라. 그렇게 지중해는 세계에서 가장 큰 묘지가 되었다.

현재 진행형인 난민들의 비극 앞에서, 정치와 언론의 무능함 앞에서, 사람들의 무관심과 이기주의 앞에서 필리프 클로델은 작가로서 자신이 할 수 있는 일을 한다. 이 소설의 문을 열고 닫는 목소리가 스스로를 규정하듯, 작가란 '성가시게 하는 존재'이기 때문이다. 그렇게 책을 펼친 독자는 이번에는 어느 섬의 해변으로 밀려온 흑인 시체 세 구를 발견한다. 지중해로 추정되는 바다 위에 떠 있는 개를 닮은 군도에 속한 가상의 섬이다. 세상과 동떨어진 곳에서 자신들만의 평안한 삶을 살던 섬사람들이 바다가 던져놓은 시체를 발견한 뒤 보이는 제각각의 반응이 그려진다. 그리고 그 과정에서 인간 본성의 어두운 이면이 가감 없이 드러난다. 작품에서 드러나는 인간관은 상당히 어둡다. 방해받지 않고 자신들의 평온한 삶을 유지하기 위하여 인간은 어디까지 비열해질 수 있는가? 얼마나 비겁해질 수 있는가? 작가는 '비겁한 인간'이라는 표현은 거의 중복 어법이나 다름없다고 말한다.

페이지를 넘기다 보면 우리는 소설의 중심 사건이 되는 난민 위기라는 문제뿐만 아니라, 현재의 세계가 겪고 있는 다양한 문제에 직면하게 된다. 타인에 대한 배척, 목적을 이루기 위한 권력자들의 권모술수, 매 순간 모든 곳에서 감시당하는 사생활, 순식간에 퍼져 나가 대중을 선동하는 가짜 뉴스, 아니면 말고 식의 마녀사냥, 가정 폭력에 노출된 아동들……. 현재 우리의 문제를 밀도 있게 담아낸 작품을 읽으며 독자들은 더 이상 빠져나갈 구멍 없이 우리 눈앞에서 펼쳐지고 있는 불편한 현실을 마주할 수밖에 없게 된다. 가혹하고 씁쓸하고 우울한 이야기이다.

그런데 이 어두운 소설을 빛나게 하는 것은 바로 내용을 담고 있는 그릇이다. 이 소설은 어두운 현실을 풍자하는 한 편의 빛나는 우화이다. 등장인물들은 이름 없이 시장, 교사, 의사, 신부, 노파 그리고 경찰 등 각자가 수행하는 임무에 따른 직업으로 불리고, 주변 인물의 경우 특징을 대변하는 단어로 불린다. 이를 통해 작가는 공권력, 지식, 과학, 종교 등을 상징하는 인물들의 원형을 제시함으로써 우의적으로 세상과 인간을 비꼰다.

그뿐만 아니라 이 작품은 긴장감과 박진감을 선사하는 탐정소설이기도 하다. 특히 경찰의 등장과 함께 두드러지는 추리물로서의 코드와 분위기는 독서를 더욱 흥미롭게 만든다. 또한 실감 넘치는 장면 묘사와 섬세한 인물 표현을 읽고 있노라면 눈앞의 지면이 스크린으로 옮겨 가 영화의 한 장면이 펼쳐지는 듯한 경험을 하게 된다. 실제로 소설가이면서 동시에 영화감독이기도 한 필리프 클로델이 얼마나 훌륭한 관찰자이자 탁월한 연출가인지를 새삼 깨닫게 된다. 이렇게 작가는 문학의 사회적 역할과 미학적 실현을 동시에 달성한다.

작가는 소설을 통해 독자에게 문제 제기를 하지만 답을 같이 제시하지는 않는다. 그 답을 찾는 것은 언제나 독자의 몫이다. 작가가 내미는 거울 속 불편한 진실을 마주한 독자들의 마음속에 아일란의 사진을 마주했을 때처럼 동요가 일어나길, 그 동요가 '순식간에 허물을 벗고 나왔다가 이내 햇빛에 까맣게 타버리고 마는 나비처럼 일시적'이지 않기를, 그 속에서 떠오르는 질문에 각자의 답을 구할 수 있기를 바라본다.

2024년 3월

길경선

아직 죽지 않은 자들의 섬

1판 1쇄 발행 2024년 3월 15일

지은이 · 필리프 클로델
옮긴이 · 길경선
펴낸이 · 주연선

(주)은행나무
04035 서울특별시 마포구 양화로11길 54
전화·02)3143-0651~3 ┃ 팩스·02)3143-0654
신고번호·제 1997—000168호.(1997. 12. 12)
www.ehbook.co.kr
ehbookehbook.co.kr

ISBN 979-11-6737-399-1 (03860)